O vendido

Paul Beatty

O vendido

tradução
Rogerio W. Galindo

todavia

Para Althea Amrik Wasow

Prólogo

Pode ser difícil de acreditar vindo de um negro, mas eu nunca roubei nada. Nunca soneguei impostos nem trapaceei no baralho. Nunca entrei no cinema sem pagar nem fiquei com o troco a mais dado por um caixa de farmácia indiferente às regras do mercantilismo e às expectativas do salário mínimo. Não assaltei uma casa. Não roubei nenhuma loja de bebidas. Nunca entrei num ônibus ou num vagão de metrô lotado, sentei no lugar reservado para idosos, tirei meu pênis gigante da calça e me masturbei até gozar com um olhar pervertido, ainda que um pouco abatido. E, no entanto, aqui estou eu, nas cavernosas instalações da Suprema Corte dos Estados Unidos, com meu carro estacionado de maneira ilegal e de certo modo irônica na Constitution Avenue, as mãos algemadas atrás das costas, já tendo abandonado e dito adeusinho ao meu direito de permanecer calado, enquanto me mantenho sentado numa cadeira com um estofado grosso que, mais ou menos como este país, não é tão confortável quanto parece.

Convocado a vir aqui por um envelope de aparência autoritária com um carimbo dizendo IMPORTANTE! em grandes letras vermelhas, não parei de me contorcer desde que cheguei na cidade.

Caro senhor, dizia a carta.

Parabéns, você já é um vencedor! Seu caso foi selecionado entre centenas de outros recursos para uma audiência na Suprema Corte dos Estados Unidos da América. Que honra gloriosa! É altamente recomendável que chegue com pelo menos duas horas de antecedência à audiência marcada para as dez da manhã de 19 de março do ano do Senhor... A carta terminava com instruções sobre como chegar à Suprema Corte a partir do aeroporto, da estação de trem e da Interestadual 95, e ainda trazia cupons de desconto para várias atrações, restaurantes, pousadas e afins. Não tinha assinatura. Terminava simplesmente com...

Cordialmente,
O Povo dos Estados Unidos da América

Washington, D.C., com suas ruas largas, arredores confusos, estátuas de mármore, cúpulas e colunas dóricas, supostamente se parece com a Roma antiga (quer dizer, se as ruas da Roma antiga fossem forradas de negros sem-teto, cachorros do esquadrão antibombas, ônibus de turismo e cerejeiras em flor). Ontem à tarde, parecendo um etíope de sandálias vindo dos rincões das mais sombrias selvas de Los Angeles, saí do hotel e comecei a andar com os caipiras de calças jeans que lenta e patrioticamente faziam sua peregrinação pelos marcos históricos do império. Olhei com admiração o Lincoln Memorial. Se o bom e velho Abe voltasse à vida e de algum jeito conseguisse erguer do seu trono seus esquálidos sete metros e dez o que será que diria? O que faria? Dançaria break? Jogaria moedas no meio-fio? Leria o jornal e descobriria que a União que ele salvou hoje é uma plutocracia disfuncional, que as pessoas que libertou hoje são escravas do ritmo, do rap e de empréstimos predatórios, que as habilidades dele próprio seriam mais úteis numa quadra de basquete do que na Casa Branca? Lá ele poderia simplesmente pegar a bola, fazer um arremesso de três pontos, manter a pose e ficar falando merda enquanto a cesta balançava. Você não tem como parar o Grande Libertador. A única esperança é contê-lo.

Não chega a ser surpresa que não haja coisa alguma para se fazer no Pentágono a não ser começar uma guerra. Os turistas não têm permissão nem para tirar fotos com o prédio ao fundo, por isso quando uma família de quatro gerações de veteranos da Marinha, todos de uniforme, me passou uma câmera descartável e me pediu para seguir o grupo à distância e discretamente tirar fotos enquanto eles ficavam em posição de sentido, batiam continência e faziam o sinal da paz sem qualquer motivo aparente, fiquei muito feliz em servir meu país. Um menino branco estava deitado sozinho na grama, brincando com a noção de profundidade e fazendo o distante Monumento a Washington parecer uma gigante ereção caucasiana saindo da sua braguilha aberta. Ele brincava com quem passava por ali, sorria para as câmeras dos celulares e acariciava seu falso priapismo.

No zoológico, parei em frente à jaula dos primatas e fiquei ouvindo uma mulher admirada com a aparência "presidencial" do gorila de duzentos quilos sentado num toco de carvalho, de olho nos parentes enjaulados. Quando o namorado, com o dedo na plaquinha de informações, disse que por coincidência o nome do gorila "presidencial" era Baraka, a mulher riu alto até me ver, o outro gorila de duzentos quilos nas redondezas, enfiando na boca algo que podia ser o resto de um picolé ou uma banana. Ela ficou desolada e pediu desculpas por ter sido sincera e por eu ter nascido. "Alguns dos meus melhores amigos são macacos", ela disse sem querer. Foi minha vez de rir. Eu sabia de onde vinha aquilo. A cidade inteira é um ato falho, uma ereção de concreto dos feitos e desfeitos dos Estados Unidos. Escravidão? Destino Manifesto? *Laverne & Shirley*? Ficar de braços cruzados enquanto a Alemanha tentava matar todos os judeus da Europa? Ora, alguns dos meus melhores amigos são o Museu de Arte Africana, o Museu do Holocausto, o Museu de Arte Indígena, o Museu Nacional de Mulheres nas Artes. Além disso, fique sabendo que a filha da minha irmã é casada com um orangotango.

Basta passear um dia por Georgetown e Chinatown. Uma caminhada lenta pela Casa Branca, pela Casa Phoenix, pela Casa Blair e pelo cortiço local do crack para a mensagem ficar bem clara. Seja na Roma antiga ou nos Estados Unidos de hoje, ou você é cidadão ou é escravo. Leão ou judeu. Culpado ou inocente. Tem conforto ou não tem. E aqui, na Suprema Corte dos Estados Unidos da América, que se foda se, somando as algemas e o estofado escorregadio de couro desta cadeira, o único jeito de evitar que minha bunda caia ignominiosamente na porra do chão seja me inclinar para trás como um aluno displicente na sala do diretor e numa postura mais do que suficiente para ser acusado de desacato num tribunal.

Com as chaves chocalhando feito sinos de trenó, funcionários da Corte andam pelas salas como pares de cavalos de raça atrelados entre si pelo amor a Deus e ao país. A carroça principal, uma orgulhosa mulher tipo Budweiser com uma brilhante e colorida faixa de insígnias cruzando o peito como um arco-íris, dá um tapinha no encosto da minha cadeira. Ela quer que eu endireite as costas, mas, lenda da desobediência civil que sou, desafiadoramente me inclino ainda mais para trás, só para cair no chão em um doloroso tombo de bunda de inepta resistência pacífica. Ela sacode uma chave de algema na minha cara e, com um grosso braço sem pelos, me iça na vertical, empurrando minha cadeira tão perto da mesa que chego a ver o reflexo do meu terno e da minha gravata no mogno brilhante e com cheirinho de produto de limpeza. Nunca tinha usado terno, e o cara que me vendeu disse: "É a tua cara. Garanto". Mas o rosto que me olhava de volta na mesa tinha a cara de todo negro de terno, seja usando trancinhas, dreadlocks, cabelo afrocorporativo ou careca, cujo nome você não conhece e cujo rosto não reconhece – a cara de um criminoso.

"Quando você se veste bem, você se sente bem", o vendedor também prometeu. Ou melhor, garantiu. Então quando voltar para casa vou pedir meus cento e vinte e nove dólares de volta, porque não estou gostando da minha roupa. Nem de como estou me sentindo. Eu me sinto como meu terno – barato, incômodo e me desfazendo.

Um policial quase sempre espera que você seja grato. Pode ser por ter indicado o caminho para uma agência do correio, por ter enchido você de porrada no banco de trás da viatura ou, no meu caso, por ter tirado suas algemas, devolvido sua erva e seus apetrechos e ainda ter te oferecido a tradicional pena-tinteiro da Suprema Corte. Mas a policial tinha um olhar de piedade, que vinha desde essa manhã quando ela e a sua turma me encontraram no topo da festejada escadaria de quarenta e quatro degraus da Suprema Corte. Eles estavam debaixo de um frontão onde se liam as palavras JUSTIÇA IGUALITÁRIA SOB A LEI, ombro a ombro e com os olhos semicerrados à luz da manhã, casacos respingados pelas flores das cerejeiras, impedindo que eu entrasse no prédio. Todos sabíamos que aquilo era uma farsa, uma demonstração de última hora e sem sentido do poder do Estado. O único que não participava da piada era o cocker spaniel. Com a coleira retrátil zumbindo, o cachorro grudou em mim, farejou empolgado meus sapatos e minhas pernas, fuçou minha virilha com o nariz incrustado de ranho e depois obedientemente sentou do meu lado, com a cauda batendo orgulhosa no chão. Fui acusado de um crime tão hediondo que ser enquadrado por posse de maconha num prédio federal seria como prender Hitler por vadiagem ou acusar uma multinacional como a British Petroleum por jogar lixo no chão depois de cinquenta anos de refinarias explodindo, derramamentos tóxicos e uma campanha publicitária vergonhosamente mentirosa. Então limpo meu cachimbo com duas batidas fortes na mesa de mogno. Raspo e assopro para jogar a resina pegajosa no chão, encho o cachimbo com erva caseira e, como o comandante de um pelotão de fuzilamento que acende o último cigarro do desertor, a policial amavelmente aciona seu isqueiro e o acende para mim. Recuso a venda nos olhos e dou a tragada mais gloriosa da história da maconha. Chame todos os que foram discriminados por causa da cor, as que não puderam abortar, os que queimaram bandeiras, os que invocaram a Quinta Emenda e diga que deviam pedir um novo julgamento, porque estou ficando altamente chapado na mais alta corte do país. Os funcionários me olham admirados. Sou o macaco de Scopes, o elo perdido na evolução da jurisprudência afro-americana trazido à vida. Dá para ouvir o cocker spaniel ganindo no corredor, arranhando a porta, enquanto assopro uma coluna de fumaça do tamanho de um cogumelo de bomba atômica nos rostos que se alinham nos frisos gigantes no teto. Hamurabi, Moisés, Salomão – esses feitiços raiados de mármore espanhol homenageando a democracia e o respeito às regras –, Maomé, Napoleão, Carlos Magno e algum rapaz musculoso de toga de uma fraternidade grega antiga estão acima de mim, me julgando com seus olhos de pedra. Fico pensando se olharam os meninos de Scottsboro e Al Gore Jr. com o mesmo desdém.

Só Confúcio parece ficar na dele. O robe de seda chinês com mangas grandes, os sapatos de kung fu, a barba e o bigode de mestre shaolin. Seguro o cachimbo bem acima da cabeça e ofereço a ele; a mais longa jornada começa com uma única tragada...

"Essa porra de 'mais longa jornada' é Lao-Tsé", ele diz.

"Todos esses poetas-filósofos são a mesma merda pra mim", eu digo.

É uma viagem ser o mais recente membro de uma extensa linhagem de casos raciais marcantes. Imagino que os constitucionalistas e paleontólogos culturais vão discutir qual é meu lugar na cronologia. Vão fazer um carbono 14 no meu cachimbo e determinar se sou descendente direto de Dred Scott, aquele enigma negro que, como escravo vivendo num país livre, foi homem o suficiente para a mulher e para os filhos, homem o suficiente para processar seu dono exigindo liberdade, mas não homem o suficiente para a Constituição, porque aos olhos da Corte era mera propriedade: um bípede negro "sem direitos que o homem branco precise respeitar". Eles vão meditar sobre os autos processuais, folhear pergaminhos de antes da guerra e tentar determinar se o resultado deste caso confirma ou contradiz Plessy vs Ferguson. Vão escavar os latifúndios coloniais, os conjuntos habitacionais e os palácios de ação afirmativa ao estilo Tudor dos subúrbios, revolvendo quintais em busca de vestígios dos fantasmas da discriminação passada nos jogos de dados e peças de dominó fossilizados, tirar o pó de direitos petrificados e de habeas corpus enterrados em livros jurídicos, e me considerar "um improvável precursor da geração hip-hop", aos moldes de Luther "Luke Skyywalker" Campbell, o rapper de dentes separados que lutou pelo direito de se divertir e de parodiar os brancos como eles fizeram com a gente por anos. Se fosse eu quem estivesse julgando, ia pegar a caneta da mão do presidente Rehnquist e escrever o longo voto dissidente, afirmando de maneira categórica que "nenhum rapper maluco cuja música mais famosa é 'Me So Horny' tem direitos que o homem branco ou que qualquer outro B-boy digno do seu Puma de camurça precise respeitar".

A fumaça queima minha garganta. "Justiça igualitária sob a lei!", grito para ninguém em particular, uma prova tanto da qualidade da erva quanto da minha constituição fraca. Em bairros como aquele em que cresci, lugares pobres na práxis, mas ricos na retórica, temos um ditado: "Prefiro ser julgado por doze a ser carregado por seis". É uma máxima, uma letra de rap muito repetida, um algoritmo de último recurso. Na superfície é sobre ter fé no sistema, mas na verdade significa "atire primeiro, confie no defensor público e agradeça por ainda ter saúde". Não sou tão versado na sabedoria das ruas, mas até onde sei não existe um corolário dos tribunais de recurso.

Nunca ouvi falar de um encrenqueiro no bar da esquina beberican um golinho de cerveja barata e dizer: "Prefiro ser julgado por nove a ser arbitrado por um". Pessoas lutaram e morreram tentando conseguir essa "justiça igualitária sob a lei" anunciada com tanta alegria do lado de fora deste prédio, mas inocentes ou culpados, a maior parte dos delinquentes nunca chegou lá. Seus recursos legais dificilmente vão além da mãe às lágrimas pedindo misericórdia divina ou de uma segunda hipoteca na casa da avó. E, se eu acreditasse nesses slogans, precisaria dizer que já tive mais do que minha cota de justiça, mas não acredito. Quando alguém sente necessidade de enfeitar um prédio ou um complexo com um "*Arbeit Macht Frei*", um "A maior menor cidade do mundo" ou "O lugar mais feliz do planeta", é um sinal de insegurança, uma desculpa inventada para ocupar nosso espaço e nosso tempo finitos. Você já foi para Reno, em Nevada? É a "menor cidade de merda do mundo", e se a Disneylândia fosse mesmo o "lugar mais feliz do planeta", ou você ia manter isso em segredo ou o ingresso ia ser de graça, e não o equivalente à renda anual per capita de uma pequena nação subsaariana como Detroit.

Nem sempre pensei assim. Quando era menino, achava que todos os problemas dos negros americanos podiam ser resolvidos se a gente tivesse um lema. Um conciso "*Liberté, égalité, fraternité*" que a gente pudesse colocar em cima de portões rangentes de ferro forjado, ou bordar na cortina da cozinha e em bandeiras cerimoniais. Assim como as melhores lendas e os melhores penteados afro-americanos, tinha que ser algo simples. Nobre, mas de algum modo igualitário. Um cartão de visitas para toda uma raça que por fora não tinha raça nenhuma, mas que o pessoal nas internas sabe ser muito, muito negra. Não sei de onde crianças tiram ideias como essa, mas quando todos os seus amigos chamam os pais pelo primeiro nome, fica a impressão de que tem alguma coisa errada. E não seria bom, nesses tempos de raiva e crise, que famílias negras desestruturadas pudessem se reunir numa sala, olhar em cima da lareira e achar algum conforto nas palavras animadoras inscritas em um conjunto de adoráveis pratos comemorativos ou em moedas de edição limitada compradas pelo telefone depois de ver o anúncio na tevê com um cartão de crédito já estourado?

Outras etnias têm lemas. "Inconquistados e inconquistáveis" é o cartão de visitas da nação chickasaw, embora isso não se aplique às mesas de jogos dos seus cassinos ou ao fato de terem lutado do lado dos confederados na Guerra Civil. *Allahu Akbar. Shikata ga nai. Nunca mais. Turma de Harvard de 1996. Proteger e Servir.* Essas frases são mais do que saudações e ditados banais. São códigos revigorantes. Um *chi* linguístico que aumenta nossa força vital e nos une a outros seres humanos que pensam igual, têm pele igual, usam sapatos iguais. Como é que eles dizem no Mediterrâneo? *Stessa faccia, stessa razza.* Mesmo rosto, mesma raça. Toda raça tem um lema. Não acredita em mim? Sabe aquele cara de cabelo preto do recursos humanos? Aquele que age como branco, fala como branco, mas que não parece ser exatamente branco. Vai lá. Pergunta pra ele por que os goleiros mexicanos são tão imprudentes ou se é realmente seguro comer os tacos do food truck estacionado ali na frente. Vai fundo. Pergunta pra ele. Cutuca o sujeito. Passa a mão na sua nuca reta de índio e veja se ele não vira para trás com o *pronunciamiento*: *¡Por La Raza – todo! ¡Fuera de La Raza – nada!*

Quando eu tinha dez anos, passei uma longa noite entocado debaixo do cobertor, abraçado com o Brilhante, que, recheado de uma consciência enigmática e espumosa da linguagem e um dogmatismo bloomiano, era o mais literário dos Ursinhos Carinhosos e meu mais duro crítico. Na escuridão embolorada da Batcaverna de raiom, os braços amarelos atarracados e quase imóveis se batiam para segurar firme a lanterna enquanto juntos tentávamos salvar a raça negra em oito palavras ou menos. Fazendo bom uso do latim que aprendi em minha educação caseira, eu inventava os lemas e os enfiava sob o seu nariz de coração para serem aprovados. Minha primeira tentativa, *América negra: Veni, vidi, vici – frango frito!*, fez Brilhante tapar os ouvidos e fechar os olhos duros de plástico, decepcionado. *Sempre alerta, sempre dançante* eriçou os pelos de poliéster dele. Quando começou a arranhar o colchão com as patas e se ergueu sobre as rechonchudas pernas amarelas, mostrando as presas e garras de urso, tentei lembrar o que o manual do escoteiro dizia para fazer quando você enfrentasse um ursinho de pelúcia de desenho animado furioso, ébrio de vinho roubado da adega e de poder editorial. "Se você encontrar um urso furioso, mantenha-se calmo. Fale com um tom de voz gentil, fique onde está, seja compreensivo e escreva em frases claras, simples e animadoras em latim."

Unum corpus, una mens, una cor, unum amor.
Um corpo, uma mente, um coração, um amor.

Nada mal. Tinha um toque bacana de mensagem de adesivo de carro. Eu conseguia imaginar aquilo em letras cursivas, acompanhando a borda de uma medalha de honra de uma guerra racial. Brilhante não odiou, mas, pelo jeito como franziu o nariz pouco antes de cair no sono aquela noite, eu sabia que achava que meu slogan implicava certo pensamento em bloco, e os negros não reclamavam o tempo todo de serem rotulados como monolíticos? Não arruinei seus sonhos contando que todos os negros realmente pensam parecido. Eles não admitem, mas todo negro acha que é melhor do que os outros negros. Nunca tive retorno da NAACP ou da Urban League, então esse lema negro existe só na minha cabeça, esperando impaciente por um movimento, uma nação e, imagino, já que hoje marca é tudo, um logo.

Talvez a gente não precise de um lema. Quantas vezes já ouvi alguém dizer: "Nego, você me conhece, meu lema é…"? Se eu fosse esperto, ia tirar algum proveito do meu latim. Cobrar dez dólares por palavra. Quinze se fosse para alguém de fora do bairro ou se quisessem que eu traduzisse "Não odeie o jogador, odeie o jogo". Se for verdade que o corpo da pessoa é seu templo, eu podia ganhar um bom dinheiro. Abrir uma lojinha e ter uma longa fila de clientes tatuados que se transformaram em casas de adoração não confessionais: ankhs, sankofas e crucifixos lutando por espaço abdominal com deuses solares astecas e galáxias de uma só estrela de davi. Caracteres chineses descendo por panturrilhas depiladas e colunas vertebrais. Recados sinológicos para pessoas amadas que já morreram e que eles acham que significam "Descanse em paz, vovó Beverly", mas que na verdade dizem "Não trouxe o papelzinho da lavanderia? Nada de acordo comercial bilateral!". Cara, ia ser uma mina de ouro. Mais altos que o preço do cigarro, eles iam aparecer a qualquer hora da noite. Eu podia ficar atrás de uma daquelas janelas grossas de acrílico e ter uma caixa de metal deslizante que nem as dos caixas de postos de gasolina. Empurraria a gaveta e, como prisioneiros passando recados para fora da cadeia, minha clientela me entregaria sub-repticiamente suas frases. Quanto mais durão o sujeito, mais bonita a caligrafia. Quanto mais delicada a mulher, mais belicosa a frase. "Você me conhece", eles diriam, "meu lema é…", e passariam pela gaveta o dinheiro e as citações de Shakespeare e *Scarface*, passagens bíblicas, aforismos de pátio de escola e truísmos de capangas escritos com todo tipo de tinta, de sangue a delineador. E, independentemente de estar rabiscado em um guardanapo amassado de bar, em um prato de papelão manchado de carne de churrasco e salada de batata, ou de a página ter sido cuidadosamente rasgada de um diário secreto mantido desde um tumulto num centro de detenção juvenil com as palavras

Ya estuvo (o que quer que signifiquem), as quais não posso repetir ou vou me ferrar, eu levaria o trabalho a sério. Pois estamos falando de gente para quem a frase "Bom, se eu tivesse uma arma na minha cabeça..." não é algo teórico, e quando alguém apertou um cano de metal frio contra o símbolo de yin e yang na sua têmpora e você sobreviveu para contar, você não precisa ler o *I Ching* para apreciar o equilíbrio cósmico do universo e o poder de uma tatuagem pouco acima da bunda de uma mulher. Porque qual poderia ser seu lema se não "Tudo o que vai, volta... *Quod circumvehitur, revehitur*"?

Quando o movimento estiver fraco, eles vão vir mostrar o resultado do meu trabalho. A caligrafia do inglês antigo cintilando à luz da rua, a ortografia analisada na musculatura suada em regatas e blusinhas tomara que caia. O dinheiro fala, a conversa fiada cala... *Pecunia sermo, somnium ambulo*. Casos dativos e acusativos polidos nas jugulares, tem algo de especial em fazer a língua da ciência e do romance surfar as ondas gigantes do corpo gordo de uma menina do bairro. Estritamente hétero... *Austerus verpa*. A trôpega declinação do substantivo que ficaria como uma fita colante em suas testas seria o mais perto que a maioria deles chegaria de ser branco, de dizer algo branco. Entre para os Crips ou caia fora... *Criptum vexo vel carpo vex...* É um essencialismo não essencial. Sangue entra, sangue sai... *Minuo in, minuo sicco*. É a satisfação de olhar seu lema no espelho e pensar: todo negro que não é paranoico é maluco... *Ullus niger vir quisnam est non insanus ist rabidus* é algo que Júlio César teria dito se fosse negro. Aja de acordo com sua idade, não com o tamanho do seu sapato... *Factio vestri aevum, non vestri calceus amplitudo*. E se um país cada vez mais pluralista decidir em algum momento encomendar um lema, estou à disposição, porque tenho um melhor do que *E pluribus unum*.

Tu dormis, tu perdis... Dormiu, perdeu.

Alguém tira o cachimbo da minha mão. "Vamos, cara. Só tem cinza aí. Hora de pegar uns donuts." Hampton Fiske, meu advogado e amigo de muito tempo, abana calmamente o resto de fumaça da maconha, depois me envolve em uma nuvem antifúngica de spray desodorizante. Estou chapado demais para falar, então a gente se cumprimenta com uma levantada de queixo e acenos com a cabeça para perguntar como é que vão as coisas, depois os dois dão um sorriso cúmplice, porque reconhecem o cheiro. Brisa dos Trópicos – a mesma porcaria que a gente usava para esconder os indícios dos nossos pais, porque o cheiro era igual ao de pó de anjo. Se nossa mãe chegasse em casa, tirasse as alpargatas e sentisse que a casa estava cheirando a maçã, canela ou morango com chantili, ela ia saber que a gente tinha fumado, mas se cheirasse a PCP, então ela botava a culpa em "tio Rick e os outros", ou então não dizia nada, cansada demais para lidar com a possibilidade de o único filho estar viciado em maconha com fenciclidina, então esperava que o problema simplesmente desaparecesse.

A Suprema Corte não é a especialidade de Hamp. Ele é um advogado criminalista da velha guarda. Quando você liga para o escritório dele, invariavelmente cai na espera. Não é que esteja ocupado ou que não tenha uma recepcionista, ou que você tenha ligado na mesma hora em que algum outro pateta que viu o anúncio dele em um ponto de ônibus ou o número 0800 (0800-LIBERDADE) que um sujeito rabiscou a soldo no espelho da cela que os réus em julgamento ocupam ou no acrílico do banco de trás das viaturas. É que ele gosta de escutar a secretária eletrônica, uma recitação de dez minutos de suas vitórias judiciais e dos julgamentos que conseguiu anular.

"Você ligou para o Grupo Fiske. Qualquer escritório pode listar as acusações, mas só nós podemos derrubá-las. Assassinato. Inocente. Dirigir alcoolizado. Inocente. Ataque a policial. Inocente. Abuso sexual. Inocente. Abuso de menores. Inocente. Abuso de

idosos. Inocente. Furto. Arquivado. Falsificação. Arquivado. Violência doméstica (mais de mil casos). Arquivado. Estupro de incapaz. Arquivado. Envolver menor em atividade relacionada a entorpecentes. Arquivado. Rapto..."

Hamp sabe que só os acusados mais desesperados vão ter paciência para ouvir essa ladainha de quase todos os crimes tipificados pelo código penal do distrito de Los Angeles, primeiro em inglês, depois em espanhol, depois em filipino. E é essa gente que ele gosta de representar. Os desgraçados da Terra, como nos chama. Gente pobre demais para pagar tevê a cabo e burra demais para saber que não está perdendo nada. "Se Jean Valjean me contratasse", ele gosta de dizer, "*Os miseráveis* só teria seis páginas. Furto famélico de pão, arquivado."

Meus crimes não aparecem na lista da secretária eletrônica. Na audiência de primeira instância, antes de o juiz me perguntar se eu me considerava inocente ou culpado, ele leu a lista de acusações contra mim. Em resumo me acusou de tudo, desde profanação da Nação até conspiração para fazer as coisas desandarem quando estava tudo dando tão certo. Atônito, fiquei de pé diante do juiz, tentando pensar se havia uma situação intermediária entre "culpado" e "inocente". Por que só duas alternativas?, eu pensei. Por que não podia ser "nenhum" ou "ambos"?

Depois de uma longa pausa, finalmente olhei para o magistrado e disse: "Meritíssimo, alego ser humano". Isso me fez ganhar um sorrisinho compreensivo e uma notificação por desacato, que Hamp imediatamente conseguiu descontar do tempo já passado na cadeia, pouco antes de fazer uma alegação de inocência em meu nome e de, num tom de brincadeira, requerer uma mudança de local, sugerindo Nuremberg ou Salem, em Massachusetts, dada a seriedade das acusações. E, embora nunca tenha me dito nada, meu palpite é que de repente as ramificações do que ele achava que ia ser uma simples história absurda de negros numa cidadezinha do interior ficaram claras para ele, então no dia seguinte pediu permissão para ir à Suprema Corte.

Mas tudo isso é história antiga. Agora, estou aqui em Washington, D.C., pendurado no meu último fio de esperança jurídica, chapado pelas memórias e pela maconha. Estou com a boca seca e a impressão é que acabo de acordar no ônibus número 7, bêbado que nem um gambá depois de uma noite festejando e correndo em vão atrás de gatinhas mexicanas no cais de Santa Monica, olhando pela janela e chegando, graças à maconha, à lenta conclusão de que perdi meu ponto e não tenho a menor ideia de onde estou nem por que está todo mundo me olhando. Como essa mulher na primeira fila do tribunal, se inclinando sobre o corrimão de madeira, o rosto num nó atado e retorcido de raiva enquanto ergue os dedos do meio, com as longas unhas postiças bem-feitas, na minha direção. Mulheres negras têm mãos bonitas, e a cada vez que ela mostra o dedo médio suas mãos parecem mais hidratadas e elegantes. São as mãos de uma poeta, de uma daquelas professoras com cabelos naturais e braceletes de latão cujos versos elegíacos comparam tudo ao jazz. O parto é como o jazz. Muhammad Ali é como o jazz. A Filadélfia é como o jazz. O jazz é como o jazz. Tudo é como o jazz, exceto eu. Para ela, sou como uma versão remixada de uma música negra numa apropriação anglo-saxã. Sou Pat Boone com um rosto negro cantando uma versão aguada de "Ain't That a Shame", de Fats Domino. Sou todas as notas do rock britânico não punk palhetadas e dedilhadas desde que os Beatles tocaram aquele acorde que fica ecoando na cabeça na abertura de "A Hard Day's Night". E o que você me diz de Bobby "What You Won't Do for Love" Caldwell, Gerry Mulligan, Third Bass e Janis Joplin?, eu queria gritar para ela. E Eric Clapton? Peraí, retiro o que eu disse. Foda-se o Eric Clapton. Com seu amplo busto à frente, ela pula a grade, passa desafiadoramente pelos policiais e corre na minha direção, com um garotinho desesperadamente agarrado à pashmina "Você Não Vê Como Isso É Insanamente Longo, Macio, Brilhante e Caro? Seu Babaca, VOCÊ VAI Me Tratar Como uma Rainha!" à la Toni Morrison que se arrasta atrás dela como a rabiola de caxemira de uma pipa.

Agora ela está na minha cara, murmurando com calma mas de modo incoerente algo sobre orgulho negro, navios negreiros, o compromisso dos três quintos, Ronald Reagan, impostos comunitários, a marcha sobre Washington, o mito do drop-back no futebol americano, sobre como até mesmo os cavalos vestidos de branco da Ku Klux Klan eram racistas e, mais enfaticamente, sobre como as mentes maleáveis dos cada vez mais supérfluos *jovens da juventude negra* precisavam ser protegidas. E, veja, a mente do garoto com os braços envolvendo seus quadris e o rosto enterrado em sua virilha definitivamente precisa de um guarda-costas, ou pelo menos de profilaxia. Ele faz uma pausa para respirar e olha cheio de expectativa para mim esperando que eu explique por que a professora me odeia tanto. Sem conseguir uma resposta, volta à umidade quente de seu lugar feliz, nem um pouco preocupado com o estereótipo de que homens negros não fazem sexo oral. O que eu podia dizer para ele? Sabe quando você joga *Escadas e serpentes* e está quase na linha de chegada, mas tira um seis e cai naquele escorregador vermelho cheio de curvas que te leva da casa sessenta e sete lá para trás na casa vinte e quatro?

"Sim, senhor", ele ia dizer educadamente.

"Bom", eu diria, passando a mão naquela cabeça roliça dele. "Eu sou aquele longo escorregador vermelho."

A professora-poeta me dá um tapa forte na cara. Sei o motivo. Ela, como quase todo mundo aqui, quer que eu me sinta culpado. Quer que demonstre arrependimento, que caia no choro, que pare de gastar o dinheiro do Estado e a poupe do constrangimento de compartilhar sua negritude comigo.

Continuo esperando aquela sensação conhecida e opressiva de culpa negra para cair de joelhos. Me derrubar um inexpressivo degrau idiomático depois do outro até eu estar curvado em absoluta súplica diante dos Estados Unidos, confessando com lágrimas nos olhos meus pecados contra a cor e o país, implorando perdão à minha orgulhosa história negra. Mas nada feito. Só escuto o zumbido do ar-condicionado e sinto meu barato. Enquanto os seguranças escoltam a mulher de volta até seu lugar, com o garoto pendurado atrás, agarrado obstinadamente à pashmina dela, a dor na minha bochecha que ela espera que vá durar perpetuamente já sumiu e descubro que não consigo evocar uma única sensação de culpa.

É uma merda isso, enfrentar um julgamento em que posso ser condenado à morte e pela primeira vez na vida não me sentir culpado. Aquela culpa onipresente que é tão negra quanto torta de maçã em restaurante fast-food e basquete na prisão finalmente desapareceu, e você se sente quase branco ao se livrar do fardo da vergonha racial que leva um calouro quatro-olhos a ter medo de comer frango frito na frente dos outros. Eu era a "diversidade" que a faculdade divulgava com tanto alarde nos panfletos, mas não havia financiamento estudantil no mundo que me fizesse chupar um osso de frango na frente de toda a turma de calouros. Já não faço parte daquela culpa coletiva que evita que o terceiro violoncelista, a secretária administrativa, o almoxarife, a vencedora do concurso de beleza que-nem-é-tão-bonita-assim-mas-é-negra cheguem no trabalho na segunda-feira de manhã e deem um tiro em cada branco de merda do escritório. É uma culpa que me obrigou a murmurar "Foi mal" a cada passe quicado que alguém errava, a cada político que passava por investigação federal, a cada comediante de olhos esbugalhados e jeito de falar forçado e a cada filme de negros feito desde 1968. Mas eu não me sinto mais responsável. Agora vejo que a única situação em que um negro não sente culpa é quando ele realmente fez alguma coisa de errado, porque assim a gente se livra da dissonância cognitiva de ser negro e inocente, e de certo modo a perspectiva de ir para a cadeia se torna um alívio. Do mesmo modo que fazer o papel estereotipado do negro engraçado é um alívio, que votar no Partido Republicano é um alívio, que casar com um branco é um alívio – embora apenas temporário.

Desconfortável por me sentir tão confortável, faço uma última tentativa de me dar com os meus. Fecho os olhos, coloco a cabeça sobre a mesa e enfio meu nariz largo na curva do braço. Me concentro na minha respiração, deixando do lado de fora as bandeiras e as fanfarras, e passo em revista meu vasto repositório de sonhos de negritude até pinçar as cenas de arquivo chuviscadas da luta pelos direitos civis. Segurando com cuidado pelas bordas sensíveis, tiro o filme da lata sagrada, faço passar por engrenagens mentais e portinholas psicológicas e pela lâmpada na minha cabeça que pisca ocasionalmente com uma ideia decente. Ligo o projetor. Não preciso ajustar o foco. Carnificinas humanas são sempre filmadas e lembradas na maior definição possível. As imagens são cristalinas, gravadas permanentemente em nossa memória e nas telas de plasma de nossas tevês. Aquele círculo incessante do Mês da História Negra de cães latindo, jatos de mangueiras, sangue escorrendo por cortes de cabelos de dois dólares, sangue incolor escorrendo por rostos que brilham com o suor e a luz do noticiário da noite – são essas as imagens que formam nosso superego coletivo de dezesseis milímetros. Mas hoje sou puro bulbo raquidiano e não consigo me concentrar. O filme na minha cabeça começa a saltar e a crepitar. O som cessa e manifestantes que caem como peças de dominó em Selma, Alabama, começam a parecer negros da Keystone escorregando em cascas de banana de ação afirmativa e se estatelando na rua, uma maçaroca de pernas e sonhos jogados para todo lado. Os integrantes da marcha sobre Washington viram zumbis dos direitos civis, cem mil deles, indo todos sonâmbulos para o shopping, esticando os dedos duros e carentes em busca de seu meio quilo de carne. O líder parece exausto por ser acordado dos mortos toda vez que alguém quer defender uma tese sobre o que os negros devem ou não fazer, podem ou não ter. Ele não sabe que o microfone está ligado e fala bem baixinho que, se tivesse experimentado aquela coisa sem açúcar que faziam passar por chá gelado nos restaurantes do sul, teria esquecido toda aquela história de direitos civis. Antes dos boicotes, dos espancamentos e dos assassinatos. Ele põe uma lata de refrigerante diet no palco. "Tudo fica melhor com coca", diz. "É isso aí!"

Mesmo assim, não me sinto culpado. Se estou realmente voltando no tempo e arrastando toda a América negra comigo, não dou a mínima. É minha culpa que o único benefício tangível que o movimento dos direitos civis trouxe foi que os negros não têm mais tanto medo de cachorros quanto tinham antes? Não, não é.

A meirinha fica em pé, bate o martelo e começa a recitar a invocação do Tribunal: "O ilustre presidente e os demais ministros da Suprema Corte dos Estados Unidos".

Hampton me ergue meio trêmulo e, junto com o público, ficamos em pé demonstrando solenidade enquanto os ministros entram na sala, fazendo o melhor que podem para parecer imparciais, com penteados da era Eisenhower e rostos inexpressivos de quem vai para mais um dia de trabalho. Uma pena que seja impossível não parecer pomposo quando se usa uma toga de seda preta e quando o ministro negro distraidamente se esqueceu de tirar o Rolex de platina de cinquenta mil dólares. Imagino que se tivesse mais estabilidade no emprego do que o Pai Tempo eu também seria um presunçoso do cacete.

Oyez! Oyez! Oyez!

A essa altura, depois de cinco anos de intermináveis decisões, reformas, recursos, adiamentos e audiências preparatórias, nem sei mais quem está acusando e quem está se defendendo. Só sei que o ministro de cara azeda com o relógio pós-racial não vai parar de olhar para mim. Com seus olhinhos brilhantes, que me encaram sem piscar ou perdoar, está puto por eu ter acabado com sua conveniência política. Virei os holofotes em sua direção como um menino que vai ao zoológico pela primeira vez e, frustrado por ter passado por várias jaulas de répteis aparentemente vazias, finalmente para em uma delas e grita: "Lá está ele!".

Lá está ele, *Chamaeleo africanus symbolus*, escondido lá atrás em meio às moitas, os pés viscosos agarrando com força o galho judicial numa fria letargia, roendo em silêncio as folhas da injustiça. "Ninguém se lembra daquilo que não vê" é o lema do trabalhador negro, mas agora o país inteiro está vendo este aqui, nossos narizes encostados no vidro, admirados por ele ter conseguido camuflar por tanto tempo sua bunda preta como o piche na bandeira vermelha, branca e azul dos Estados Unidos.

"Todos os que tiverem assuntos a tratar com a ilustre Suprema Corte dos Estados Unidos são exortados a se aproximar e a prestar atenção, pois está aberta a sessão. Deus salve os Estados Unidos e a ilustre Corte!"

Hamp dá uma batidinha no meu ombro, um lembrete para eu não me preocupar com o magistrado de cabelo encarapinhado nem com a república que ele representa. Esta é a Suprema Corte, não um programa de tevê barato. Não preciso fazer nada. Não preciso de cópias de recibos de lavanderia, relatórios policiais ou de uma fotografia de um para-choque amassado. Aqui os advogados debatem, os juízes fazem perguntas e eu simplesmente relaxo e curto meu barato.

O presidente anuncia o caso. Seu tom indiferente do meio-oeste alivia bastante a tensão na sala. "O primeiro caso que vamos ouvir esta manhã é o processo 09-2606…" Ele faz uma pausa, esfrega os olhos e se recompõe. "O processo 09-2606,

Eu contra os Estados Unidos da América." Não há um acesso de riso. Só umas risadinhas e olhos revirando enquanto alguém resmunga um pouco alto: "Quem esse desgraçado pensa que é?". Admito que *Eu contra os Estados Unidos* soa meio autopromocional, mas o que posso fazer? Eu sou eu. Literalmente. Descendente não exatamente orgulhoso dos Heu do Kentucky, uma das primeiras famílias negras a se estabelecer no sudoeste de Los Angeles, sou capaz de recompor minha árvore genealógica até o primeiro navio que escapou da repressão estatal estabelecida pelo Sul – o ônibus da Greyhound. Quando nasci, meu pai, na estranha tradição dos artistas judeus que mudam de nome e dos negros raivosos que não atingem as expectativas e os invejam, decidiu encurtar o nome da família deixando de lado aquele desajeitado H, assim como Jack Benny tinha deixado de lado Benjamin Kubelsky, Kirk Douglas deixou Danielovich, Jerry Lewis deixou Dean Martin, Max Baer deixou Schmeling e Sammy Davis Jr. deixou o judaísmo. Ele não ia deixar que uma consoante muda impedisse meu progresso como tinha impedido o dele. Meu pai gostava de dizer que não tinha anglicizado nem africanizado meu sobrenome, tinha apenas o atualizado, que eu já tinha nascido atingindo todo o meu potencial e que podia abandonar Maslow, o terceiro ano e Jesus.

Sabendo que as estrelas de cinema mais feias, os rappers mais brancos e os intelectuais mais burros são frequentemente os mais respeitados entre seus pares, Hamp, o advogado de defesa que parece um criminoso, larga confiante o palito de dente no atril, passa a língua por um incisivo de ouro e ajeita o terno, branco como o dente de um bebê, com um paletó largo que no corpo ossudo dele tem o caimento de um balão de ar quente vazio e, dependendo do gosto musical do freguês, combina ou briga com a permanente de Cleópatra e o tom preto da pele que nocauteia você como Mike Tyson faria no primeiro round. Eu meio que espero que ele comece seu discurso com "Caros cafetões e cafetinas, vocês podem ter ouvido falar que meu cliente é desonesto, mas é fácil dizer isso, porque meu cliente é um trapaceiro!". Em uma era em que ativistas sociais têm programas de televisão e milhões de dólares, não sobrou muita gente como Hampton Fiske, imbecis voluntários que acreditam no sistema e na Constituição, mas que conseguem ver a diferença entre a realidade e a retórica. E, embora eu não saiba se ele realmente acredita em mim ou não, sei que quando começa a defender o indefensável isso não faz diferença, porque ele é um cara cujo cartão de visitas diz: "Para os pobres todo dia é dia de roupa casual".

Fiske mal disse "Se o tribunal permitir" quando o ministro negro se mexe quase imperceptivelmente na cadeira. Ninguém teria notado, mas o rangido de uma rodinha da cadeira o denunciou. E a cada referência a uma seção obscura da Lei de Direitos Civis ou à jurisprudência, o ministro se mexe impaciente, fazendo a cadeira ranger cada vez mais alto conforme passa o peso inquieto do corpo de uma nádega flácida e diabética para a outra. Você pode assimilar o homem, mas não sua pressão sanguínea, e a veia que pulsa raivosa no meio da testa o denuncia. Ele está me lançando um olhar penetrante e cheio de sangue que lá onde eu nasci a gente chamava de Olhar da Willowbrook Avenue, sendo a Willowbrook Avenue o rio Estige de quatro faixas que na Dickens dos anos 1960 separava a parte branca da negra, mas hoje, na era pós-brancos, pós-fuga-de-qualquer-um-que-tivesse-duas-moedinhas-para-esfregar-uma-na-outra, o inferno está dos dois lados da rua. As margens do rio são perigosas e, enquanto você espera na faixa olhando o sinal para atravessar, sua vida pode mudar. Algum local passando por ali, representando alguma cor, alguma panelinha ou um dos cinco estágios do luto, pode colocar a arma para fora da janela do passageiro de um cupê de duas cores, encarar você com o olhar da Suprema Corte de Justiça dos Negros e perguntar: "De onde você vem, mané?".

A resposta correta, claro, é "De lugar nenhum", mas às vezes ninguém consegue ouvir sua voz com aquele motor barulhento, explodindo e sem abafador, com as perguntas da tumultuada sabatina, com a mídia liberal que questiona seu currículo e com a cadela conivente que acusa você de assédio sexual. Às vezes "De lugar nenhum" simplesmente não é uma resposta boa o suficiente. Não porque eles não acreditem em você, porque "todo mundo vem de algum lugar", mas porque eles não querem acreditar em você. E agora, depois de perder o verniz de civilidade patrícia, esse ministro raivoso, sentado na sua cadeira giratória de espaldar alto, não é diferente do membro de uma gangue que fica passando de carro para lá e para cá na Willowbrook Avenue dizendo para o motorista "mandar bala" porque é literalmente isso que eles vão fazer.

Pela primeira vez nos muitos anos da Suprema Corte, o ministro negro tem uma pergunta. Ele nunca fez um aparte antes, e não sabe muito bem como começar. Olhando para o ministro italiano para pedir permissão, ele lentamente ergue a mão gorda com os dedos de charuto no ar, mas, furioso demais para esperar o consentimento, diz de uma vez: "Negão, você tá maluco?", em uma voz surpreendentemente aguda para um negro do tamanho dele. Deixando de lado qualquer objetividade e compostura, os punhos do tamanho de dois salames dão uma pancada tão forte na mesa que o relógio caro e chique banhado a ouro pendurado no teto acima da cabeça do presidente do tribunal começa a oscilar de um lado para o outro. O ministro negro chega perto demais do microfone e grita nele, porque, apesar de eu estar sentado a poucos metros de distância, nossas diferenças estão a anos-luz. Ele exige saber como um homem negro pode violar hoje os venerandos princípios da Décima Terceira Emenda e ter um escravo. Como eu podia estar disposto a ignorar a Décima Quarta Emenda e defender que às vezes a segregação une as pessoas. Como todo mundo que acredita no sistema, ele quer respostas. Quer acreditar que Shakespeare escreveu todos aqueles livros, que Lincoln lutou contra o Sul na Guerra Civil para libertar os escravos e que os Estados Unidos lutaram na Segunda Guerra Mundial para resgatar os judeus e manter o mundo democrático e seguro, que Jesus e a sessão dupla de cinema vão voltar. Mas não sou um Pangloss americano. Quando fiz o que fiz, não estava pensando em direitos inalienáveis, na orgulhosa história do nosso povo. Fiz o que deu, e desde quando um pouquinho de escravidão e segregação fizeram mal para alguém? E, se fizeram, foda-se.

Às vezes, quando você está doidão como eu estou, a fronteira entre pensamento e fala fica meio borrada, e a julgar pelo jeito como o ministro negro está espumando pela boca, eu disse esta última parte em voz alta, "foda-se". Ele fica de pé como se quisesse brigar. Uma bola de cuspe resgatada das mais profundas regiões do curso de direito em Yale fica na ponta de sua língua. O presidente grita seu nome e o ministro negro se controla e se joga de novo na cadeira. Ele engole a saliva e talvez o orgulho. "Segregação racial? Escravidão? Olha aqui, seu veadinho filho de uma puta, eu sei muito bem que não foi para isso que seus pais criaram você! Então vamos começar logo esse enforcamento!"

A merda que você empurra

I

Acho que esse é exatamente o problema – não fui criado para ter noção das coisas. Meu pai era (Carl Jung, que sua alma descanse em paz) um cientista social de algum renome. Como fundador e, até onde eu saiba, único praticante da psicologia da libertação, ele gostava de andar pela casa, também conhecida como "a caixa de Skinner", de jaleco. No papel de desajeitada e distraída cobaia, fui educado em casa seguindo rigorosamente a teoria de Piaget do desenvolvimento cognitivo. Eles não me alimentavam: punham diante de mim tépidos estimulantes de apetite. Não me castigavam: rompiam os meus reflexos condicionados. Não me amavam: me criavam em um ambiente de calculada intimidade e intensos níveis de compromisso.

Morávamos em Dickens, um gueto na periferia ao sul de Los Angeles. Por mais estranho que pareça, cresci em uma fazenda dentro da área urbana. Fundada em 1868, Dickens, como a maior parte das cidades da Califórnia, à exceção de Irvine, que surgiu para ser um território onde seriam criados republicanos brancos, burros, gordos e feios, além de chihuahuas e dos refugiados do Leste Asiático que os adoram, começou como uma comunidade agrícola. A lei original da cidade determinava: "Dickens deve permanecer livre de chineses, espanhóis de todos os matizes, dialetos e diferentes chapéus, franceses, ruivos, trapaceiros e judeus sem qualificação profissional". No entanto, os fundadores, em sua visão limitada, também decidiram que os duzentos hectares de terra à beira do canal fossem eternamente reservados para algo que eles chamavam de "agricultura residencial", e assim surgiu a área em que eu morava, uma região de dez quadras informalmente conhecida como "fazendas". Você sabe que entrou nas Fazendas porque as calçadas, assim como as rodas, o aparelho de som do seu carro, sua paciência e seu histórico de votos progressistas, somem no ar com cheiro forte de esterco e, se o vento estiver soprando na direção certa, maconha da boa. Adultos se locomoviam em bicicletas e motos por ruas cheias de todo tipo de ave de criação grasnindo, de galinhas a pavões. Eles dirigiam sem usar as mãos, contando maços de notas e levantando o olhar rapidamente só para erguer a sobrancelha e o lábio e perguntar: "E aí? Belê?". Rodas de carroças pregadas em árvores nos jardins e nas cercas davam o toque autêntico dos pioneiros às casas de estilo rural, escondendo o fato de que todas as janelas, portas e entradas de cachorro tinham mais grades e cadeados do que um carcereiro acharia normal. Cidadãos com décadas de varanda e crianças de oito anos que já haviam visto de tudo sentavam em cadeiras de plástico com pernas tortas, usando canivetes para afiar pedaços de madeira, esperando alguma coisa acontecer, como sempre acontecia.

Nos vinte anos em que convivi com meu pai, ele foi coordenador interino do departamento de psicologia da Faculdade Comunitária de West Riverside. Filho de um administrador de estábulo em um pequeno haras em Lexington, no Kentucky, ele achava nostálgica a vida na fazenda. Quando conseguiu um emprego de professor no Oeste, a oportunidade de viver em uma comunidade negra e criar cavalos pareceu boa demais para deixar passar, ainda que nunca tenha conseguido dar conta da hipoteca e dos custos de manutenção do lugar.

Se ele fosse especializado em psicologia animal, talvez alguns cavalos e vacas tivessem vivido mais do que três anos e os tomates tivessem menos pragas, mas na verdade estava mais interessado na liberdade dos negros do que em agrotóxicos e no bem-estar dos seres vivos. Em sua busca pelas chaves que levassem à liberdade da mente, eu era sua Anna Freud, seu pequeno estudo de caso. Quando ele não estava me ensinando a cavalgar, repetia experimentos famosos das ciências sociais em que eu era tanto o grupo de controle quanto o de teste. Como qualquer criança negra "primitiva" com sorte suficiente para chegar à fase operacional, percebi mais tarde que minha criação tinha sido uma merda e que nunca seria superada.

Imagino que, se alguém levar em conta que não existia um comitê de ética supervisionando a metodologia de criação de filhos do meu pai, os experimentos até que começaram de forma inocente. No início do século XX, tentando comprovar que o medo era um comportamento que aprendíamos, os behavioristas Watson e Rayner expuseram o "pequeno Albert", de nove meses, a estímulos neutros como ratos de laboratório, macacos e maços de jornal queimados. No começo, o bebê objeto do teste não se incomodou com os vários símios e roedores ou com o fogo, mas depois de Watson repetidamente o expor a barulhos altos enquanto lhe mostrava os ratos, o "pequeno Albert" desenvolveu um medo não apenas deles, mas de tudo o que tivesse pelos. Quando eu tinha sete meses, meu pai colocava objetos como viaturas de brinquedo, latas geladas de cerveja Pabst Blue Ribbon, adesivos de campanha de Richard Nixon e um exemplar da *Economist* no meu berço, mas em vez de me condicionar com um barulho forte, aprendi a temer esses estímulos porque eles eram acompanhados de meu pai sacando o revólver da família e dando vários tiros no teto que faziam sacudir as janelas, enquanto gritava "Volta pra África, macaco!" alto o suficiente para ser ouvido mesmo com o aparelho de som quadrafônico tocando "Sweet Home Alabama" no último volume na sala. Até hoje tenho uma estranha afinidade com Neil Young, e sempre que não consigo dormir, em vez de ouvir gravações de tempestades ou de ondas quebrando na praia, coloco as fitas do Watergate para tocar.

Diz a lenda da família que entre um e quatro anos fiquei com a mão direita amarrada nas costas para me tornar canhoto e assim desenvolver o lado direito do cérebro e me tornar mais centrado. Eu tinha oito anos quando meu pai quis testar o "efeito do observador" aplicado à "comunidade negra". Ele repetiu o infame caso de Kitty Genovese comigo. Eu, um pré-adolescente, desempenhei o papel da desafortunada srta. Genovese, que, em 1964, foi assaltada, estuprada e esfaqueada até morrer nas apáticas ruas de Nova York, com seus gritos de socorro dignos de um livro didático de *Introdução à psicologia* ignorados por dezenas de transeuntes e moradores da região. Daí vem o "efeito do observador": quanto mais gente houver em um lugar para prestar ajuda, menor é a possibilidade de que alguém ajude uma pessoa. Meu pai estabeleceu a hipótese de que isso não se aplicava a negros, membros de uma raça amorosa cuja própria sobrevivência dependia de uns ajudarem os outros nas dificuldades. Por isso me fez ficar na esquina mais movimentada do bairro com notas de dólar escapando dos meus bolsos, apetrechos eletrônicos de última geração novinhos em folha enfiados nos canais auditivos, uma corrente de ouro gigante pendurada no pescoço e, inexplicavelmente, carpetes personalizados de um Honda Civic sobre o antebraço como se eu fosse um garçom segurando um guardanapo. Enquanto as lágrimas rolavam, meu próprio pai me assaltou. Ele começou a me bater em frente a uma multidão de observadores, que não ficaram só olhando por muito tempo. Eu mal tinha levado dois socos na cara quando as pessoas se aproximaram, não para me salvar, mas para ajudar meu pai. Eles ficaram felizes de poder participar do meu espancamento com cotoveladas e golpes de luta livre. Uma mulher me deu um mata-leão muito bem executado e, em retrospectiva, misericordioso. Quando recobrei a consciência, vi meu pai entrevistando aquela senhora e os outros que tinham me atacado, os rostos ainda suados e os peitos ofegantes em função dos esforços altruístas. Imaginei que, como eu, eles ainda estavam com o ouvido zumbindo por causa dos meus gritos agudos e dos risos frenéticos deles.

"Que grau de satisfação você sente por
seu gesto de desprendimento?"

Nada satisfeito	Pouco satisfeito	Muito satisfeito		
1	2	3	4	5

No caminho para casa, meu pai colocou o braço em volta do meu ombro para me consolar e fez um discurso apologético sobre não levar em conta o "efeito manada".

Depois ele quis testar "servilismo e obediência na geração hip-hop". Eu devia ter uns dez anos quando me fez sentar de frente para um espelho, pôs uma máscara de Ronald Reagan no próprio rosto, prendeu um antigo broche com asas da Trans World Airlines no jaleco e se autoproclamou uma "figura branca de autoridade". "O crioulo no espelho é um crioulo burro", ele me explicou na "voz branca" estridente e irritante usada pelos comediantes negros, enquanto prendia eletrodos nas minhas têmporas. Os cabos levavam a um aparelho de aparência sinistra, cheio de botões, seletores e voltímetros antigos.

"Você vai fazer uma série de perguntas para o menino no espelho sobre a suposta história dos crioulos. Elas estão na folha em cima da mesa. Se ele responder errado ou não responder em dez segundos, você vai apertar o botão vermelho, liberando uma descarga elétrica que vai aumentar de intensidade a cada resposta errada."

Eu sabia que era melhor não pedir que ele tivesse pena de mim, pois pena para ele era dar um sermão sobre eu merecer aquilo por ter lido o único gibi que tive na vida. O número 203 do *Batman*: *Segredos espetaculares da Batcaverna revelados*, um exemplar embolorado com orelhas dobradas que alguém jogou no terreno da fazenda e que levei para dentro de casa e transformei de novo em algo legível, como se estivesse tratando de um pedaço ferido de literatura. Foi a primeira coisa que li vinda do mundo exterior. Quando saquei o gibi durante um intervalo na minha educação caseira, meu pai o confiscou. Dali em diante, sempre que eu não sabia alguma coisa ou que algo de ruim acontecia na vizinhança, ele esfregava a capa estropiada na minha cara. "Viu, não quero você desperdiçando sua vida lendo essa porcaria, porque o Batman não vai aparecer pra salvar sua pele nem a do seu povo!"

Li a primeira pergunta.

"Antes da declaração da independência em 1957, a nação de Gana, na África Ocidental, era formada por duas colônias. Quais eram elas?"

Eu não sabia. Fiquei de ouvido atento, tentando escutar o ruído do Batmóvel com propulsão a foguete cantando pneu na esquina, mas só escutei o cronômetro do meu pai marcando os segundos. Cerrei os dentes, encostei o dedo no botão vermelho e esperei acabar o tempo.

"A resposta é Togolândia e Costa do Ouro."

Obedientemente, como meu pai tinha previsto, apertei o botão. Tanto as agulhas no mostrador quanto minha coluna ficaram na vertical, enquanto eu me via saltitar violentamente no espelho durante um ou dois segundos.

Jesus.

"Quantos volts?", perguntei, com minhas mãos tremendo incontrolavelmente.

"O objeto do estudo fará apenas as perguntas listadas na folha", meu pai disse friamente, estendendo a mão um pouco adiante de onde eu estava para girar um botão preto para a direita, de modo que o indicador agora estava em XXX. "Agora, por favor leia a próxima pergunta."

Comecei a sentir minha visão ficar turva, o que achei que era psicossomático, mas mesmo assim estava tudo fora de foco como num vídeo pirata de cinco dólares passando numa tevê comprada no mercado de pulgas. Para ler a pergunta seguinte, precisei segurar o papel, que tremelicava, bem perto do nariz.

"Dos vinte e três mil alunos de oitavo ano que fizeram exame de admissão para entrar na Stuyvesant High, a melhor escola pública de Nova York, quantos afro-americanos tiraram nota suficiente para ser aceitos?"

Quando terminei de ler, meu nariz começou a sangrar. Gotas vermelhas pingavam da minha narina esquerda sobre a mesa em intervalos perfeitos de um segundo. Deixando de lado o cronômetro, meu pai deu início à contagem regressiva. Olhei desconfiado para ele. A pergunta era atual demais. Obviamente ele tinha lido o *New York Times* no café da manhã, se preparando para o experimento do dia, procurando munição racial enquanto comia uma tigela de sucrilhos, folheando o jornal com uma velocidade e uma raiva que faziam os cantos afiados do papel estalarem, crepitarem e estourarem no ar da manhã.

O que será que o Batman faria se entrasse na cozinha bem naquela hora e visse um pai eletrocutando o filho pelo bem da ciência? Ora, tiraria uma daquelas pastilhas de gás lacrimogêneo do cinto de utilidades e, enquanto meu pai estivesse engasgado com a fumaça, aproveitaria para asfixiá-lo, presumindo que teria batcorda suficiente para envolver o pescoço gordo dele. Depois ia queimar seus olhos com um laser, usar a câmera em miniatura para tirar algumas fotos para a batposteridade e usar uma chave micha para roubar o nosso

clássico Karmann Ghia conversível azul-celeste exclusivo-
-para-ir-aos-bairros-brancos e dar o fora. Era isso que o Batman faria. Mas eu, o batveadinho covarde que era e continuo sendo, só conseguia pensar em questionar a pergunta
malfeita. Por exemplo, quantos alunos negros tinham feito o
teste de admissão? Qual era o tamanho médio de uma turma
na tal Stuyvesant High?

Mas, àquela altura, antes de a décima gota de sangue ter
aterrissado na mesa, antes de meu pai poder dizer a resposta
(sete), apertei o botão vermelho, autoadministrando um choque elétrico despedaçador de nervos e atrofiador de crescimento de uma voltagem que teria apavorado Thor e lobotomi-
zado uma turma de alunos instruída que já estivesse sedada,
porque agora eu tinha ficado curioso. Queria ver o que acontecia quando você doava o corpo de um menino negro de dez
anos de idade para a ciência.

O que eu descobri foi que a expressão "esvaziar os intestinos de alguém" é um equívoco, porque foram meus intestinos
que me esvaziaram. Foi uma retirada comparável às grandes
evacuações da história. Dunquerque. Saigon. New Orleans.
Mas, ao contrário dos britânicos, dos capitalistas no Vietnã e
das vítimas da enchente do Nono Distrito, os ocupantes do
meu trato intestinal não tinham para onde ir. As partes daquele
fétido maremoto de merda e mijo que não se estabeleceram
nos arredores da minha bunda e dos meus testículos escorre-
ram pelas pernas e fizeram uma piscina tanto dentro quanto
fora dos meus tênis. Sem querer prejudicar a integridade de
seu experimento, meu pai simplesmente tapou o nariz e fez
um sinal para que eu continuasse. Graças a Deus, eu sabia a
resposta da terceira pergunta: "Qual é o nome do primeiro álbum do Wu-Tang?". Se eu não soubesse, meu cérebro ia ficar
com a cor e a consistência do carvão na churrasqueira depois
do Quatro de Julho.

Meu curso intensivo em desenvolvimento infantil terminou dois anos mais tarde, quando meu pai tentou repetir o estudo dos doutores Kenneth e Mamie Clark sobre consciência de cor em crianças negras usando bonecas brancas e negras. A versão do meu pai, é claro, era um pouco mais revolucionária. Um tiquinho mais moderna. Ao contrário dos Clark, que puseram duas bonecas angelicais de tamanho real com sapatos de couro bicolores, uma branca e outra negra, diante de crianças em idade escolar e pediram para elas escolherem sua favorita, meu pai dispôs dois sofisticados cenários com bonecos diante de mim e perguntou: "Com quais desses bonecos, com qual subtexto sociocultural, você se identifica, filho?".

O cenário número um mostrava o Ken e a Barbie Malibu usando roupas de banho iguais, com snorkels, se refrescando na piscina da Casa dos Sonhos. No cenário dois, Martin Luther King Jr., Malcolm X, Harriet Tubman e um bonequinho em forma de ovo e pele morena corriam (cambaleando) em meio a um matagal pantanoso para fugir de uma matilha de pastores-alemães de plástico à frente de um grupo armado de linchadores composto por Comandos em Ação com capuzes, representando a Ku Klux Klan. "O que é isso?", eu perguntei, apontando para um pequeno ornamento branco de Natal que girava lentamente sobre o brejo, brilhando e cintilando como um globo de discoteca em uma tarde ensolarada.

"Essa é a estrela polar. Eles estão correndo em direção a ela. Rumo à liberdade."

Peguei Martin, Malcolm e Harriet e perguntei, para provocar meu pai: "O que são essas coisas? Personagens de desenhos *desanimados*?". Martin Luther King Jr. estava o.k. Um terno preto acetinado justo, um exemplar da autobiografia de Gandhi numa mão e um microfone na outra. Malcolm estava com uma roupa parecida, mas usava óculos e segurava um coquetel molotov em chamas que lentamente derretia uma das suas mãos. O ovinho sorridente e racialmente ambíguo, que lembrava de maneira suspeita uma versão infantil do meu pai, balançava sem nunca cair, fosse se equilibrando de forma precária na palma da minha mão ou perseguido pelos cavaleiros da supremacia branca. Mas tinha alguma coisa errada com a sra. Tubman. Ela estava vestida com um saco de juta bem apertado, e eu não me lembro de nenhuma das minhas cartilhas de história dizendo que essa mulher conhecida como Moisés tivesse um corpo de violão escultural, com noventa de busto, sessenta de cintura e noventa de quadril, cabelos longos e sedosos, sobrancelhas bem-feitas, olhos azuis, lábios de boqueteira e peitos pontudos.

"Pai, você pintou a Barbie de preto."

"Eu queria manter um limiar de beleza. Estabelecer um mínimo de fofura para que você não pudesse dizer que uma boneca era mais bonita do que a outra."

A Barbie de engenho tinha uma corda saindo das costas. Puxei. "Matemática é difícil. Vamos fazer compras", ela disse com uma voz monótona e chiada. Devolvi os heróis negros de volta ao pântano da mesa da cozinha, mexendo nas pernas e braços para que ficassem de novo em posição de fuga.

"Eu me identifico com o Ken e a Barbie."

Meu pai perdeu a objetividade científica e me pegou pela camiseta. "O quê? Por quê?", ele gritou.

"Porque os brancos têm acessórios mais bacanas. Olha só. A Harriet Tubman tem um lampião, uma bengala e uma bússola. O Ken e a Barbie têm um carro e uma lancha! Não tem nem comparação."

No dia seguinte, meu pai queimou seus "achados" na lareira. Mesmo calouros sabem que você precisa publicar o resultado das suas pesquisas. Porém, mais importante para meu pai do que nunca ter tido uma vaga de estacionamento com seu nome ou uma carga horária reduzida, eu era um experimento social fracassado. Um filho estatisticamente insignificante que tinha destruído as esperanças que depositava em mim e na raça negra. Ele me fez entregar meu diário de sonhos. Parou de chamar minha mesada de "incentivo" e passou a se referir a ela como "indenização". Embora nunca tenha deixado de me forçar a "aprender com os livros", não demorou muito para me comprar minha primeira pá, um ancinho e uma tesoura de tosquiar ovelhas. Me mandou para o campo com um tapinha na bunda e a famosa citação de Booker T. Washington estampada num bottom no meu macacão jeans como incentivo: "Deixe seu balde onde você está".

Se existir um céu que valha o esforço feito pelas pessoas para chegar lá, espero pelo bem do meu pai que exista uma revista celestial de psicologia. E uma revista que publique os resultados de experimentos fracassados, porque reconhecer teorias não comprovadas e resultados negativos é tão importante quanto publicar estudos que comprovem que o vinho tinto é a panaceia que fingimos ser.

Nem todas as memórias que tenho dele são ruins. Apesar de tecnicamente ser filho único, meu pai, como muitos negros, tinha vários filhos. Os cidadãos de Dickens eram sua prole. Embora não fosse muito bom com cavalos, ele era conhecido na cidade como Encantador de Crioulos. Sempre que precisavam convencer alguém que "tinha perdido a porra da cabeça" a descer de uma árvore ou de um viaduto, era ele quem chamavam. Meu pai pegava sua bíblia psicológica, *The Planning of Change*, de Warren G. Bennis, Kenneth D. Benne e Robert Chin, este último um psicólogo sino-americano lamentavelmente subestimado que ele nunca conheceu, mas que dizia ser seu mentor. A maior parte das crianças ouvia contos de fada e outras histórias antes de dormir; eu ouvia a leitura de capítulos com títulos como "A utilidade de modelos dos ambientes de sistemas para especialistas". Meu pai era certamente um especialista. Não me lembro de uma única vez em que ele não tenha me levado a uma sessão de encantamento de crioulos. No caminho ele se gabava de que a comunidade negra era muito parecida com ele – SFD.

"Só falta a dissertação?"

"Só falta a derrota."

Quando a gente chegava, ele me punha sentado no teto de uma minivan ou de pé em cima de uma lixeira, me entregava um bloco e me mandava tomar notas. Em meio às sirenes piscando, aos gritos e cacos de vidro esmagados suavemente pelos sapatos de camurça dele, eu ficava morrendo de medo que algo acontecesse. Mas meu pai tinha um modo de se aproximar do inacessível. Com seu rosto simpático e taciturno, com as palmas das mãos viradas para cima como uma estátua de Jesus, ele andava até algum lunático com uma faca e pupilas dilatadas por um litro de conhaque e um engradado de cervejas light. Ignorando o uniforme de trabalho manchado de sangue e coberto de massa de cérebro e excrementos, ele abraçava o sujeito como se cumprimentasse um velho conhecido. As pessoas pensavam que era o altruísmo que permitia a meu pai chegar tão perto, mas para mim era a voz dele. Com o tom de um baixo de doo-wop, ele falava em fá sustenido. Um tom grave e profundo que deixava você congelado como uma adolescente com meias soquete ouvindo os Five Satins cantarem "In the Still of the Night". Não é a música que acalma as feras, é a dessensibilização sistemática. E a voz do meu pai tinha um modo de relaxar e permitir que as pessoas confrontassem seus medos sem ansiedade.

Quando eu estava no ensino fundamental, sabia que a Califórnia era um lugar especial pelo gosto delicioso da romã que nos levava às lágrimas, pela maneira como o sol do verão tornava nossos afros vermelhos feito laranja sanguínea, pela empolgação do meu pai sempre que começava a falar do Dodger

Stadium, de vinho zinfandel branco e do mais recente pôr do sol esverdeado que tinha visto no topo do monte Wilson. Se você parar para pensar, boa parte das coisas que tornaram o século XX tolerável foi inventada numa garagem da Califórnia: a Apple, o bodyboard e o gangster rap. Graças à carreira do meu pai como encantador de crioulos, eu estava lá no nascimento deste último, quando às seis horas de uma manhã fria e escura no gueto a duas quadras da minha casa, Carl "Kilo G" Garfield, alucinado com o que tinha fumado e com o melancólico lirismo de lorde Alfred Tennyson, irrompeu de sua garagem apertando os olhos para ler alguma coisa no seu moleskine, segurando um cachimbo de crack aceso. Era o auge da pedra. Eu tinha uns dez anos quando ele subiu na caçamba da caminhonete amarela Toyota hot rod toda enfeitada, com o TO e o TA apagados de modo que sobrava apenas YO na porta traseira, e começou a recitar aos gritos seus versos, os atabalhoados pentâmetros iâmbicos pontuados por estrondos de seu revólver niquelado e por apelos da mãe pedindo que botasse aquela bunda pelada pra dentro de casa.

> *Meio litro, meio litro,*
> *Meio litro adiante*
> *Todos no beco da morte*
> *Cavalgaram os oitocentos ingleses antigos.*
> *Adiante, espada de pele clara!*
> *"Invistam contra os Bloods!", ele fala:*
> *Adentrando o beco da morte*
> *Cavalgaram os oitocentos ingleses antigos...*

Quando a equipe da SWAT finalmente chegou, usando as portas das viaturas e os sicômoros como cobertura, colocando os rifles de assalto no peito, nenhum deles conseguia parar de rir por tempo suficiente para dar o tiro fatal.

Não cabe a vocês pensar que porra é essa,
Só cabe atirar e bem depressa:

Crioulos à direita deles
Crioulos à esquerda deles
Crioulos à frente deles
Festejando e tropeçando com os amigos
Desviando da dumdum e da trinta e oito também
O trafica e o carango já foram pro além
Dois malucos que lutavam tão bem
Passaram pelos dentes da morte
Voltando do inferno, pois nada os detém,
Tudo o que sobrou deles
   Veio dos oitocentos ingleses antigos.

Quando meu pai, o Encantador de Crioulos, com aquele sorriso de êxtase no rosto, abriu caminho tranquilamente em meio às barricadas policiais, colocou um braço vestido com paletó de tweed em volta do exausto traficante e sussurrou alguma sabedoria em seu ouvido, Kilo G piscou sem qualquer expressão no rosto, como um voluntário de palco atordoado por um hipnotizador de cassino, e depois entregou tranquilamente para meu pai a arma e a chave do seu coração. Os policiais se aproximaram para prender o sujeito, mas meu pai pediu que mantivessem distância, acenando para Kilo terminar seu poema e chegando a cantar o final de cada verso junto com ele, fingindo que sabia a letra.

Quando o brilho deles vai embora pelos canos?
Ah, que puta ataque doido desses manos!
A porra do mundo quis saber, amigos.
Respeite a carga dos malucos, cara
Respeite a carga da espada de pele clara
   Os nobres e agora vazios oitocentos ingleses antigos.

As vans e os carros da polícia desapareceram na névoa da manhã, deixando meu pai, como um deus, sozinho no meio da rua, desfrutando de seu humanismo. Presunçoso, ele veio na minha direção. "Sabe o que eu disse para aquele psicopata filho da puta abaixar a arma?"

"O quê?"

"Eu disse: 'Irmão, você precisa se fazer duas perguntas: Quem sou eu? E como posso me tornar o que sou?'. É o fundamento da terapia baseada na pessoa. Você quer que o paciente se sinta importante, se sinta no controle do processo de cura. Nunca se esqueça dessa merda."

Eu queria perguntar por que ele nunca falava comigo no mesmo tom tranquilizador que usava com os "pacientes", mas eu sabia que, em vez de uma resposta, só ia receber uma surra de cinto, cujo processo de cura envolveria mercurocromo, e que em vez de ficar de castigo eu teria uma pena de três a cinco semanas de imaginação ativa junguiana. À distância, correndo para longe de mim como alguma galáxia em espiral, as sirenes vermelhas e azuis giravam em silêncio, iluminando a cerração da manhã como uma espécie de aurora boreal urbana. Enfiei o dedo num buraco de bala numa casca de árvore, imaginando que assim como aquele projétil enterrado dez anéis para dentro do tronco, eu nunca ia sair daquela vizinhança. Que ia fazer ensino médio ali. Me formar com uma nota mediana, mais um zé-mané com um currículo de seis linhas cheio de erros de ortografia, perambulando entre a agência de empregos, o estacionamento da boate de striptease e o cursinho preparatório para concursos. Me casar com, trepar com e eventualmente matar Marpessa Delissa Dawson, minha vizinha e meu único amor. Ter filhos. Ameaçar as crianças com escola militar e a possibilidade de não pagar a fiança se algum dia fossem presos. Ia ser o tipo de crioulo que jogava sinuca no bar de strip e traía a mulher com a loira sentimental da Trader Joe's na esquina da National com a Westwood. Ia parar de encher o saco do meu pai perguntando onde estava minha mãe e acabaria admitindo para mim mesmo que a maternidade, assim como a trilogia artística, é superestimada. Depois de uma vida sofrendo por nunca ter sido amamentado no peito e por não ter terminado *O Senhor dos Anéis*, *Paraíso* e *O guia do mochileiro das galáxias*, um dia, como todo californiano de classe média baixa, eu ia morrer no mesmo quarto em que tinha crescido, olhando as rachaduras no teto de gesso que estavam lá desde o terremoto de 1968. Por isso perguntas introspectivas como "Quem sou eu e como posso ser essa pessoa?" não diziam respeito a mim naquela época, porque eu já sabia a resposta. Como a cidade inteira, eu era filho do meu pai, um produto do meu ambiente, e nada mais. Dickens era eu. E eu era meu pai. O problema foi que tanto um quanto o outro desapareceram da minha vida, primeiro meu pai, depois minha cidade, e de repente eu não tinha a menor ideia de quem era, e nenhuma pista de como me tornar o que eu era.

2

Aqui é a Costa Oeste, negão! Qual foi?

3

As três leis básicas da física do gueto são: crioulos agressivos tendem a continuar agressivos; não importa em que altura do céu está o sol, a hora é sempre "Quinze para daqui a pouco"; e a terceira é que toda vez que alguém que você ama é baleado, invariavelmente você vai estar de volta em casa para as férias de inverno, bem no meio do seu terceiro ano de faculdade, levando o cavalo para um pequeno passeio à tarde para encontrar seu pai em uma reunião dos Intelectuais da Dum Dum Donuts, o think tank local, onde ele e os outros sábios vão encher você de sidra, pão de canela e cura gay. (Não que seu pai ache que você seja veado, mas ele sc preocupa por você nunca voltar depois das onze e porque a palavra "gostosa" parece não fazer parte do seu vocabulário.) É uma noite fria. Você está cuidando da sua vida, curtindo o finzinho do seu milk-shake de creme, quando dá de cara com um bando de detetives amontoados em volta do corpo. Você desmonta. Chega mais perto e reconhece um sapato, ou uma manga de camisa, ou uma joia. Meu pai estava de bruços na encruzilhada. Eu o reconheci primeiro pelo punho, erguido e cerrado com força, as veias nas costas da mão ainda abauladas e cheias. Arruinei a cena do crime tirando fiapos presos do emaranhado afro que era o cabelo dele, ajeitando o colarinho amarrotado da camisa Oxford, tirando as pedrinhas grudadas na bochecha e, segundo o relatório policial, de maneira mais flagrante ao encostar minha mão no sangue empoçado em volta do corpo, que para minha surpresa estava frio. Não quente, fervendo com a fúria negra e com a frustração de uma vida inteira de um sujeito decente, embora ligeiramente maluco, que nunca chegou a se tornar o que era.

"Você é o filho?"

O detetive me olhou de cima a baixo. Franziu a testa, os olhos indo de um traço identificador para outro. Por trás do sorriso indiferente eu quase conseguia ver seu cérebro comparando minhas cicatrizes, minha altura e meu tipo físico com algum banco de dados de pessoas procuradas que ele tinha na cabeça.

"Sou."

"Você é alguma coisa especial?"

"Hein?"

"Os policiais envolvidos no caso disseram que, quando partiu para cima deles, ele gritou, e vou repetir literalmente: 'Estou avisando, seus arquétipos autoritários presos na fase anal, vocês não sabem quem é meu filho!'. Então, você é alguém especial?"

Quem sou eu? E como posso ser essa pessoa?

"Não, eu não sou ninguém especial."

As pessoas esperam que você chore quando seu pai morre. Que amaldiçoe o sistema porque ele foi assassinado pela polícia. Que lamente ser de classe média baixa e negro em um estado policial que protege apenas brancos endinheirados e estrelas de cinema de todas as raças, embora eu não me lembre de nenhuma celebridade de origem asiática. Mas não chorei. Achei que a morte dele era um truque. Mais um dos seus sofisticados esquemas para me ensinar sobre os problemas dos negros e para me inspirar a ser algo. Eu meio que esperava que ele levantasse, desse uma passada de mão para limpar a roupa, e dissesse: "Viu, moleque? Se isso aconteceu com o preto mais esperto do mundo, imagine só o que pode acontecer com um bocó como você. Não é porque o racismo morreu que eles vão parar de atirar na gente na frente de todo mundo".

Se eu tivesse como escolher, não ia dar a mínima para ser negro. Até hoje, quando o formulário do censo chega pelo correio, no item RAÇA eu faço um xis no quadradinho "Outras" e escrevo orgulhoso "californiano". É claro que dois meses depois um recenseador aparece na minha porta, me dá uma olhada e diz: "Seu preto imundo. Como negro, o que você tem a dizer em sua defesa?". E, como negro, eu nunca tenho nada a dizer em minha defesa. Daí vem a necessidade de um lema que, se nós tivéssemos, eu diria de punho erguido, com orgulho, batendo com a porta na cara do funcionário do governo. Mas nós não temos um. Por isso eu murmuro "Desculpe" e rabisco minhas iniciais ao lado do quadradinho que diz "negro, afro-americano, preto, covarde".

Não, o pouco de inspiração que tenho na vida não vem de nenhuma noção de orgulho racial. Tem origem no mesmo anseio imemorial que produziu grandes presidentes e grandes mentirosos, fez surgir capitães da indústria e capitães de times; aquela cobiça edipiana que leva os homens a fazer todo tipo de coisa que a gente preferia não fazer, como participar da peneira para a equipe de basquete ou brigar com o vizinho. Porque nesta família a gente não provoca ninguém, mas tampouco leva desaforo para casa. Estou falando só da mais básica das necessidades: a necessidade que uma criança tem de agradar o pai.

Muitos pais a nutrem nos filhos por meio de uma manipulação deliberada que começa na primeira infância. Eles os mimam com lutinhas de brincadeira, sorvetes no inverno e passeios ao Salton Sea e ao museu de ciência nos fins de semana que passam com eles. Os incessantes truques de mágica que fazem dólares surgir do nada e os joguinhos mentais em visitas imobiliárias que fizeram você pensar que tudo o que se via do segundo andar daquele milagre Tudor nas colinas, senão o mundo inteiro, logo seria seu, isso é planejado para fazer com que a gente acredite que sem os pais e sem a orientação paterna o resto de nossas vidas seria uma inútil existência depois-não-diga-que-não-avisei desprovida de um Mickey Mouse que fosse. Mais tarde, na adolescência, quando você percebe que seu pai acaba de estourar a cota de cotoveladas acidentais em jogos de basquete na garagem, de tapas movidos a álcool na sua cabeça, de baforadas de metanfetamina na sua cara, de pimentas jalapeño cortadas ao meio e esfregadas na sua boca por dizer "foda-se" quando você só estava tentando imitá-lo, você percebe que as casquinhas e os passeios no lava a jato eram só propaganda paterna enganosa. Tramas e disfarces para a libido reduzida, para um salário estagnado e para a incapacidade deles próprios de atingir as expectativas dos respectivos pais. A cobiça edipiana de agradar ao pai é tão poderosa que se impõe mesmo em uma vizinhança como a minha, onde a maior parte dos pais não está presente e onde mesmo assim os meninos se sentam respeitosamente à noite na janela esperando o cara voltar. Claro, meu problema era que meu pai estava sempre em casa.

Depois de a polícia ter tirado todas as fotos que seriam usadas como provas, entrevistado todas as testemunhas e feito todas as piadas macabras sobre homicídios possíveis, ergui pelas axilas o corpo perfurado do meu pai de balas e arrastei os calcanhares dele pelo contorno de giz, pelos marcadores amarelos que indicavam a posição dos projéteis, pela encruzilhada, pelo estacionamento e pela porta dupla de vidro, sem largar o milk-shake. Larguei-o sentado na sua mesa favorita, pedi "o de sempre", dois donuts cobertos com chocolate, e os deixei à frente dele. Como tinha chegado trinta e cinco minutos atrasado e morto, a reunião já tinha começado, presidida por Foy Cheshire, uma personalidade cada vez menos lembrada da tevê, que fora seu amigo e estivera ansiosíssimo para preencher o vácuo de liderança. Os céticos Dum Dums olhavam para o pesado Foy como o país deve ter olhado para Andrew Johnson depois do assassinato de Lincoln.

Tomei o resto do milk-shake fazendo barulho. Era a senha para ir em frente, porque era o que meu pai teria desejado.

A revolução do Dum Dum Donuts devia continuar.

Meu pai fundou os Intelectuais da Dum Dum Donuts muito tempo atrás, quando percebeu que a franquia local era o único estabelecimento que não era nem de latinos nem de negros, e que não acabava queimado nem saqueado nos tumultos. Na verdade, tanto os saqueadores quando os policiais e os bombeiros usavam a janela vinte e quatro horas do drive-thru para se abastecer de rosquinhas, pãezinhos de canela e da limonada surpreendentemente boa enquanto combatiam a insurreição, o cansaço e as malditas equipes de tevê que perguntavam para qualquer um que passasse a uma distância suficiente para falar no microfone: "Você acha que o tumulto vai mudar alguma coisa?".

"Bom, eu tô na tevê, não tô, meu chapa?"

Em todos os seus anos de existência a Dum Dum Donuts nunca foi alvo de roubos, furtos, protestos ou vandalismo. E até hoje a fachada art déco do lugar continua livre de pichações e manchas de mijo. Os clientes não estacionam nas vagas para deficientes. Os ciclistas deixam seus veículos sem corrente e sem supervisão, estacionados bem bonitinhos nos paraciclos como magrelas holandesas estacionadas numa estação de trem de Amsterdam. Há algo tranquilo, quase monástico, na loja de donuts do centro da cidade. Ela é limpa. Asséptica. Os funcionários são sempre educados e respeitosos. Talvez seja a iluminação discreta ou a decoração brilhante, cujo esquema de cores é projetado para ser um emblema de um donut com granulado multicolorido. Seja como for, meu pai reconheceu que a loja era o único lugar de Dickens onde os negros sabiam como agir. As pessoas passavam o leite sem lactose. Desconhecidos apontavam educadamente para a ponta do seu nariz e faziam o gesto universal de "Seu rosto está sujo de açúcar". Em vinte quilômetros quadrados da alardeada "comunidade" negra, os setenta e nove metros quadrados da Dum Dum Donuts eram o único lugar em que era possível experimentar a raiz latina da palavra, em que um cidadão podia se sentir prazerosamente unido aos outros. Em uma tarde chuvosa de domingo, pouco tempo depois da saída dos tanques e da imprensa, meu pai pediu o de sempre. Sentou na mesa dele perto do caixa eletrônico e disse em voz alta, para ninguém em particular: "Sabia que a renda domiciliar anual dos brancos é de 113 149 dólares, dos hispânicos é de 6325 e dos negros é de 5677?".

"No duro?"

"Qual é sua fonte, negão?"

"O Pew Research Center."

De Harvard ao Harlem, não tem um filho da puta que não respeite o Pew Research Center. Ao ouvir isso, os clientes preocupados se viraram nas cadeiras rangentes de plástico da maneira que dava, levando em conta que aquelas cadeiras só giravam seis graus em cada direção. Meu pai pediu educadamente ao gerente que diminuísse a luz. Liguei o retroprojetor, coloquei uma transparência sobre o vidro e juntos erguemos o pescoço em direção ao teto, onde um gráfico intitulado "Disparidade de renda conforme a raça" flutuava sobre nossas cabeças como se fosse uma nuvem de chuva estatística escura e condenatória ameaçando desaguar sobre nossas manifestações.

"Bem que eu estava estranhando o crioulinho numa loja de donut com um retroprojetor."

Quando o pessoal se deu conta, meu pai, intercalando um gráfico de circulação macroeconômica aqui, um rascunho de Milton Friedman ali, estava dando um seminário improvisado sobre os males da desregulamentação e do racismo institucional. Sobre como quem previu a última crise financeira não foram os puxa-sacos keynesianos tão amados pelos bancos e pela mídia, e sim os economistas comportamentais que sabiam que o mercado não oscilava em razão das taxas de juros e flutuações do PIB, e sim em função da ganância, medo e ilusão fiscal.

A discussão ficou mais animada. Com a boca cheia de doce e os lábios cobertos de coco, os clientes da Dum Dum Donuts protestaram contra os juros baixos da poupança e contra a cara de pau da maldita empresa de tevê a cabo que cancelava em julho o desconto por pagamento adiantado de serviços que só seriam prestados em agosto. Uma mulher, com a papada quase estourando de biscoitos, perguntou ao meu pai: "Quanto é que ganha um china?".

"Bom, homens asiáticos têm renda maior do que qualquer outro grupo demográfico."

"Até do que os veados?", gritou o subgerente. "Certeza que os asiáticos ganham mais que os veados? Porque ouvi dizer que os veados ganham dinheiro pacas."

"Sim, mais até do que os homossexuais, mas lembre: os homens asiáticos não têm poder."

"E os gays asiáticos? Você fez uma análise de regressão com controle de raça e orientação sexual?" O comentário inteligente partiu de Foy Cheshire, uns dez anos mais velho que meu pai, de pé perto do chafariz com as mãos nos bolsos, vestindo uma blusa de lã, embora fizesse vinte e quatro graus lá fora. Isso foi muito antes do dinheiro e da fama. Na época ele era professor assistente de urbanismo na UC Brentwood, morava em Larchmont com o resto da intelectualidade de L.A. e passeava por Dickens fazendo pesquisa de campo para o primeiro livro dele, *Pretópole: A intransigência da pobreza urbana afro-americana e as roupas baggy*. "Acho que um exame da confluência de variáveis independentes no quesito renda podia resultar em alguns coeficientes r interessantes. Francamente, não ia me surpreender com valores de p próximos a 0,75."

Apesar da atitude esnobe, meu pai gostou de Foy logo de cara. Embora o sujeito tenha nascido e crescido no Michigan, não era sempre que meu pai achava alguém em Dickens que sabia a diferença entre um teste t e uma análise de variação.

Depois de analisar o assunto comendo donuts, todo mundo – os nativos e Foy – concordou em se encontrar regularmente, e assim nasceram os Intelectuais da Dum Dum Donuts. Mas onde meu pai viu uma oportunidade para troca de informações, ativismo e debates comunitários, Foy via um trampolim que o levaria à fama na meia-idade. As coisas entre os dois começaram bem amigáveis. Eles criavam estratégias e corriam atrás de mulheres juntos. Mas, depois de alguns anos, Foy Cheshire ficou famoso e meu pai não. Foy não era nenhum grande pensador, mas na época era infinitamente mais organizado que meu pai, cuja principal força era também sua principal fraqueza – ele estava muito à frente do seu tempo. Enquanto meu pai escrevia teorias incompreensíveis e impublicáveis ligando a opressão dos negros às teorias dos jogos e da aprendizagem social, Foy apresentava um programa na tevê. Ele entrevistava celebridades e políticos menores, escrevia artigos para revistas e fazia reuniões em Hollywood.

Uma vez, enquanto meu pai datilografava em sua mesa, perguntei de onde tirava suas ideias. Ele virou e disse, com a voz pastosa de uísque: "A verdadeira pergunta não é de onde as ideias vêm, e sim para onde elas vão".

"E para onde elas vão?"

"Filhos da puta como Foy Cheshire roubam suas ideias e ganham uma fortuna com isso, depois convidam você para almoçar como se nada tivesse acontecido."

A ideia que Foy roubou do meu pai foi um desenho animado premiado que passava aos sábados pela manhã chamado *Os Sobrinhos do Gato Negão*. Foi vendido para o mundo todo e dublado em sete idiomas. Na segunda metade da década de 1990, Foy tinha dinheiro o suficiente para comprar uma casa dos sonhos nas colinas. Meu pai nunca disse nada em público. Nunca bateu boca com Foy nas reuniões porque, nas palavras dele, "Nossa gente precisa de quase tudo, menos de amargura". E anos mais tarde, quando Los Angeles tocou Foy dali como o fugitivo de cidade pequena que no fundo ele sempre fora, depois de ele perder tudo o que tinha no banco para o vício em drogas e para uma série de mulheres miscigenadas de L.A. com sardas no rosto, de ter sido enganado pela produtora no pagamento do residual e de a Receita apreender tudo exceto a casa e o carro por evasão fiscal, meu pai continuou em silêncio. Quando, com um revólver na cabeça, Foy, totalmente quebrado e constrangido, ligou para meu pai pedindo seus serviços de Encantador de Crioulos para evitar que se matasse, ele manteve o sigilo entre paciente e médico. Manteve silêncio sobre os suores noturnos, as vozes, o diagnóstico de transtorno de personalidade narcisista e sobre a internação de três semanas para tratamento psiquiátrico. E na noite em que meu pai, um ateu devoto, morreu, Foy rezou e falou sobre ele, apertou o corpo sem vida de meu pai contra o peito, depois agiu como se o sangue em sua impecável camisa branca Hugo Boss fosse dele mesmo. Dava para ver no seu rosto que, apesar do discurso e das palavras tocantes sobre como aquela morte simbolizava a injustiça contra os negros, no fundo ele estava feliz por meu pai ter morrido. Porque, com aquilo, seus segredos estavam seguros, e talvez seus sonhos malucos à la Robespierre de que os Intelectuais da Dum Dum Donuts pudessem se tornar o equivalente negro dos jacobinos pudessem se concretizar.

Enquanto os Dum Dums discutiam o tamanho da sua vingança, saí da reunião mais cedo arrastando o corpo do meu pai ao lado do isopor com gelo e o ajeitei na parte de trás do meu cavalo, de bruços na garupa, como nos filmes de caubói, com os braços e as pernas balançando no ar. No começo, os membros da Dum Dum tentaram me impedir. Como eu ousava remover um mártir antes de terem a oportunidade de tirar uma foto com ele? Depois a polícia assumiu seu lugar, bloqueando as ruas com seus carros para que eu não pudesse passar. Chorei e xinguei. Andei em círculos com minha montaria pela encruzilhada e ameacei com um coice na testa qualquer um que se aproximasse. Uma hora alguém mandou chamar o Encantador de Crioulos, mas o Encantador de Crioulos tinha morrido.

O negociador de crises, o capitão da polícia Murray Flores, era um sujeito com quem meu pai tinha trabalhado em muitos encantamentos. Ele conhecia seu trabalho bem o suficiente para não ficar tentando me convencer. Depois de erguer a cabeça do meu pai para olhar seu rosto, ele cuspiu no chão enojado e disse: "O que eu posso dizer?".

"Você pode me contar o que aconteceu."

"Foi 'acidental'."

"E o que 'acidental' quer dizer?"

"Entre nós, significa que seu pai parou atrás do carro de dois policiais à paisana, Orosco e Medina, que estavam em um semáforo falando com uma sem-teto. Depois do semáforo ter mudado de verde para vermelho algumas vezes, ele contornou correndo o carro deles e, enquanto fazia uma curva para a esquerda, gritou alguma coisa, o que levou o policial Orosco a emitir uma multa de trânsito e a dar um alerta duro. Seu pai disse…"

"'Ou você me dá a multa ou a bronca, as duas eu não aceito.' Ele copiou isso do Bill Russell."

"Exatamente. Você conhece seu pai. Os policiais se ofenderam, sacaram as armas, seu pai acelerou como qualquer sujeito sensato faria, eles meteram quatro tiros nas costas dele e deixaram o corpo na esquina. Então agora você sabe. Só tem que me deixar fazer o meu trabalho. Basta deixar que o sistema faça esses caras responderem por seus atos. É só me entregar o corpo."

Fiz ao capitão Flores uma pergunta que meu pai tinha feito muitas vezes: "Na história do Departamento de Polícia de Los

Angeles, você sabe quantos policiais foram condenados por matar alguém em serviço?".

"Não."

"A resposta é nenhum, então ninguém responde por seus atos. Vou levar o corpo."

"Pra onde?"

"Vou enterrar no jardim. Você faz o que tiver que fazer."

Acho que nunca tinha visto um policial apitar. Não na vida real. Mas o capitão Flores soprou seu apito de metal e acenou para que os outros policiais, Foy e os manifestantes da Dum Dum Donuts se afastassem. O bloqueio se abriu e fui à frente de uma procissão fúnebre muito lenta até o número 205 da Bernard Avenue.

Meu pai sempre sonhou em ser o dono definitivo do número 205 da Bernard Avenue. O Pinheiro, era como ele chamava a casa. "Parceria, adoção inter-racial, aluguel, tudo isso é para otários", ele gostava de dizer enquanto olhava absorto catálogos imobiliários e de investimentos que não exigiam entrada, digitando cenários imaginários de hipoteca na calculadora. "Minha biografia... vai dar um adiantamento de vinte mil fácil... A gente pode penhorar as joias da sua mãe por cinco, seis mil... e apesar da multa por tirar antes do tempo o dinheiro da sua poupança pra faculdade, se a gente sacar o dinheiro agora, vai estar à beira da casa própria."

Nunca existiu biografia nenhuma, só uns títulos que ele gritava enquanto estava no chuveiro trepando com alguma "colega de universidade" de dezenove anos que mascava chiclete. Meu pai punha a cabeça molhada para fora da porta e, em meio ao vapor, perguntava o que eu achava de *A interpretação dos crioulos* ou, meu favorito, *Eu tô bem, você tá bem*. E não tinha joia nenhuma. Minha mãe, uma ex-Beldade da Semana da revista *Jet*, não estava usando nenhuma bugiganga na página solta que ficava acima da minha cabeceira. Ela era uma curvilínea extensão de coxas, modestamente penteada e com lábios de gloss que se espreguiçava em um trampolim vestida com um biquíni de lantejoulas. Tudo o que eu sabia sobre ela era a vasta informação biográfica que aparecia no canto inferior direito da foto. "Laurel Lescook é uma estudante de Key Biscayne, Flórida. Ela gosta de andar de bicicleta, fotografar e ler poesia." Anos depois fui atrás da srta. Lescook. Ela trabalhava num escritório de advocacia em Atlanta e se lembrava do meu pai como um sujeito que nunca encontrou, mas que, depois da publicação do único ensaio fotográfico dela, em setembro de 1977, a inundou com propostas de casamento, poemas assustadores e fotos de seu pau duro feitas numa Kodak Instamatic. Dado o fato de que minha poupança para a faculdade tinha 236,72 dólares, ou tudo o que eu tinha ganhado das poucas pessoas que foram ao meu afro mitsvá, e que tanto o manuscrito do meu pai quanto a coleção de joias da minha mãe não existiam, você pode achar que a gente nunca ia conseguir comprar aquela casa, mas quis o destino que, graças a meu pai ter morrido ilegalmente nas mãos da polícia e aos dois milhões de dólares que recebi no acordo mais tarde, em certo sentido ele e eu compramos a fazenda no mesmo dia.

À primeira vista, o fato de *ele* ter comprado a proverbial fazenda pode parecer o que há de mais metafórico nas duas transações. Mas como confirmaria até a mais superficial inspeção feita no início de cada ano pelo Departamento de Alimentação e Agricultura da Califórnia, chamar o número 205 da Bernard Avenue de "fazenda", aquele pedaço tão fértil como o solo lunar no mais abominável gueto do distrito de Los Angeles com um trailer Winnebago Chieftain 1973 como celeiro, um galinheiro que era uma-casa-de-conjunto-habitacional-dilapidada-e-superlotada-com-um-catavento-no-topo-tão-enferrujado-que-nem-os-ventos-de-Santa-Ana-nem-o-El-Niño-de-1983-conseguiram-arrancá-lo-dali, dois ou três limoeiros infestados de insetos, três cavalos, quatro porcos, uma cabra de duas pernas com rodas de carrinho de supermercado servindo como cascos traseiros, doze gatos vadios, um rebanho de uma vaca e uma eterna nuvem de moscas circulando o lago de "pesca" cheio de gás metano e merda de rato fermentada cuja hipoteca eu paguei no mesmo dia em que meu pai decidiu dizer para o policial à paisana Edward Orosco para "andar com aquela lata velha de Ford Crown Victoria e parar de bloquear a porra da esquina!" com dinheiro emprestado tendo como garantia aquilo que os tribunais determinariam mais tarde ser um acordo de dois milhões de dólares por absoluto erro policial, chamar aquele pedaço afro-agrário não subvencionado de inépcia urbana de "fazenda" seria forçar os limites da literalidade. Se eu e meu pai fôssemos os fundadores de Jamestown, em vez dos peregrinos, os índios teriam olhado para nossas fileiras murchas, tortas e labirínticas de milho e laranjas e dito: "O seminário de hoje sobre como plantar milho está cancelado porque essa negrada não vai dar conta".

Quando você cresce numa fazenda no meio do gueto, acaba descobrindo que aquilo que seu pai sempre disse durante as tarefas matinais era verdade: as pessoas comem a merda que você empurra pra elas. Como os porcos, a gente enfia a cabeça no cocho. Embora os outros animais não acreditem em Deus, no sonho americano nem na história de que a pena é mais poderosa do que a espada, eles realmente acreditam na comida do mesmo modo desesperado como a gente acredita no jornal de domingo, na Bíblia, nas rádios negras urbanas e no molho apimentado. Nos dias de folga do meu pai, era comum que ele convidasse os vizinhos só para me verem trabalhar. Embora a região das fazendas fosse dedicada por lei à agricultura, a maior parte das famílias tinha trocado havia muito tempo esse estilo de vida por quadras de basquete e de tênis com medidas oficiais e talvez um chalé para hóspedes.

E embora algumas famílias ainda mantivessem galinheiros e talvez criassem uma vaca ou administrassem uma escola de equitação para jovens em situação de risco, nós éramos a única família tentando fazer agricultura em grande escala. Tentando ganhar dinheiro com uma esquecida promessa pós--Guerra Civil. Quinze hectares e um idiota. "Esse neguinho não vai ser como o resto de vocês", meu pai exultava, com uma mão no pau e a outra apontando para mim. "Meu filho vai ser um negão da Renascença. Esse filho da puta vai ser um Galileu moderno!" Depois ele abria uma garrafa de gim e entregava copos descartáveis, gelo e um chorinho de refrigerante de limão, e eles ficavam me vendo colher morangos, ervilhas ou qualquer merda da estação da varanda atrás da casa. Algodão era o pior. Nem era por causa daquele tempo todo com as costas abaixadas, dos espinhos, das canções de escravos cheias de chiados de Paul Robeson que ele colocava alto o suficiente para abafar os mariachis que os Lopez ouviam na casa ao lado, nem por plantar, irrigar e colher algodão ser uma total perda de tempo, nem porque o único gim que a gente tinha era o Seagram em copo de plástico na mão dele – colher algodão era um saco porque deixava meu pai nostálgico. Um bebum sentimental e cheio de orgulho movido a álcool, ele ficava se gabando para os vizinhos negros sobre eu nunca ter passado um dia na creche nem brincado com um amigo no parquinho. Em vez disso, ele jurava de pés juntos que minha babá tinha sido uma porca chamada Suzy Q e que, numa rivalidade fraterna do tipo "leitão contra negão", eu era constantemente derrotado por uma porcina genial chamada Savoir Faire.

Os amigos do meu pai ficavam me vendo tirar as bolas de algodão das plantas secas, esperando que eu guinchasse e derrubasse a ordem social orwelliana, confirmando assim os traços suínos da minha criação:

1. Tudo o que anda sobre duas pernas é um inimigo.
2. Tudo o que anda sobre quatro patas ou seis asas e uma coxa é amigo.
3. Nenhum suinegão deve usar shorts no verão, muito menos no inverno.
4. Nenhum suinegão deve ser pego dormindo.
5. Nenhum suinegão deve tomar Kool-Aid pré-adoçado.
6. Todos os suinegões são criados iguais, mas alguns suinegões não são porra nenhuma.

Não me lembro de meu pai amarrar minha mão direita nas costas ou de ser ninado no chiqueiro, mas me lembro de empurrar a Savoir Faire, com uma mão em cada anca irritadiça engordada a leite, rampa acima e trailer adentro. Último motorista sobre a Terra a dar sinal com a mão, meu pai fez as curvas devagar, enquanto dava uma aula sobre o outono ser a melhor estação para matar porcos, porque tinha menos moscas e a carne aguentava um tempo na temperatura ambiente, porque depois que você a congelava a qualidade começava a deteriorar. Sem cinto, como toda criança que cresceu antes das cadeirinhas e dos air bags, fiquei de joelho no banco virado para trás, olhando pela minúscula janela traseira para a Savoir Faire, a gênia ungulada e condenada que guinchou como uma filha da puta de duzentos quilos durante todo o percurso até o matadouro. "Você ganhou seu último jogo de Lig4, tá enchendo de baba essas merdas de peças! Afundei seu cruzador! Xeque! Filha da puta!" Nos semáforos, meu pai metia o braço dobrado para fora da janela, com a mão para baixo e a palma virada para trás. "As pessoas comem a merda que você empurra pra elas!", ele gritava por cima da música, de alguma maneira mudando a marcha, guiando o carro, ligando o pisca, dando sinal com a mão, fazendo a curva à esquerda, cantando com

Ella Fitzgerald e lendo a lista de mais vendidos do *L. A. Times*, tudo ao mesmo tempo.

As pessoas comem a merda que você empurra pra elas.

Eu queria poder dizer "naquele dia enterrei meu pai no jardim e me tornei um homem" ou alguma outra besteira americana, mas a única coisa que aconteceu foi que me senti aliviado. Chega de fazer cara de paisagem enquanto meu próprio pai brigava por uma vaga de estacionamento no mercado. Quando gritava com viúvas de Beverly Hills que enfiavam seus sedãs de luxo gigantes em vagas onde se lia APENAS CARROS PEQUENOS. *Sua vaca burra. Se você não tirar este calhambeque da minha vaga, juro por Deus que vou socar essa sua cara lotada de creme antirrugas e vou acabar com quinhentos anos de privilégio branco e quinhentos mil dólares de cirurgia plástica.*

As pessoas comem a merda que você empurra pra elas. E, às vezes, quando eu paro num drive-thru montado a cavalo ou encaro alguém que está me olhando de um conversível cheio de *hombres* apontando para o *vaquero* negro tocando seu gado nas campinas cheias de lixo debaixo dos fios elétricos que correm à maneira da torre Eiffel ao longo do Boulevard West Greenleaf, penso sobre o ad infinitum de besteiras que meu pai me enfiou goela abaixo até os sonhos dele virarem os meus. Às vezes, enquanto afio o arado e tosquio as ovelhas, tenho a impressão de que todos os momentos que vivo não são da minha vida, e sim uma espécie de déjà-vu da vida dele. Não, eu não tenho saudade do meu pai. Só me arrependo de nunca ter tido coragem de perguntar para ele se era realmente verdade que eu tinha passado as fases sensório-motora e pré-operacional da vida com uma mão amarrada nas costas. Pense em começar a vida com uma desvantagem. Ser negro não é merda nenhuma. Tente aprender a engatinhar, andar de triciclo, cobrir os dois olhos brincando de pega-pega e elaborar uma teoria da mente significativa, tudo com uma mão só.

4

Você não vai encontrar Dickens no mapa da Califórnia, porque uns cinco anos depois da morte do meu pai e um ano depois de eu me formar na faculdade, a cidade também se foi. Não houve nenhum bota-fora barulhento. Dickens não morreu com uma explosão como Nagasaki, Sodoma e Gomorra ou meu pai. Foi silenciosamente removida como aquelas cidades que desapareceram do mapa durante a Guerra Fria na União Soviética, acidente atômico após acidente atômico. Mas o desaparecimento de Dickens não foi acidental. Foi parte de uma flagrante conspiração das comunidades cada vez mais ricas com garagens para dois carros à sua volta para manter o valor de seus imóveis lá em cima e a pressão sanguínea de seus moradores lá embaixo. Quando o boom imobiliário chegou, no início do século, muitos lares de renda mediana do distrito de Los Angeles passaram por uma verdadeira transformação. Lugares que antes eram agradáveis enclaves operários ficaram cheios de peitos, diplomas e índices de criminalidade falsos, de transplantes de cabelos e árvores, lipo e hispanoaspirações. De madrugada, depois de conselhos comunitários, associações de proprietários e magnatas imobiliários se reunirem para cunhar nomes descritivos para áreas antes inclassificáveis, alguém parafusava uma grande placa brilhante azul-mediterrâneo no alto de um poste telefônico. Quando a cerração subia, os moradores das quadras que-em-breve-seriam-gentrificadas acordavam para descobrir que habitavam Vista do Morro,

Colinas La Cienega ou Vale Ocidental, embora não houvesse nenhum acidente geográfico como morros, vistas, colinas ou vales num raio de quinze quilômetros. Hoje habitantes de Los Angeles que se viam como moradores das zonas oeste, leste e sul travam longas batalhas jurídicas para determinar se seus encantadores chalés campestres de dois quartos ficam dentro dos limites de Beverlywood ou nas suas adjacências.

Dickens passou por um tipo diferente de transição. Numa manhã sem nuvens no centro-sul, a população acordou e descobriu que a cidade não tinha mudado de nome, mas que as placas de BEM-VINDO A DICKENS tinham desaparecido. Nunca houve um anúncio oficial, artigo no jornal ou matéria no noticiário da noite. Ninguém se importou. Em certo sentido, a maior parte dos dickensonianos ficou aliviada por não ser de lugar nenhum. Aquilo eliminava o constrangimento de responder a perguntas-padrão como "De onde você é?" com "Dickens" e depois ver a pessoa se afastar de você pedindo desculpas. "Sinto muito. Não me mate!" O boato era que o distrito tinha revogado nossa criação por causa da corrupção política local notoriamente disseminada. A delegacia e o corpo de bombeiros foram fechados. Você ligava para a antiga prefeitura e uma adolescente boca-suja chamada Rebecca atendia dizendo: "Não tem nenhum preto chamado Dickens aqui, então para de ligar!". A secretaria de educação autônoma foi dissolvida. As buscas na internet apresentavam como resultado apenas referências a "Dickens, Charles John Huffam" e a um distrito deserto no Texas batizado em homenagem a algum tolo infeliz que talvez tenha morrido na batalha de Álamo.

Nos anos que se seguiram à morte do meu pai, os vizinhos esperavam que eu me tornasse o novo Encantador de Crioulos. Queria poder dizer que atendi ao chamado por orgulho da minha família e preocupação com a comunidade, mas a verdade é que fiz isso porque não tinha vida social. Encantar crioulos era um motivo para sair de casa e ficar longe das plantações e dos animais. Eu encontrava pessoas interessantes e tentava convencê-las de que, independentemente da quantidade de heroína e de R. Kelly que elas tinham no sangue, certamente não podiam voar. Quando meu pai encantava crioulos, não parecia tão difícil. Infelizmente, não fui abençoado com aquele voizerão profundo de comercial de carros de luxo. Minha voz é estridente e tem a seriedade do integrante mais "acanhado" da sua boy band favorita. Aquele magricela de fala mansa que no clipe senta no banco de trás do conversível e nunca tem permissão para ficar com a garota, que dirá com um solo. Por isso me deram um megafone. Pra encantar um crioulo você precisa sussurrar. Já tentou fazer isso num megafone?

Até o desaparecimento da cidade, a carga de trabalho era bem suportável. Eu era um negociador de crises que atuava a cada dois meses, um fazendeiro que fazia um bico de vez em quando. Mas desde que Dickens sumira do mapa, eu me pegava pelo menos uma vez por semana de pijama e descalço no pátio de um condomínio, com o megafone na mão, olhando para uma mãe perturbada com a chapinha pela metade segurando um bebê debruçada no parapeito da sacada do segundo andar. Quando meu pai estava vivo, o período mais agitado eram as noites de sexta-feira. Todo dia de pagamento ele era assolado por hordas pululantes de pobres bipolares que, tendo torrado tudo em um só lugar e ficado de saco cheio da programação do horário nobre na tevê, levantavam do sofá onde estavam espremidos entre parentes obesos e caixas de produtos de beleza não vendidos da Avon, desligavam o rádio da cozinha que pulsava com uma sequência de músicas sobre as virtudes de passar as noites de sexta em boates, estourando champanhes, crioulos e cabaços, nessa ordem, cancelavam a consulta do dia seguinte com o profissional responsável por sua saúde mental e com a cabeleireira tagarela que depois de anos continua sabendo fazer apenas um penteado – alisado, tingido e jogado de lado – e escolhiam aquela sexta, o dia de Vênus, deusa do amor, da beleza e das contas atrasadas, para cometer suicídio, assassinato ou ambos. Mas comigo as pessoas tendem a pirar na quarta. O dia mais distante do fim de semana. E eu, sem amuleto, talismã ou a menor noção do que falar, aperto o botão, e com um guincho de furar o ouvido, o megafone começa a funcionar em meio aos chiados. Metade do pessoal espera que eu diga as palavras mágicas e salve o dia; a outra metade espera ansiosamente que o vento abra o roupão e mostre os peitos aumentados pelo leite.

Às vezes começo fazendo uma piadinha, tiro um pedaço de papel de um grande envelope pardo e na minha melhor imitação de apresentador de programa sensacionalista vespertino anuncio: "No que diz respeito ao bebê de oito meses Kobe Jordan Kareem LeBron Mayweather III, eu *não* sou o pai... mas bem que queria ser". Se eu não for muito parecido com o pai de verdade do bebê, a mãe ri e joga o fedelho, com a fralda toda cagada, nos meus braços prontos para segurá-lo.

Normalmente não é tão simples. Na maioria das vezes o clima de desânimo meio "Mississippi Goddam" da Nina Simone toma conta de tal forma que é difícil se concentrar. Os hematomas roxos no rosto e nos braços. O roupão felpudo enfim caindo sedutoramente dos ombros, revelando que a mulher era um homem; um homem com crescimento dos seios induzido por hormônios, pelos pubianos raspados, quadris surpreendentemente bem modelados. Seu parceiro brande uma chave de roda. Por baixo da blusa volumosa e do boné de beisebol virado de lado, não dá para saber se é um homem ou só alguém masculinizado, mas de todo modo a pessoa anda alucinadamente em volta ameaçando afundar meu crânio com a ferramenta se eu disser alguma coisa errada. O bebê, com fralda azul, porque azul é a cor dos Crips, ou é muito gordo ou é es-quálido, berrando tão alto com seus pulmõezinhos que você quer que ele cale a boca; ou, pior ainda, está assustadoramente quieto, o que naquelas circunstâncias faz você pensar que já deve estar morto. Invariavelmente, tocando suave no fundo, fazendo ondular as cortinas que passam pelas portas de vidro de correr, sempre está Nina Simone. Foi com essas mulheres que meu pai avisou para ter cuidado. Mulheres drogadas e con-fusas que ficam sentadas no escuro, sem grana e apaixonadas, fumando um cigarro atrás do outro, fones apertados na orelha, apertando a discagem rápida para a K-Earth 101 FM, a estação das canções do passado, e pedindo Nina Simone ou "This Is Dedicated to the One I Love", também conhecida como "Essa eu dedico para os negos que me espancaram até me deixar in-consciente e depois foram embora". "Fique longe de mulher que gosta de Nina Simone e tem amigo veado", meu pai dizia. "Elas odeiam homens."

Pendurado pelos calcanhares minúsculos, o bebê descreve parábolas gigantes no ar, como as pás de um moinho ou uma bola de softbol. E eu fico lá, inútil, com um olhar vago no rosto, um encantador de crioulos sem segredos e sem palavras de consolo para sussurrar. A multidão murmura que eu não sei o que estou fazendo. E não sei mesmo.

"Para de enrolar, cara, de que adianta ter chego a tempo se vai deixar o bebê morrer?"

"Chegado."

"Tanto faz, negão. Só diz qualquer coisa aí."

Todos acham que depois da morte do meu pai eu saí da ci-dade, me formei em psicologia e voltei para dar continuidade ao bom trabalho dele. Mas eu não me interesso por teoria psi-canalítica, manchas de tinta, a condição humana e retribuir por aquilo que recebi da comunidade. Fui para a Universidade da Califórnia em Riverside porque lá tinha um departamento de ciências agrárias decente. Me formei em zoologia sonhando em transformar a fazenda do pai em um viveiro para vender avestruzes aos rappers que tocavam loucamente nas rádios no início dos anos 1990, os estreantes mais disputados da NBA e coadjuvantes de filmes de grande bilheteria, ansiosos para investir seu dim-dim e que, depois de voar de executiva pela primeira vez na vida, punham no colo a revista de bordo marcando a seção de economia e pensavam com seus botões: "Porra, carne de avestruz é o futuro mesmo!". Parece uma barbada financeira. Um nutritivo filé de avestruz aprovado pelas autoridades sanitárias pode ser vendido por quarenta dólares o quilo, cada pena vale cinco e o couro marrom irregular de cada bicho sai por duzentos. Mas a verdadeira mina de ouro ia ficar comigo na venda de reprodutores para os crioulos novos-ricos, porque em média uma ave só tem uns vinte quilos de carne comestível, porque Oscar Wilde morreu e ninguém mais usa chapéus com plumas e penas com exceção de drag queens com mais de quarenta anos, tocadores bávaros de tuba, imitadores de Marcus Garvey e beldades que tomam pequenos golinhos de seus drinques enquanto apostam na trifeta no hipódromo de Kentucky e que não comprariam nada de um preto nem se ele estivesse vendendo o segredo para um envelhecimento sem rugas e vinte e três centímetros de pinto. Eu sabia muito bem que é impossível criar avestruzes e não tinha o capital para começar o negócio, mas digamos que no meu segundo ano de faculdade algumas dissertações sobre duas patas sumiram do Programa de Agricultura Familiar da UC Riverside, porque como diz o traficante de drogas: "Se eu não fizer, alguém vai fazer". E acredite quando eu digo que até hoje os ovos rachados de ninhos que muito artista-de-um-sucesso-só-e-falido-na-sequência abandonou por aí correm livres pelas montanhas de San Gabriel.

"Não sei o que falar."

"Você não se formou em psicologia como seu pai?"

"Só entendo um pouco sobre animais."

"Porra, casar com animais é o que leva essa mulherada a ter problema, então é bom falar alguma coisa pra bezerra."

Minha primeira pesquisa na faculdade foi sobre teoria e gestão de plantações, porque segundo a professora Farley, que dava introdução à agronomia, eu tinha um talento natural para a horticultura. Ela disse que se quisesse eu podia ser o novo George Washington Carver. Eu só precisava me esforçar e achar o que seria meu amendoim. Minhas próprias leguminosas, ela brincava, colocando um único *Phaseolus vulgaris* na palma da minha mão. Mas qualquer um que já tenha ido ao Tito's Tacos e provado a pasta gordurosa e cremosa de *frijoles refritos* coberta por uma camada sólida de um centímetro de cheddar derretido sabe que o feijão já atingiu a perfeição genética. Lembro que fiquei pensando por que George Washington Carver. Por que eu não podia ser o novo Gregor Mendel, ou o novo sei-lá-quem que inventou aqueles bichinhos em que a grama cresce como se fosse o pelo, e apesar de ninguém se lembrar mais do programa *Captain Kangaroo*, o novo Mr. Green Jeans? Por isso escolhi me especializar na vida das plantas que tinham maior relevância cultural para mim – melancia e maconha. Sendo otimista, sou um agricultor de subsistência, mas três ou quatro vezes por ano, engato um cavalo numa carroça e troto por Dickens, vendendo minhas mercadorias, com "Watermelon Man" do Mongo Santamaría tocando no último volume. É sabido que essa música já fez parar jogos da pré-temporada de basquete no meio de um ataque avassalador, pôs fim precoce a maratonas de apertar-campainhas-e-sair-correndo e de pular corda, e forçou mulheres e crianças que esperavam o último ônibus para a visita de fim de semana à cadeia do distrito de Los Angeles a tomar uma difícil decisão.

Embora não sejam difíceis de cultivar, e apesar de eu vender melancias quadradas faz anos, o pessoal ainda fica maluco quando vê uma. Como no caso do presidente negro, você acha que, depois de dois mandatos vendo um camarada de terno fazer o discurso do Estado da União, vai se acostumar com uma melancia quadrada, mas por alguma razão isso não acontece nunca. As melancias em forma de pirâmide também vendem bem, e na época da Páscoa eu vendo melancias geneticamente modificadas em forma de coelho – se você olhar bem de pertinho, vai ver que está escrito *Só Jesus salva* nas faixas mais escuras. Essas não param na carroça. Mas é o sabor que faz o pessoal voltar. Pense na melhor melancia que você já comeu. Agora coloque uma pitada de anis e de açúcar mascavo. Sementes que você reluta em cuspir porque refrescam sua boca como os últimos resquícios de um cubo de gelo coberto de refrigerante na pontinha da língua. Eu nunca vi, mas dizem que teve gente que mordeu uma melancia minha e desmaiou imediatamente. Quando terminam de ressuscitar um cliente com parada cardiorrespiratória quase afogado numa piscininha infantil de plástico azul com quinze centímetros de profundidade, os socorristas não perguntam sobre insolação ou histórico familiar. Com o rosto coberto de vestígios vermelhos pegajosos de néctar da respiração boca a boca e as bochechas com sementes negras no lugar de sardas, eles pararam de lamber os lábios só por tempo suficiente para perguntar: "Onde você comprou esta melancia?". Às vezes, quando estou num bairro que não conheço, procurando uma cabra perdida no lado hispânico da Harris Avenue, crianças em bandos, recém-saídas da escolinha de chicanos, cocurutos recém-tosados brilhando sob o sol, se aproximam de mim, me agarram pelos ombros, e com uma vigorosa reverência dizem: *"Por la sandía... gracias"*.

Mas nem na ensolarada Califórnia dá para plantar melancia o ano todo. As noites de inverno são mais frias do que as pessoas imaginam. Frutas de dez quilos levam uma eternidade para amadurecer, e roubam nitrato da terra como viciados em crack. Por isso a maconha é meu principal sustento. Quase não a vendo. Plantar erva não é um negócio que dá muito dinheiro, mas paga a gasolina e coisas assim, além do que não quero nenhum filho da puta correndo atrás de mim no meio da noite. Às vezes enrolo um baseado e o nativo desavisado que não está acostumado com a Chronic e que agora está deitado no meu jardim coberto de terra e grama, rindo sem parar, as pernas entrelaçadas no quadro da bicicleta que não sabe mais como montar, ergue orgulhoso o cigarro e me pergunta: "Como é que chama esse troço?".

"Ataxia", eu digo.

Na pista de dança de uma festinha caseira, quando La Risadinha, que conheço desde o segundo ano, finalmente para de olhar no espelhinho um rosto que ela acha legal, mas não reconhece muito bem, ela vira para mim e faz três perguntas. Quem sou eu? Quem é esse crioulo enfiando a língua na minha orelha e passando a mão na minha bunda? Que troço é esse que eu tô fumando? As respostas são: Bridget "La Risadinha" Sanchez, seu marido e prosopagnosia. Às vezes me perguntam como é que eu *sempre* tenho fumo bom. Mas dá para se livrar de qualquer curiosidade desconfiada encolhendo os ombros e dizendo com uma expressão indiferente: "Ah, sabe como é, eu conheço uns branquelos".

Acenda um baseado. Solte a fumaça. Maconha com cheiro ruim é da boa. E uma nuvem fina e úmida de fumaça que cheira a maré vermelha na praia de Huntington, a peixe morto e gaivotas torrando no sol quente é capaz de fazer uma mulher parar de rodopiar seu bebê. Oferece uma tragada a ela, a pontinha lambida para a frente. Ela vai sacudir a cabeça. É anglofobia, uma cepa que acabei de desenvolver, mas ela não precisa saber disso. Qualquer coisa que me dê a chance de chegar mais perto está valendo. Eu me aproximo pacificamente e escalo a gelosia coberta de hera ou subo no ombro de algum negão mais alto e fico num lugar onde ela possa alcançar, de modo que eu também possa tocá-la. Afago a mulher com técnicas que são basicamente as mesmas que eu usava em puros-sangues na faculdade depois de um dia galopando e correndo com os cavalos. Acaricio as orelhas. Assopro suavemente as narinas. Massageio as articulações. Escovo o cabelo. Jogo a fumaça da maconha para dentro dos lábios franzidos e carentes dela. Quando me entrega o bebê e eu desço as escadas sob os aplausos da plateia, gosto de pensar que Gregor Mendel, George Washington Carver e até meu pai ficariam orgulhosos, e em algum momento, enquanto elas estão sendo amarradas na maca ou consoladas por uma avó preocupada, eu pergunto: "Por que quarta?".

5

O sumiço de Dickens afetou uns mais do que outros, e quem mais precisou dos meus serviços foi o velho Hominy Jenkins. Hominy sempre foi meio instável, mas meu pai nunca chegou a lidar com ele. Acho que meu pai não pensava que perder aquela relíquia de cabelos grisalhos para o fantasma dos pais Tomás passados seria um problema para a vizinhança, por isso vinha até mim e dizia: "Vai pegar aquele preto idiota". Acho que, em certo sentido, Hominy foi o primeiro negro que precisei encantar. Nem sei dizer quantas vezes tive que enrolar um cobertor nele porque estava tentando cometer o chamado suicídio-por--gangue vestindo vermelho nas regiões azuis, azul nas vermelhas, ou gritando: *"¡Yo soy el gran pinche mayate! ¡Julio César Chávez es um puto!"* nas marrons. Ele escalava palmeiras e recitava falas do Tarzan para os nativos. "Eu Tarzan, você Shaniqua!" Eu tinha que implorar para as mulheres do bairro baixarem as armas e convencer Hominy a descer com um contrato falso de um estúdio de cinema falido que garantia cerveja e amêndoas defumadas como adiantamento. Num Halloween, ele arrancou os cabos da campainha da casa e conectou nos testículos. Quando alguém tocava dizendo *doces ou travessuras*, em vez de receber chocolates e uma foto autografada recebia gritos descomunais que persistiram até eu abrir caminho à força em meio à multidão de fadas-madrinhas e super-heróis sádicos e tirar o dedo de uma Hulk de oito anos da campainha por tempo suficiente para convencer Hominy a erguer as calças e baixar as cortinas.

Sendo a suposta capital mundial do assassinato, Dickens nunca atraiu muito turismo. De vez em quando, um grupo de estudantes universitários de férias em Los Angeles pela primeira vez parava na movimentada interseção só por tempo suficiente para fazer vinte segundos de filme tremido com a câmera na mão pulando e gritando como selvagens alucinados: "Olha só! A gente tá em Dickens, Califórnia. O que você sabe sobre esta cidade, mané?", e depois postar o vídeo de seu safári urbano na internet. Mas depois que todas as placas de BEM-VINDO A DICKENS foram retiradas, sem nenhuma pedra de Blarney para beijar, os voyeurs urbanos pararam de vir. Às vezes pessoas realmente interessadas em conhecer pontos turísticos apareciam. Na maior parte velhos e aposentados, passeavam pelas ruas com seus trailers com placas de outros estados em busca de algum vínculo com sua juventude. Aqueles tempos agradáveis, que os políticos em campanha prometem nos devolver, em que os Estados Unidos eram poderosos e respeitados, uma terra com moral, virtudes e gasolina barata. Perguntar a um habitante local: "Desculpe, você sabe onde posso encontrar Hominy?" era o mesmo que perguntar a um cantor barato de boate como chegar a San Jose.

Hominy Jenkins é o último sobrevivente dos Batutinhas, a excêntrica turma de pirralhos endiabrados que, dos Tumultuados Anos Vinte até a era Reagan, nos anos 1980, confundiram policiais barrigudos, cabulando aula sete dias por semana e duas vezes por domingo em matinês no cinema e programas de tevê noturnos no mundo todo. Contratado pelos Estúdios Hal Roach em meados da década de 1930 por supostos trezentos e cinquenta dólares por semana para ser o substituto de Buckwheat Thomas, Hominy recebeu o dinheiro e esperou sua vez fazendo papéis menores: o irmão mais novo e mudo que precisava de atenção enquanto a mãe visitava o pai na cadeia, o menino negro na garupa da mula desembestada.

Ele se contentava em dizer uma frase de efeito ocasional no fundo da única sala de aula da escola. Reagindo aos bebês falantes, aos selvagens de Bornéu e aos solos de bolhas de sabão de Alfalfa com olhos revirados de maneira exagerada e seu bordão: "Yowza!". A subutilização de sua fofura negra fuliginosa se tornava tolerável por saber que em breve ele estaria no lugar de outros grandes crioulinhos que o tinham precedido. Ele assumiria o lugar que era seu de direito no hilário panteão de Farina, Stymie e Buckwheat, e transmitiria até boa parte dos anos 1950 o legado do racismo maltrapilho de chapéu-coco. Mas a era da Golliwog humana e do curta-metragem acabou antes de ele ter sua chance. Hollywood já tinha toda a negritude de que precisava na semibranquidão de Harry Belafonte e Sidney Poitier, na melancolia negra de James Dean, e na esfericidade lasciva e venérea da bunda grande de Marilyn Monroe, que desafiava a gravidade.

Quando achavam a casa dele, Hominy respondia a seus entusiastas com um largo sorriso e erguendo alto os dedos trêmulos e artríticos. Convidava para entrar e tomar suco de caixinha e, se eles estivessem com sorte, servia minhas melancias. Duvido que contasse para os fãs cada vez mais velhos as mesmas histórias que contava para a gente. É difícil dizer o que deu início ao meu caso de amor com Marpessa Delissa Dawson. Ela é três anos mais velha do que eu e a gente se conhece desde que nasceu. Moradora das Fazendas desde pequena, a mãe dela mantinha no quintal a Escola de Equitação e Polo Sol a Sol. Eles me chamavam sempre que faltava um saltador para alguma exibição ou quando precisavam de um número quatro no time dos Negrinhos Juniores. Eu não era muito bom em nenhuma das duas coisas, porque cavalos appaloosas são uns saltadores de merda e no polo é ilegal usar a mão esquerda. Quando éramos mais novos, eu, Marpessa e o resto da meninada do quarteirão íamos voando para a casa do Hominy depois da escola, porque o que podia ser mais legal do que ver uma hora de *Os Batutinhas* com um dos Batutinhas? Naquela época, quando o controle remoto da tevê era seu pai gritando: "Shawn! Don! Mark! Algum filho da puta desce aqui e muda essa droga de canal", sintonizar uma estação instável de alta frequência como o Canal 52 ou a KSBC-TV Corona, de Los Angeles, numa tevê portátil preto e branco caindo aos pedaços que tinha perdido uma das partes da antena interna e todos os seletores exigia os dedos de um cirurgião vascular. Levava uma eternidade para manobrar alicates de encanador em volta dos tocos de botões de metal, tentando encontrar um ângulo que resultasse no mais diminuto torque de troca de canais ou de ajuste da vertical e da horizontal. Mas quando a sequência de abertura, acompanhada dos trêmulos metais bêbados da música tema dos *Batutinhas* surgia na tela, a gente se ajeitava em torno do grisalho Hominy e daqueles aquecedores com bobinas vermelhas como as crianças escravas se reuniam em volta do velho tio Remo e sua fogueira.

"Conte outra história pra gente, tio Remo, quer dizer, Hominy."

"Já contei pra vocês da vez que enchi Darla de porrada no cenário do Clube dos Homens que Detestam Mulheres durante nossa vigésima reunião?"

Na época eu não percebia, mas Hominy, como qualquer outra estrela infantil que ainda se deixava iluminar pelo brilho cada vez mais fraco dos holofotes de uma carreira interrompida muito tempo atrás, era doido de pedra. A gente achava que ele estava fazendo graça; encoxando a tevê toda vez que o ângulo da cena mostrava a calcinha de renda de Darla. "Na vida real essa putinha não era tão mesquinha com a boceta como era nos filmes." Batendo com o quadril na tela, ele gritava: "Isso é pro Alfalfa, pro Mickey, pro Porky, pro Chubby, pro Froggy, pro Butch, praquele inútil arrogante do Wally e pro resto da turma!", pontuando sua lista de chamada com golpes cada vez mais violentos. Nem precisa dizer que há uma raiva em Hominy. Uma raiva que vem do fato de ele não ser tão famoso quanto acha que deveria ser.

Quando não estava lembrando suas conquistas sexuais, Hominy gostava de contar vantagem por falar fluentemente quatro línguas, porque eles gravavam cada curta quatro vezes, em inglês, francês, espanhol e alemão. Da primeira vez que contou, a gente riu na cara dele, porque a única coisa que Buckwheat, seu mentor, fazia era exibir seu sorriso seboso com um espaço entre os dentes da frente e dizer "O'tay, 'Panky", com aquela boca de mármore de crioulinho mais que perfeita dele, e "Okay, Spanky" é "Okay, Spanky" em qualquer idioma do mundo.

Certa vez, um dos meus episódios preferidos, "Leite com confusão", estava no ar, e para provar que estava falando a verdade Hominy tirou o volume quando a turma sentou para tomar café da manhã na Bleak Hill Boarding School. O gentil velho capitão estava esperando os atrasadinhos da sua pensão. A mãe da casa, enrugada e temperamental como um shar-pei, dava bronca nos meninos, e um deles, que tinha feito uma travessura, sussurra no ouvido do outro uma fala que a gente não precisava do som da tevê para saber, depois de ter escutado um milhão de vezes.

"Não tome o leite", a gente disse em voz alta.

"Por quê?", um menino branco de cabelos louros dizia de um jeito afetado.

"Está estragado", a gente disse em uníssono.

Não tome o leite. Passe adiante. Hominy fez exatamente isso, dublando o aviso que cada um dos pivetes dava ao pilantra a seu lado em um idioma diferente.

"No bebas la leche. ¿Porqué? Está mala."

"Ne bois pas le lait. Pourquoi? C'est gâté."

"Trink die Milch nicht! Warum? Die ist schlecht."

Não tome o leite. Por quê? Está estragado.

O leite estava estragado porque na verdade era gesso líquido que ainda não tinha endurecido para criar uma piada visual, e o estrelato infantil estragou Hominy. Algumas vezes depois de um corte abrupto feito em nome do politicamente correto, ele batia o pé no chão e fazia bico. "Eu estava nesta cena! Eles me cortaram! Spanky encontra a lâmpada do Aladim, esfrega e diz: 'Queria que Hominy fosse um macaco! Queria que Hominy fosse um macaco!'. E vocês não vão acreditar nessa porra, mas eu viro uma merda de um macaco."

"Um macaco?"

"Um capuchinho, pra ser exato. Meu método de interpretação de macaco fez um sucesso daqueles! Eu encontro um crioulo que vende suco de máquina e que está todo romântico com a namorada. Ele fecha os olhos, chega mais perto para ganhar um beijo; ela me vê, cai fora, e o mané dá um beijão bem nos meus beiços gigantes de macaco. O pessoal rolava de rir. 'Um carinha na lâmpada', o maior tempo que eu passei em cena. Eu lutava contra a polícia inteira, eu e Spanky comíamos bolo e corríamos pela cidade inteira. E vou dizer pra vocês: Spanky era o branquelo mais supimpa de todos os tempos. Yowza!'"

Era difícil saber se tinham transformado Hominy num macaco de verdade ou se os Estúdios Hal Roach, que não eram conhecidos exatamente pelos efeitos especiais extravagantes, simplesmente abriram o eterno livro de receitas da estereotipificação clássica americana e usaram a receita de um único passo para afromacaquices: 1. Acrescente uma cauda. Seja como for, à medida que os trechos de celuloide de pastelão racista censurados se amontoavam na sala de edição, ficou claro que Hominy era uma espécie de dublê preto dos *Batutinhas*. A carreira cinematográfica dele era um compêndio de cenas não usadas em que ele era massacrado por todo tipo de coisa branca: avalanches de ovos fritos, tinta e farinha de trigo. Às vezes a visão de um fantasma em uma casa abandonada, uma congregação de negros recém-batizados falando em línguas e andando como sonâmbulos pela densa floresta local ou uma camisola branca esvoaçando de um jeito estranho num varal como se fosse um fantasma ganhando vida faziam Hominy tremer como vara verde, com os olhos arregalados pelo medo e pelo hipertireoidismo. Ele ficava branco como um albino. O cabelo afro dele se transformava em algo assustadoramente comprido e alisado pelo susto, e o garoto corria para uma árvore no brejo, passava por uma cerca de madeira ou uma janela. E ele era eletrocutado o tempo todo, tanto por incompetência própria quanto por atos de um Deus cujos relâmpagos supostamente aleatórios por algum motivo sempre acertavam a sua bunda coberta por calças presas por suspensórios. Em "Francamente, Ben Franklin", depois de o protótipo da pipa ser estragado por Petey, o pitbull, quem senão Hominy se apresentava como voluntário para ser a pipa de Spanky? Costurado com braços e pernas esticados em uma gigante bandeira antiga, vestido só com calças esfarrapadas de escravo, um chapéu de três bicos com uma vara de metal saindo do cocuruto e um cartaz pendurado no pescoço em que se lia em tinta fresca ESSA É A ÉPOCA EM QUE AS ALMAS DOS HOMENS SÃO FRITAS – NATHAN HAIL, ele voa alto nos céus, como um esquilo negro navegando em meio à chuva forte, ao vendaval e à metralhadora de relâmpagos. Um trovão explode e em seguida surge uma nuvem de fagulhas e Spanky examina uma chave brilhante e eletrocutada presa à pipa. "Eureca!", ele está prestes a dizer, quando é bruscamente interrompido por Hominy, uma pilha ardente de cinzas, com fumaça saindo de tudo quanto é orifício, olhos e dentes fosforescentes para toda a eternidade, que, preso em uma árvore, diz a fala mais longa de sua carreira: "Yowza! Descobri a eletricidade!".

Depois de um tempo, com o advento da tevê a cabo, dos videogames e dos admiráveis peitos ginasiais de Melanie Price, que ela gostava de exibir em shows de striptease na janela do quarto exatamente na hora em que *Os Batutinhas* passava na tevê, nossa turma deixou de visitar Hominy depois da escola, até que só sobramos eu e Marpessa. Não sei exatamente por que ela ficou. Aos quinze anos, tinha seus próprios peitos para exibir em blusas tomara que caia. Às vezes caras mais velhos pediam que ela saísse para conversar. Mas Marpessa sempre esperava o fim dos *Batutinhas*. Deixava que esperassem na varanda de Hominy. Quero acreditar que ela gostava de mim já naquela época. Mas sei que provavelmente o que a levava a ficar ali das três e meia até as quatro eram um sentimento de pena e uma sensação de segurança. Comendo uvas e vendo os Batutinhas atuarem num extravagante programa de variedades com garotos roucos de sete anos e garotos negros sapateando na chuva, que mal podiam fazer um moleque de treze anos educado na fazenda e um dublê aposentado?

"Marpessa?"

"Hã?"

"Limpe o queixo, está molhado."

"Vou te dizer, não é a única coisa que ficou molhada. Essa porra dessa uva é boa demais. É você mesmo que cultiva?"

"A-hã."

"Por quê?"

"Lição de casa."

"Seu pai é doido."

Acho que foi por isso que comecei a gostar da Marpessa, seu jeito descarado de dizer coisas inapropriadas. Acho que também gostava dos peitos dela. Ainda que, como ela dizia toda vez que me pegava olhando, eu nem saberia o que fazer com eles se algum dia tivesse a chance. Depois de um tempo a sedução de garotos mais velhos com dinheiro de drogas e contagens de espermatozoides foi mais forte do que os grandiloquentes encantos de Alfalfa com chapéu de caubói cantando "Home on the Range", e por muito, muito tempo, ficamos só eu, Hominy e as uvas. Nunca me arrependi por não passar com meus amigos pelo quintal para espiar o show de strip. Sempre achei que se Marpessa continuasse comendo minhas uvas e sujando seu peito amplo, mais cedo ou mais tarde aqueles mamilos duros como brocas iam atravessar os pontos molhados da blusa dela.

Infelizmente, só fui ver um peito tridimensional à beira de completar dezesseis anos, quando acordei no meio da noite e vi Tasha, uma das "professoras assistentes" do meu pai, sentada na beira da minha cama, pelada, fedendo a vinho moscatel pós-coito e lendo Nancy Chodorow em voz alta: "Mães são mulheres, claro, porque a mãe é a fêmea do casal... É possível falar que um homem é a 'mãe' de uma criança se ele é a figura mais importante na sua criação ou se age de maneira amorosa. Mas nunca diríamos que uma mãe 'é como um pai' para a criança". Até hoje, sempre que me sinto sozinho, me masturbo pensando nos peitos da Tasha e em como a hermenêutica freudiana não se aplica a Dickens. Um lugar onde é bem comum que as crianças criem os pais, onde os complexos de Édipo e Electra são simples, porque não importa se são filhos, padrastos ou primos, já que todo mundo trepa com todo mundo e a inveja do pênis é uma coisa que não existe, porque às vezes os crioulos têm pênis *demais*.

Não sei exatamente por quê, mas eu achava que devia alguma coisa para Hominy por aquelas tardes todas que eu e Marpessa passamos na casa dele. Alguma coisa na loucura que ele precisava enfrentar me manteve relativamente são. Numa manhã de quarta-feira de vento forte, uns três anos atrás, durante uma merecida soneca vespertina, ouvi a voz de Marpessa na minha cabeça enquanto dormia. "Hominy", foi a única coisa que ela disse. Depois de sair de casa, encontrei um aviso escrito às pressas na porta dele tremulando com o vento. Dizia: "*Tô latrás*", numa caligrafia tipicamente Batutinha, toda torta, mas perfeitamente legível. A parte de trás da casa era onde ficava a coleção de antiguidades de Hominy. Um puxadinho pequeno de quatro por quatro que antes ficava forrado de inestimáveis adereços, fotos e figurinos. Não havia sobrado muitas recordações. A maior parte, como a armadura que Spanky usava para recitar o solilóquio de Marco Antônio em "Shakespeare tremendo" debaixo de fogo cerrado de armas de brinquedo, a mecha de cabelo que era a marca registrada do Alfalfa, a cartola e o fraque que Buckwheat usava para reger a Club Spanky Big Band e que rendeu "centenas e milhares de dólares" no episódio "O teatro de revista dos Batutinhas de 1938", o caminhão de bombeiros feito de sucata usado para reconquistar Jane, que estava com o menino que tinha o caminhão de bombeiros de verdade, e os kazoos, as flautas e as colheres que compunham os naipes de sopros e percussão da International Silver String Band tinham sido penhorados e leiloados muito tempo antes.

Como anunciado, Hominy estava de fato "latrás", completamente nu e pendurado pelo pescoço numa viga de madeira. A meio metro de distância dele havia uma cadeira dobrável marcada RESERVADO, e no assento um xerox do programa da peça *Cai o pano*, um ato único de desespero. A corda de nylon estava esticada até o limite, de um jeito que se ele estivesse com um sapato maior que trinta e oito o dedão do pé ia roçar o chão. Eu o vi girar com o vento, seu rosto ficando azul-escuro. Passou pela minha cabeça a ideia de deixar que morresse.

"Corta fora meu pinto e enfia na minha boca", Hominy disse com o que restava de ar nos pulmões.

Aparentemente, a asfixia deixa seu pau duro, e o membro marrom dele brotou como um galho de uma bola de neve encaracolada de pelos pubianos surpreendentemente brancos. Como um cata-vento antigo, Hominy se debatia freneticamente tanto pelo desejo de incendiar a si mesmo quanto pela escassez de oxigênio no cérebro já detonado pelo Alzheimer. Foda-se o fardo do homem branco, Hominy Jenkins era meu fardo, e eu tirei a lata de querosene e o isqueiro da mão dele. Fui andando, e não correndo, para casa para procurar as tesouras de jardinagem e algum creme para a pele. Fiz as coisas tranquilamente, porque sabia que arquétipos negros racistas, assim como os Bebe's Kids, não morrem. Eles se multiplicam. Também porque a querosene tinha caído na minha camiseta e cheirava a bebida, mas principalmente porque meu pai dizia que nunca entrava em pânico quando alguém do bairro tentava se enforcar, porque "um preto não consegue dar um nó direito nem que seja a última coisa que ele faça".

Cortei a corda do autoimolado rei do melodrama. Gentilmente o deixei sobre o carpete de raiom no chão e fiz um cafuné em sua cabeça franzida. Ele encheu meu sovaco de ranho e lágrimas enquanto eu esfregava cortisona no pescoço escoriado pela corda e folheava a encadernação. A página dois tinha uma foto publicitária do nosso garoto tranquilo ao lado dos Irmãos Marx no set da sequência nunca lançada de *Um dia nas corridas*, chamada *Tirando a negra nas corridas*. Os Irmãos Marx estão sentados em cadeiras de diretor viradas de costas marcadas GROUCHO, CHICO, HARPO e ZEPPO. No fim da fila se vê uma cadeirinha onde se lê DEPRESSO. Nela, sentado com as pernas cruzadas, está Hominy, aos seis anos de idade, com um grosso bigode à la Groucho pintado em branco. A foto está dedicada *A Hominy Jenkins, a ovelha shvartze da família. Abraços dos Marx – Groucho, Karl, Skid etc.* Abaixo disso vêm os dados biográficos de Hominy. Uma triste lista de escassos créditos que soam como um bilhete de suicida:

Hominy Jenkins (Hominy Jenkins) – Hominy está feliz por fazer tanto sua estreia quanto seu canto do cisne no Teatro de Repertório da Sala de Trás. Em 1933, Hominy deu pela primeira vez um bom uso para seu cabelo afro indomado ao estrear no papel do Bebê Nativo abandonado e choroso do *King Kong* original. Ele sobreviveu ao desastre que quase atingiu a Ilha da Caveira e seguiu em frente se especializando em retratar meninos negros dos oito aos oitenta anos, incluindo os papéis mais marcantes em *Beleza negra,* como Garoto do Estábulo (não creditado), *Guerra dos mundos,* como Jornaleiro (não creditado), *Capitão Blood,* como Camaroteiro (não creditado), *Charlie Chan entra para a Klan,* como Garçom (não creditado) e todo filme rodado em Los Angeles entre 1937 e 1964, como Engraxate (não creditado). Entre outros, desempenhou vários papéis de mensageiro, carregador de malas, garçom, funcionário de boliche, limpador de piscina, faxineiro, empregado de supermercado, datilógrafo, entregador, homem-objeto (filme pornô), contínuo e o único engenheiro aeroespacial negro colocado em cena para manter as aparências no filme vencedor do Oscar *Apollo 13.* Ele deseja agradecer seus muitos fãs que o apoiaram por todos esses anos. Foi uma longa e estranha jornada.

Se aquele velhinho pelado que estava chorando no meu colo tivesse nascido em algum outro lugar, tipo Edimburgo, àquela altura teria sido condecorado pela rainha. "Levante-se, Sir Hominy de Dickens. Sir Ne de Guinho. Sir Nin de Guém." Se ele fosse japonês e tivesse sobrevivido à Guerra, à bolha econômica e à Shonen Knife, talvez hoje fosse um daqueles atores octogenários de kabuki que, quando entram durante o segundo ato de *Kyô Ningyô,* causam uma interrupção reverencial enquanto o locutor os anuncia com grande pompa e uma bolsa governamental. "No papel do cortesão Oguruma, o boneco de Kyoto, temos o tesouro vivo da cultura japonesa Hominy 'Kokojin' Jenkins VIII." Mas ele teve a infelicidade de nascer em Dickens, Califórnia, e nos Estados Unidos Hominy não é causa de orgulho. Ele é um constrangimento vivo da cultura americana. Uma nódoa lastimável no legado afro-americano, algo que deve ser erradicado, retirado dos registros raciais, como imitações grotescas de negros, Amos 'n' Andy, o colapso de Dave Chappelle e gente que fala "dia dos namoridos".

Aproximei minha boca da orelha cheia de cera de Hominy.

"Por quê?"

Não sabia se ele me entendia. Só havia o sorriso radiante e sem expressão do negro folclórico, branco perolado, largo e servil, virado na minha direção. É uma coisa maluca, mas atores infantis parecem não envelhecer nunca. Sempre tem alguma característica que, se não for esquecida, se recusa a envelhecer e os marca como jovens para sempre. Pense nas bochechas de Gary Coleman, no nariz de pug de Shirley Temple, nas entradas de Eddie Munster, nos peitos pequenos de Brooke Shields e no sorriso efervescente de Hominy Jenkins.

"Por quê, sinhô? Porque Dickens desapareceu, eu desapareci. Não recebo mais cartas de fãs. Faz dez anos que ninguém vem me visitar porque ninguém sabe onde me encontrar. Só quero me sentir relevante. Isso é demais pra um preto velho pedir, sinhô? Se sentir relevante?"

Fiz que não com a cabeça, mas tinha outra pergunta.

"E por que na quarta-feira?"

"Você não sabe? Não lembra? Foi a última palestra que seu pai deu no encontro dos Intelectuais da Dum Dum Donuts. Ele disse que a imensa maioria das revoltas de escravos acontecia tradicionalmente na quarta porque na quinta era dia de chibatada. A revolta dos escravos de Nova York, os tumultos de Los Angeles, o *Amistad*, a porra toda", Hominy disse, com um sorriso de orelha a orelha congelado na cara como se fosse um boneco de ventríloquo. "É assim desde que a gente pôs os pés neste país. Alguém está apanhando de chibata ou sendo revistado na rua, e nem precisa ter feito alguma coisa de errado. Então por que não dar motivo e dar uma de doido na quarta se você já vai apanhar na quinta, não é, sinhô?"

"Hominy, você não é meu escravo e definitivamente não sou seu senhor."

"Sinhô", ele disse, com o sorriso evaporando do rosto, sacudindo a cabeça daquele jeito deplorável das pessoas que você considera inferiores quando te pegam pensando que é de fato melhor do que elas, "às vezes você simplesmente precisa aceitar o que é e agir de acordo com isso. Sou um escravo. É isso que eu sou. Foi esse papel que nasci para interpretar. Um escravo que por acaso também é ator. Mas ser ator não é um método de interpretação. Lee Strasberg podia ensinar a ser uma árvore, mas não podia ensinar a ser crioulo. Esse é o vínculo definitivo entre profissão e propósito, e a gente não vai voltar a falar disso. Vou ser seu crioulo para o resto da vida e ponto-final."

Sem conseguir distinguir entre ele próprio e o cafona "devo minha vida a você", Hominy tinha finalmente perdido o juízo, e eu devia tê-lo internado imediatamente. Chamado a polícia e dito que ele era maluco. Mas, uma vez, quando a gente estava fazendo uma visita vespertina ao Lar Cinemateca Hollywoodiana para Velhos, Esquecidos e Abandonados, Hominy me fez prometer que nunca ia interná-lo, porque ele não queria ser explorado como seus velhos amigos Slicker Smith, Chattanooga Brown e Beulah "Mammy" McQueenie, que, tentando conseguir um último crédito antes de partir para aquele quarto verde no céu, fizeram um teste no leito de morte para um filme de alunos do Programa de Extensão da Ucla, tentando colocar um astro, ainda que senil e quase esquecido, nos seus projetos de conclusão de curso.

Na manhã seguinte, quinta-feira, acordei com Hominy parado no meu jardim, sem camisa, descalço e amarrado na caixa de correio perto do meio-fio, exigindo que eu desse chibatadas nele. Não sei quem atou suas mãos, mas sei que Hominy atou as minhas.

"Sinhô."

"Hominy, pare."

"Quero agradecer por salvar minha vida."

"Você sabe que eu faria qualquer coisa por você. Seu trabalho nos *Batutinhas* tornou minha infância suportável."

"Você quer me deixar feliz?"

"Você sabe que sim."

"Então me bata. Bata até quase acabar com minha raça miserável. Me bata, mas não me mate, sinhô. Bata só até eu sentir o que estou perdendo."

"Não tem outro jeito? Não tem outra coisa que eu possa fazer pra deixar você feliz?"

"Faça Dickens voltar a existir."

"Você sabe que isso é impossível. Quando uma cidade desaparece, ela não volta."

"Então sabe o que fazer."

Dizem que precisaram de três policiais pra me tirar de cima dele, porque chicoteei aquele crioulo até quase matá-lo. Meu pai teria dito que eu estava sofrendo de "transtorno dissociativo". Era a isso que ele atribuía todas as surras que me dava. Abrindo o *DSM-I*, um livro sagrado sobre transtornos mentais tão antigo que definia homossexualidade como "dislexia da libido", ele apontava para "transtorno dissociativo", depois limpava os óculos e começava a explicar devagar: "Transtorno dissociativo é como um disjuntor psíquico. Quando a mente tem que lidar com uma carga grande demais de estresse e de merda, ela desliga, apaga sua capacidade cognitiva e você fica como que em transe. Você age, mas não está consciente do que está fazendo. Então, apesar de eu não me lembrar de deslocar seu maxilar...".

Eu adoraria dizer que despertei de meu próprio estado de fuga e que só tinha lembrança das fisgadas nas minhas feridas policiais enquanto Hominy as limpava com bolas de algodão embebidas em água oxigenada. Mas, enquanto eu viver, jamais vou esquecer o som do meu cinto de couro correndo pela calça jeans Levi's enquanto eu o tirava. O assobio daquele chicote marrom e preto cortando o ar e caindo pesado com um barulho de trovão na pele das costas de Hominy. As lágrimas de alegria e a gratidão que ele demonstrava enquanto rastejava, não para fugir da surra, e sim para chegar mais perto dela, buscando colocar um ponto-final em séculos de raiva reprimida e em décadas de subserviência não recompensada abraçando meus joelhos e implorando que eu batesse mais forte, seu corpo negro dando boas-vindas ao peso e ao sibilo do meu chicote com rastejantes barulhos guturais de êxtase. Nunca vou esquecer de Hominy sangrando na rua e, como todo escravo ao longo da história, se recusando a prestar queixa. Nunca vou me esquecer dele me levando gentilmente para dentro de casa e pedindo que as pessoas que se aglomeraram em volta não me julgassem, porque, afinal, quem encanta o Encantador de Crioulos?

"Hominy?"

"Sim, sinhô."

"O que você sussurraria no meu ouvido?"

"Que você está pensando pequeno demais. Que salvar Dickens crioulo por crioulo com um megafone nunca vai funcionar. Que você precisa pensar grande como seu pai. Você conhece a frase: 'Não dá para ver a floresta olhando as árvores'?"

"Claro."

"Bom, você tem que parar de ver a gente como indivíduos, porque agora, sinhô, você está vendo os crioulos, mas não o latifúndio."

6

Dizem que ser cafetão não é fácil. Bom, ter escravos tampouco. Assim como crianças, cachorros, dados, políticos que prometem demais e, aparentemente, prostitutas, escravos não fazem o que você diz para eles fazerem. E quando seu servo de oitenta--e-sei-lá-quantos-anos aguenta no máximo quinze minutos de trabalho por dia e gosta pra cacete de ser punido, você não tem muitas das regalias que vê nos filmes. Nada de gente cantando "Go Down Moses" pelos campos com olhar infeliz. Nada de seios negros aconchegantes onde deitar a cabeça. Nada de espanadores. Ninguém diz "outrora". Nada de jantares chiques cheios de candelabros e incontáveis porções de pernil assado, imensas colheradas de purê de batata e as verduras de aparência mais saudável que a humanidade já conheceu. Eu nunca experimentei aquela confiança inconteste entre senhor e servo. Simplesmente era dono de um preto velho encarquilhado que só sabia uma coisa: seu lugar. Hominy não sabia consertar uma roda de carroça. Abrir uma porra de um buraco com a enxada. Remar ou carregar um fardo. Mas ele sabia ficar de joelhos, e entre uma e uma e quinze da tarde, ou por volta disso, ele aparecia para trabalhar com o chapéu na mão. Fazia o que estivesse com vontade de fazer. Às vezes o serviço consistia em vestir sedas brilhantes verde-esmeralda e rosa, segurar um lampião com o braço erguido e ficar nessa pose no meu quintal como se fosse um anão de jardim em tamanho real. Outras vezes, ele gostava de servir de banquinho humano: quando era movido pelo espírito da servidão, caía de quatro ao lado do meu cavalo ou da minha caminhonete e ficava ali até eu pisar nas costas dele antes de uma viagem indesejada para a loja de bebidas ou o leilão de gado de Ontário. Mas na maior parte das vezes o trabalho de Hominy era me ver trabalhar. Comendo ameixas que tinham exigido seis anos até eu encontrar a proporção certa entre acidez e doçura e a grossura ideal da casca e dizendo: "Caramba, sinhô, essas ameixas são danadas de boas. Coisa de japonês, o sinhô disse? Bom, deve ter enfiado a mão no cu do Godzilla, porque essa mão é boa pra plantar que vou te contar".

Por isso pode acreditar quando eu digo que a servidão humana é um empreendimento especialmente frustrante. Não que eu tenha empreendido coisa nenhuma, meu domínio sobre esse servo clinicamente deprimido me foi imposto. E vamos deixar claro: eu tentei "libertar" Hominy incontáveis vezes. Simplesmente dizer que ele era livre não tinha efeito nenhum. Uma vez, juro que quase o abandonei nas montanhas de San Bernardino como se fosse um cachorro indesejado, mas vi uma avestruz perdida com um adesivo promocional do Pharcyde colado no rabo e perdi a coragem. Até fiz Hampton redigir uma carta de alforria escrita em jargão da era industrial e paguei duzentos dólares para que um escrivão elaborasse um contrato em um pergaminho antigo que encontrei em uma papelaria de Beverly Hills, porque aparentemente gente rica ainda tem uso para isso. Como? Vai saber. Talvez, com a situação do sistema bancário, eles tenham voltado ao mapa do tesouro.

"A quem interessar possa", dizia o contrato. "Por meio deste emancipo, alforrio, liberto, dispenso permanentemente e livro meu escravo Hominy Jenkins, que esteve a meu serviço nos três últimos meses. O dito Hominy tem porte, compleição e inteligência medianas. A todos os que lerem isto, Hominy Jenkins é hoje um homem negro livre. Assim o declaro neste dia, 17 de outubro do ano de 1838." O ardil não funcionou.

Hominy simplesmente baixou as calças, cagou nos meus gerânios e limpou a bunda com sua liberdade, que me entregou de volta depois.

"Inteligência mediana?", ele perguntou, levantando uma sobrancelha grisalha. "Um, eu sei em que ano a gente está. Dois, a verdadeira liberdade é ter o direito de ser escravo." Ele ergueu as calças e começou a falar no seu crioulês da MGM. "Sei que num tem ninguém forçano eu, mas dessescravaqui ocê num vai se livrá. A liberdade que bêje 'nha bunda preta di dispois da guerra."

A escravidão deve ter sido um negócio bem lucrativo para conseguirem lidar com toda a aflição mental, mas às vezes, depois de um dia quente tirando chifres de cabras e trocando o arame farpado das cercas, eu relaxava na varanda, olhando o pôr do sol dispersar o nevoeiro vermelho e pesado no céu do centro da cidade, e Hominy saía da casa com limonada gelada. Tinha algo realmente agradável em ver a condensação se formar e escorrer pelas laterais da jarra enquanto ele enchia lentamente meu copo, deixando um cubo de gelo cair diligentemente depois do outro, abanando as mãos para espantar as moscas e o calor. No ar fresco e com o som do carro tocando Tupac, eu tinha uma agradável amostra do domínio que os latifundiários confederados deviam ter sentido. Cacete, se Hominy fosse sempre tão cooperativo, eu também lutava ao lado dos sulistas.

Às quintas, por acidente ou de propósito, Hominy derramava o suco no meu colo. Passando uma mensagem não muito sutil, como um cachorro que fica arranhando sua porta, de que era hora.

"Hominy?"

"Sim, sinhô?", ele dizia cheio de esperança, esfregando as ancas em preparação.

"Você escolheu um psicólogo?"

"Procurei na internet, e todos eles são brancos. Parados na floresta ou em frente de uma estante de livros, prometendo realização profissional e sexual, e relacionamentos saudáveis.

Como é que você nunca vê fotos deles com os filhos bem-sucedidos ou trepando com a mulher até gozar? Onde é que está a prova de que a coisa funciona?"

O líquido nas minhas calças se espalhava pelo colo e ia para os joelhos. "Certo, entre na caminhonete", eu dizia.

Estranhamente, Hominy parecia não se importar com o fato de que todas as dominatrixes da Paus e Pedras, a boate sadomasoquista do Westside que eu contratei para aplicar as punições no meu lugar fossem brancas. A sala da Bastilha era a câmara de torturas favorita dele. Lá, nua exceto por um boné da União, a srta. Dorothy, uma morena cujos lábios vermelhos e protuberantes botavam o sarcasmo de Scarlett O'Hara no chinelo, amarrava Hominy a uma roda e o chicoteava até que ficasse tonto. Ela apertava alguma engenhoca nos genitais dele e exigia informações sobre os movimentos dos soldados da União e sobre o poder de fogo deles. Na hora da despedida, a srta. Dorothy punha a cabeça pela janela da caminhonete, dava um beijo na bochecha de Hominy e me entregava o recibo. A duzentos dólares por hora mais "xingamentos raciais incidentais", a coisa começou a ficar cara. Os cinco primeiros "preto", "neguinho", "macaco" e "tição" eram de graça. Depois disso, eram três dólares por epíteto. E "crioulo", em qualquer de suas variações, derivações e pronúncias, custava dez dólares por vez. Inegociável. Mas depois dessas sessões Hominy parecia tão feliz que quase valia a pena. No entanto, a felicidade dele não era minha, nem da cidade, mas eu não conseguia pensar em um jeito de restabelecer Dickens, até uma tarde de calor de primavera incomum enquanto voltava da Paus e Pedras.

Ficamos presos no trânsito da via expressa 110, mudando impacientemente de faixa. A gente estava indo bem até chegar ao trecho entre os acessos da 405 e da 105, então o tráfego ficou mais lento. Meu pai tinha uma teoria de que os pobres dirigem melhor porque não têm como pagar o seguro do carro e precisam dirigir do mesmo jeito que vivem, na defensiva. A gente ficou preso num engarrafamento de ferros-velhos e carros pequenos, todos a exatamente dez quilômetros por hora, com seus sacos de lixo no lugar dos vidros se agitando ao vento. Hominy estava começando a voltar de seu transe masoquista, com as memórias, senão a dor, da sessão já se apagando a cada quilômetro. Ele cutucou uma ferida no braço e ficou se perguntando de onde tinha surgido. Peguei um baseado no porta-luvas e ofereci uma tragada medicinal para ele.

"Sabe quem era maconheiro?", Hominy disse, recusando. "O pequeno Scotty Beckett."

Scotty era um Batutinha de olhos grandes que costumava andar com Spanky. Usava uma blusa solta de tricô e o boné de beisebol virado de lado, mas era só um rostinho branco bonito, sem emoção, e não durou muito. "Ah é? E Spanky? Usava drogas?"

"Spanky não fazia porra nenhuma. Só comia a mulherada."

Abri a janela. A gente continuava andando devagar, então o fedor da fumaça da maconha ficava no ar, denunciador. Havia um mito de que *Batutinhas*, como *Macbeth*, era amaldiçoado, e todos os atores tinham morrido prematura e horrivelmente.

BATUTINHA	IDADE	CAUSA DA MORTE
Alfalfa	42	Trinta tiros na cara (um para cada sarda) em uma briga por causa de dinheiro
Buckwheat	49	Infarto
Wheezer	19	Acidente com avião em treinamento do Exército
Darla Hood	47	Hominy diz que transou com ela até que morresse de cansaço. Na verdade, foi hepatite

Chubsy-Ubsy	21	Tinha um peso no coração: amor não correspondido pela srta. Crabtree e cento e cinquenta quilos de gordura distribuídos em um metro e cinquenta e dois de altura
Froggy	16	Atropelado por um caminhão
Pete, o cachorro	7	Engoliu o rádio-relógio

Hominy se remexeu no banco, cutucando os vergões vermelhos ainda inchados nas costas, tentando imaginar por que estava sangrando. Cacete, talvez eu devesse ter deixado o cara morrer. Talvez devesse simplesmente tê-lo empurrado para fora do carro no asfalto oleoso cheio de rachaduras da Harbor Freeway. Mas que bem faria? O tráfego emperrou de vez. Um Jaguar, um daqueles modelos feios fabricados nos Estados Unidos, tinha capotado na faixa expressa. O passageiro, que não tinha um machucado, se inclinava com sua gola rulê contra a cerca lendo um romance de capa dura daqueles que você só vê em livraria de aeroporto. O sedã Honda atingido estava tanto com a traseira quanto com o motorista achatados e soltando fumaça, jogados no meio da pista esperando ser transportados para o ferro-velho e para a cova, respectivamente. Os modelos de Jaguar têm nome de foguete: XJ-S, XJ8, E-Type. Os carros da Honda parecem ter sido batizados por diplomatas pacifistas e humanitários: Accord, Civic, Insight. Hominy desceu do carro para desatar o nó. Balançando os braços como o maluco que realmente era, separou os carros por cor, não da pintura, da pele dos motoristas. "Quem é crioulo, sai do bolo! Vermelho, vai pelo meio. Branco, por este flanco. Amarelo, em paralelo. Quem é marrom, pisa fundo e tá bom. Mulatos, acelerem insensatos!" Se ele não conseguia classificar só de olhar, perguntava para o motorista qual era a cor dele. "Chicano? Que cor é essa? Você não pode ficar inventando raças, seu babaca. *Puto?* Estou com seu *puto* bem aqui, *pendejo*! Escolhe uma pista, crioulo, e fica nela! Cada macaco no seu galho!"

Depois que os policiais e os sinalizadores chegaram e que o tráfego finalmente começou a fluir, Hominy entrou na caminhonete, limpando as mãos como se tivesse feito alguma coisa. "É assim que se faz. Foi o Sunshine Sammy que me ensinou isso. Ele dizia: 'O tempo não espera ninguém, mas um preto espera qualquer um que dê uma moeda de gorjeta'."

"Quem caralhos é Sunshine Sammy?"

"Não se preocupe com isso. Vocês negros de hoje têm presidentes pretos, golfistas pretos. Deixa o Sunshine Sammy comigo. É o Batutinha original, e quando digo isso quero dizer que foi o primeiro de todos. E vou te falar, quando o Sunshine Sammy resgatava a turma de uma enrascada terrível, bom, aquilo sim era liderança não partidária."

Hominy se afundou no banco, colocou as mãos atrás da cabeça e olhou para fora da janela e para seu passado. Mexi no rádio e deixei o jogo dos Dodgers preencher o silêncio. Hominy sentia falta dos bons tempos e de Sunshine Sammy. Eu sentia falta de Vin Scully, a suave voz da objetividade, descrevendo tudo em detalhes. Para um puritano do beisebol como eu, os bons tempos eram a época antes de haver rebatedor designado, jogos interligas, esteroides e babacas na parte externa do campo com bonés equilibrados precariamente na cabeça que enlouquecem a cada rebatedor não interceptado e a cada bola isolada em direção ao sol. Éramos só eu e meu pai, com a boca cheia de cachorro-quente e refrigerante, dois pretos em cadeiras baratas, vagabundos iluminados aproveitando juntos o calor da noite de junho com as mariposas, xingando um time que estava em quinto lugar, sentindo falta dos bons tempos de Garvey, Cey, Koufax, Dusty, Drysdale e Lasorda. Para Hominy qualquer dia em que ele pudesse personificar o primitivismo americano era um bom dia. Aquilo significava que ele continuava vivo, e às vezes até o crioulo de circo que vai cair da plataforma sobre o tanque d'água sente falta de atenção. E este país, sendo o homossexual enrustido de ensino médio que é, sendo o mulato que passa por branco que é, sendo o neandertal que fica o dia inteiro desfazendo a monocelha que é, precisa que os outros gostem dele. Precisa ficar jogando bolas de beisebol em alguém, precisa dar porrada em gays, espancar negros, invadir, embargar. Qualquer coisa que, como o beisebol, evite que um país que está o tempo todo olhando vaidoso para o espelho realmente olhe para o espelho e lembre onde os corpos estão enterrados. Naquela noite os Dodgers perderam a terceira consecutiva. Hominy se inclinou no banco e limpou uma parte do para-brisa subitamente embaçado.

"Já chegamos?", ele perguntou.

Estávamos entre as saídas de El Segundo e Rosecrans Avenue, então me toquei: antes tinha uma placa que dizia PRÓXIMA SAÍDA – DICKENS. Hominy sentia falta dos bons tempos. Eu sentia falta de voltar com meu pai da Feira Estadual de Pomona, quando ele me cutucava para eu ficar acordado, ouvindo o pós-jogo no rádio enquanto esfregava os olhos para afastar o sono bem a tempo de ver a placa PRÓXIMA SAÍDA – DICKENS e saber que estava em casa. Cacete, eu sentia falta daquela placa. E o que são cidades na verdade além de placas e limites arbitrários?

A placa verde e branca não saiu muito caro: uma folha de alumínio do tamanho de uma cama de casal, dois postes de metal de dois metros de altura, uns cones de trânsito e uns sinalizadores, dois coletes laranja com refletores, duas latas de tinta spray, dois capacetes e o sono daquela noite. Graças a uma cópia que baixei da internet do *Manual de padronização dos equipamentos de controle de tráfego*, eu tinha todas as especificações necessárias, desde o tom certo de verde (Pantone

342) até as dimensões exatas (um metro e meio por noventa centímetros), o tamanho da letra (vinte centímetros) e a fonte (Highway Gothic). Depois de uma longa noite pintando, cortando o poste para ficar do tamanho certo e escrevendo SUNSHINE SAMMY CONSTRUÇÕES em estêncil nas portas da caminhonete com tinta removível, Hominy e eu fomos para a rodovia. Exceto pela parte de colocar o cimento para fazer a fundação e ter que esperar secar, instalar uma placa de trânsito não é muito diferente de plantar uma árvore, e comecei a trabalhar sob a luz dos refletores. Tirei as ervas daninhas, cavei os buracos e plantei a placa, enquanto ele dormia no banco da frente, ouvindo jazz na KLON.

Quando o sol subiu acima do viaduto da El Segundo Avenue, o trânsito da manhã começava a ficar pesado. Em meio às buzinas dos carros, aos rotores dos helicópteros rodando lá em cima e ao ronco dos motores dos caminhões, Hominy e eu sentamos no acostamento e ficamos admirando nosso trabalho. A placa era igualzinha aos outros "equipamentos de controle de trânsito" que você vê enquanto dirige. Só tinha levado umas poucas horas, mas eu me sentia Michelangelo olhando para a Capela Sistina depois de quatro anos de trabalho duro, como Banksy depois de passar seis horas procurando ideias na internet para roubar e três minutos de vandalismo na calçada para executá-las.

"Sinhô, placas são coisas poderosas. Quase dá a impressão de que Dickens existe em algum lugar lá na neblina."

"Hominy, o que você prefere: levar chibatada ou olhar para a placa?"

Ele pensou um instante. "A chibatada faz bem pras costas, mas a placa faz bem pro coração."

Quando a gente chegou em casa naquela manhã, abri uma garrafa de cerveja, mandei Hominy para casa e peguei a última edição do *Thomas Guide* da prateleira. Com dez mil quinhentos e setenta e sete quilômetros quadrados, o distrito de Los Angeles, assim como o assoalho submarino, segue em grande parte inexplorado. Embora você precisasse ser formado em geomática para entender suas mais de oitocentas páginas, o *Thomas Guide to Los Angeles County* é a índia Sacagawea em formato encadernado para o intrépido explorador que navega por essa urbe desprovida de oásis. Mesmo em tempos de aparelhos GPS e mecanismos de busca, o guia está presente no banco da frente de todo motorista de táxi, em todo guincho e carro de empresa, e nenhum *sureño* digno dos sinais vermelhos que fura andaria por aí sem o seu. Abri o livro aleatoriamente. Todo ano meu pai trazia o novo *Thomas Guide* para casa, e a primeira coisa que eu fazia era ir para as páginas 704 e 705 e estimar a localização do número 205 da Bernard Avenue no mapa. Encontrar minha casa em um livro tão grande me dava uma sensação boa. Fazia eu me sentir amado pelo mundo. Mas o número 205 da Bernard Avenue ficava em uma seção anônima cor de pêssego com ruas gradeadas e rodovias de todos os lados. Eu queria chorar. Doía saber que Dickens tinha sido banida para o inferno das comunidades invisíveis de Los Angeles. Enclaves ultrassecretos de minorias como os Dons e as avenidas que nunca tiveram ou precisaram de menções no *Thomas Guide*, nem de fronteiras oficiais e de letreiros cafonas anunciando: "Você chegou a..." ou "Você está saindo de...", porque quando a voz dentro da sua cabeça (aquela que você jura que não é preconceito nem racismo) manda fechar as janelas e trancar as portas, você sabe que entrou na floresta ou numa área de gangue, e que quando voltar a respirar é porque já saiu. Catei uma canetinha azul, fiz um contorno torto na minha cidade natal do jeito que conseguia lembrar, escrevi DICKENS bem grande na tipografia azul dos Dodgers nas páginas 704 e 705, e fiz um pequeno pictograma da placa de saída que eu tinha acabado de instalar. Então se você estiver andando na via expressa 110 sentido sul, passando em alta velocidade por duas placas amarelas e pretas que dizem ATENÇÃO – CASAS COM PREÇOS EM QUEDA e CUIDADO – CRIMES DE NEGROS CONTRA NEGROS ADIANTE, já sabe a quem agradecer.

Os intelectuais da
Dum Dum Donuts

7

No domingo seguinte à instalação da placa eu quis fazer um anúncio oficial do meu plano para ressuscitar a cidade de Dickens. E não havia nenhum lugar melhor para isso que a próxima reunião dos Intelectuais da Dum Dum Donuts, o mais perto que a gente tinha de um governo representativo.

Uma das muitas ironias da vida dos afro-americanos é que qualquer encontro social prosaico e disfuncional é chamado de "função". E as funções dos negros nunca começam na hora, o que torna impossível se programar para chegar elegantemente atrasado sem correr o risco de acabar perdendo o evento. Sem paciência para a leitura da ata, esperei o intervalo do jogo dos Raiders. Desde a morte do meu pai, os Intelectuais da Dum Dum Donuts tinham se transformado num grupo de negros de classe média deslumbrados vindos de fora da cidade ou da academia que se encontravam a cada quinze dias para adular o semifamoso Foy Cheshire. Por mais que os negros americanos gostem de seus heróis decadentes, era difícil dizer se o que impressionava mais era a resiliência dele ou o fato de ainda dirigir uma Mercedes 300SL 1956 apesar de tudo o que tinha passado. De qualquer maneira, eles ficavam rondando por ali, tentando impressionar Foy com suas ideias sobre uma comunidade pobre negra que, se tirassem as vendas raciais por um único segundo, perceberiam já não ser majoritariamente negra, e sim latina.

As reuniões eram basicamente encontros de membros que apareciam a cada duas semanas discutindo com outros que vinham a cada dois meses sobre o que exatamente significava "bimensal". Entrei na loja de donuts bem quando os últimos exemplares de *O Relógio*, um boletim com estatísticas atualizadas de Dickens, estavam circulando. De pé no fundo, perto dos bolinhos de chuva, pus o informativo no nariz e inalei o cheiro doce de papel recém-mimeografado antes de dar uma passada de olhos nele. Meu pai tinha projetado *O Relógio* para parecer um relatório da bolsa de valores de Nova York. A diferença era que, em vez de mercadorias e dicas de ações, havia problemas e riscos sociais. Tudo o que sempre esteve em alta – desemprego, pobreza, criminalidade, mortalidade infantil – seguia em alta. Tudo o que sempre esteve em baixa – número de formandos, alfabetização, expectativa de vida – estava ainda mais em baixa.

Foy Cheshire estava debaixo do relógio. Em dez anos, além dos trinta e cinco quilos acumulados, ele não tinha mudado muito. Não era muito mais novo do que Hominy, mas seu cabelo continuava preto e o rosto tinha poucas rugas de expressão. Na parede atrás dele havia duas fotos emolduradas em tamanho pôster, a primeira de uma caixa sortida com donuts que pareciam insanamente macios e suculentos e não lembravam nem de longe os doces murchos e enrugados supostamente frescos que endureciam bem diante dos meus olhos na vitrine atrás de mim, e um retrato colorido do meu pai, orgulhosamente usando seu prendedor de gravata da Associação Americana de Psicologia, com o cabelo organizado numa perfeita revolta. Fiquei na minha. Pela seriedade na sala, os Dum Dums tinham uma longa pauta a tratar antes de chegar a "outros assuntos".

Foy tinha dois livros na mão e os abanava diante do grupo como um mágico prestes a fazer um truque de cartas. *Escolha uma cultura, qualquer cultura.* Ele segurou um dos livros acima da cabeça, falando com sua plateia com um sotaque exagerado de metodista do sul, embora tivesse vindo de Hollywood Hills e passado pelas Grand Rapids. "Uma noite, não faz muito tempo", ele disse, "tentei ler este livro, *Huckleberry Finn*, para meus netos, mas não consegui passar da página 6 porque está coalhado de termos racistas. E, apesar de serem as crianças mais inteligentes e combativas de oito e dez anos que conheço, sei que meus meninos não estão prontos para entender *Huckleberry Finn* por conta própria. Foi por isso que tomei a liberdade de reescrever a obra-prima de Mark Twain. Onde a repulsiva palavra 'crioulo' aparece, substituí por 'guerreiro', e troquei 'escravo' por 'voluntário de pele escura'."

"É isso aí!", gritou a multidão.

"Também melhorei o modo como Jim fala, mudei um pouquinho a trama e alterei o título para *As aventuras livres de termos pejorativos e as jornadas intelectuais e espirituais do afro-americano Jim e de seu jovem protegido, o irmão branco Huckleberry Finn, enquanto eles vão em busca da unidade familiar perdida dos negros.*" Então Foy ergueu o exemplar de sua nova versão para todos examinarem. Não tenho a melhor visão do mundo, mas dava para jurar que a capa mostrava Huckleberry Finn pilotando a balsa pelo poderoso rio Mississippi enquanto o capitão afro-americano Jim estava no leme, com as mãos nos quadris estreitos, um cavanhaque cafona e uma jaqueta xadrez da Burberry exatamente como a que Foy estava vestindo naquele momento.

Nunca gostei muito de ir às reuniões, mas depois da morte do meu pai, a não ser quando acontecia alguma emergência na fazenda, eu ia. Antes de Foy ser anunciado como Primeiro Pensador, houve quem falasse em me convencer a assumir o papel de líder do grupo. O Kim Jong-Un do conceitualismo negro. Afinal, eu tinha assumido o encantamento de crioulos. Mas recusei. Implorei para ser deixado de fora alegando que não sabia o suficiente sobre cultura negra. A única certeza que eu tinha sobre a condição afro-americana era o nosso desconhecimento dos conceitos de "doce demais" e "salgado demais". E em dez anos, em meio a incontáveis crueldades californianas e desrespeitos contra os negros, os pobres e as pessoas de diferentes etnias, como as proposições 8 e 187, o filme *Crash*, de David Cronenberg, e a condescendência boazinha de Dave Eggers, não falei uma única palavra. Durante a chamada, Foy nunca me chamou pelo nome, simplesmente gritando: "O vendido!". Ele olhava para minha cara com um sorriso esperto e perfunctório e dizia: "Presente", então colocava um sinalzinho do lado do meu nome.

Foy encostou a ponta dos dedos na frente do peito, o sinal universal de que a pessoa mais inteligente do recinto vai dizer algo. Ele falava alto e rápido, e o discurso se tornava mais veloz e intenso a cada palavra. "Proponho que façamos uma moção para exigir a inclusão da minha edição politicamente respeitosa de *Huckleberry Finn* no currículo de todas as escolas de ensino médio", ele disse. "Sugiro isso ao invés de deixar que gerações do povo negro envelheçam sem ter lido" – Foy deu uma olhadela furtiva para a quarta capa do livro original – "este clássico americano hilariantemente pitoresco."

"É 'ao invés de' ou 'em vez de'?" O fato de eu ter falado pela primeira vez em anos pegou nós dois de guarda baixa. Mas eu tinha ido com a intenção de dizer alguma coisa, então por que não aquecer as cordas vocais? Dei uma mordida numa das bolachas Oreo que eu tinha corajosamente contrabandeado. "Qual é gramaticalmente correto? Nunca sei." Foy se acalmou tomando um golinho de cappuccino e me ignorou. Ele e o resto do rebanho não dickensoniano pertenciam àquele assustador subgrupo de pensadores licantropos que eu chamo de "lobisnegões". De dia, os lobisnegões são eruditos e corteses, mas a cada ciclo da lua, trimestre fiscal e defesa de livre-docência as presas se desenvolvem, eles entram em seus sobretudos de pele ou se cobrem com estolas de visom, se arrastam para fora de suas torres de marfim e salas de conselhos corporativos e perambulam por cidades interioranas para uivar para a lua cheia enquanto tomam drinques e ouvem blues medíocre. Agora que não tinha mais fama e talvez nem fortuna, o lobisnegão Foy Cheshire tinha em Dickens seu gueto pantanoso e enevoado preferido. Normalmente eu evito os lobisnegões a todo custo. Não é o medo de ser intelectualmente retalhado que me assusta mais, é a insistência irritante em chamar todo mundo, principalmente as pessoas que eles não suportam, de irmão Tal-e-tal e irmã Isso-e-aquilo. Eu normalmente levava Hominy aos encontros para aliviar o tédio. Ele dizia aquilo que eu achava. "Por que vocês crioulos falam nesse crioulês, sem os erres no infinitivo, quando estão aqui dentro, mas quando aparecem um instantinho na tevê soam que nem o Kelsey Grammer com uma vassoura enfiada no rabo?" Mas, depois que ele ouviu o boato de que Foy Cheshire tinha usado alguns milhões que ganhara com direitos autorais ao longo dos anos para comprar os direitos dos curtas mais racistas da coleção dos *Batutinhas*, eu tive que pedir que parasse de ir aos encontros. Hominy gritava e batia o pé. Interrompia todas as moções com algum gesto teatral. "E aí, negão, onde é que estão *meus* filmes dos *Batutinhas*?" Hominy jura que seus melhores trabalhos estão naqueles rolos. Se o que ele diz for verdade, seria impossível perdoar aquele farisaico guardião da negritude por privar o mundo para sempre de assistir ao ponto alto do preconceito racial americano em blu-ray com som dolby surround. Mas quase todo mundo sabe que, como jacarés de esgoto e a letalidade de Peta Zetas com refrigerante, a história de que Foy Cheshire é dono dos filmes mais racistas dos *Batutinhas* é mera lenda urbana.

Sempre ligeiro, Foy enfrentou minha insolência e minhas bolachas com um cannoli gourmet que tinha trazido consigo.

Nós dois éramos bons demais para comer a porcaria que a Dum Dum Donuts servia.

"Isso é sério. O irmão Mark Twain usa a palavra 'crioulo' duzentas e dezenove vezes. Isso dá uma média de 0,68 'crioulo' por página."

"Se você perguntar o que eu acho, Mark Twain não usou a palavra 'crioulo' o suficiente", murmurei. Com pelo menos quatro das bolachas favoritas dos Estados Unidos na boca, acho que ninguém entendeu o que eu disse. Mas eu queria dizer mais. Como: por que culpar Mark Twain por você não ter coragem e paciência para explicar a seus netos que a palavra "crioulo" existe e que durante a vida superprotegida deles é possível que algum dia sejam chamados de "crioulos" ou, pior ainda, que se dignem a chamar alguém assim. Ninguém jamais vai se referir a eles como "pequenos eufemismos negros", portanto bem-vindo ao léxico americano – crioulo! Mas eu tinha me esquecido de pedir leite para tomar com as bolachas. E nunca tive a oportunidade de explicar para Foy e para sua laia de mentalidade estreita que a verdade de Mark Twain é que o crioulo negro médio é moral e intelectualmente superior ao crioulo branco médio, mas não, os crioulos pomposos da Dum Dum queriam banir a palavra, desinventar a melancia, a fungada matinal, a lavagem do pinto na pia e a vergonha eterna de ter pentelhos com cor e textura de pimenta-do-reino. Essa é a diferença entre a maior parte dos povos oprimidos do mundo e os negros americanos. Eles prometem jamais esquecer, e nós queremos que tudo seja expurgado do nosso histórico, posto num envelope fechado e enviado para a eternidade. Queremos que alguém como Foy Cheshire nos defenda perante o mundo com instruções para que o júri desconsidere séculos de ridicularização e estereótipos e que finja que os desolados crioulos diante deles estão começando do zero.

Foy continuou seu discurso de vendedor: "A palavra 'crioulo' é a mais vil e desprezível da língua inglesa. Não acredito que alguém vá dizer o contrário".

"Eu consigo pensar em uma palavra mais desprezível do que 'crioulo'", disse. Depois de ter finalmente engolido meu pegajoso bocado de chocolate e creme, fechei um olho e segurei uma bolacha já mordida para que o semicírculo marrom-escuro ficasse em cima da cabeça gigante de Foy como um belo penteado afro da Nabisco com OREO escrito no meio.

"Qual, por exemplo?"

"Por exemplo qualquer palavra que termine em 'bundo': vagabundo, meditabundo, moribundo. Prefiro ser chamado de 'crioulo' a ser 'furibundo', sem a menor dúvida."

"Problemático", alguém murmurou, invocando a palavra-código que os pensadores negros usam para caracterizar qualquer coisa ou qualquer pessoa que os faça se sentir desconfortáveis, impotentes e dolorosamente conscientes de que não têm todas as respostas para cretinos como eu. "Que merda você vem fazer aqui se não tem nada produtivo para dizer?"

Foy ergueu as mãos, pedindo calma. "Os Intelectuais da Dum Dum Donuts respeitam todas as contribuições. E, para aqueles que não sabem, esse vendido é filho do nosso fundador." Ele me encarou com um olhar de piedade. "Vá em frente, vendido. Diga o que veio dizer."

Na maioria das vezes em que alguém faz uma apresentação para os Dum Dums precisa usar o EmpowerPoint, um "software afro-americano de slides" desenvolvido por Foy Cheshire. Não é muito diferente do programa da Microsoft exceto pelo fato de as fontes terem nomes como Timbuktu, Harlem Renaissance e Pittsburgh Courier. Abri o armário de produtos de limpeza da loja. O velho projetor continuava ali, ao lado dos esfregões e dos baldes. O vidro e a única folha de transparência estavam imundos como janelas de prisão, mas ainda dava para usar.

Pedi ao subgerente que diminuísse a luz, depois desenhei e projetei o seguinte diagrama no teto de cortiça:

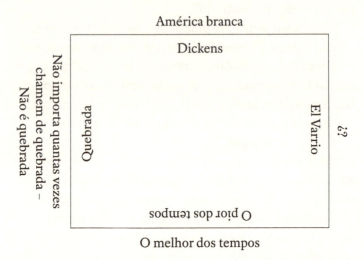

Expliquei que as indicações de fronteira seriam pintadas com spray nas calçadas e que as linhas de demarcação seriam feitas por uma configuração de espelhos e emissores de laser verde de alta potência, ou, se isso fosse caro demais, eu ia simplesmente circum-navegar os vinte quilômetros de fronteira traçando uma faixa de tinta branca de oito centímetros. Ouvir as palavras "circum-navegar" e "linhas de demarcação" saírem da minha boca me fez perceber que, embora estivesse inventando aquele troço todo na hora, falava mais a sério do que eu mesmo imaginava. "Vou fazer a cidade de Dickens ressurgir."

Risos. Ondas e estrépitos de gargalhada negra e profunda do tipo que donos de latifúndio bonzinhos gostam de ver em filmes como ... *E o vento levou*. Gargalhadas como as que você ouve em vestiários de basquete, em bastidores de show de rap e nas salas do departamento de estudos raciais composto só por brancos da Universidade de Yale depois que algum palestrante convidado com cabelo e cérebro difusos ousou sugerir uma conexão entre Franz Fannon, o pensamento existencial, a teoria das cordas e o bebop. Quando o coro de ridicularização finalmente silenciou, Foy limpou as lágrimas de riso dos olhos, terminou o último cannoli, correu para trás de mim e virou a foto do meu pai para a parede, poupando-o do constrangimento de testemunhar o filho profanando a inteligência da família.

"Você disse que vai fazer Dickens ressurgir?", Foy perguntou, quebrando o gelo.

"Sim."

"Acho que falo pela maioria do grupo quando digo que só tenho uma pergunta: por quê?"

Magoado por achar que todo mundo ia se importar quando na verdade ninguém dava a mínima, voltei para meu lugar e desliguei. Ouvi sem atenção as diatribes de sempre sobre a dissolução da família negra e a necessidade de empresas negras. Só fiquei esperando Foy dizer "e coisas dessa natureza", que é o "câmbio, desligo" da comunicação entre intelectuais negros.

"... e coisas dessa natureza."

Finalmente. A reunião estava encerrada. Enquanto todo mundo ia saindo e eu abria minha última Oreo, do nada uma mão negra calejada a roubou e enfiou na boca.

"Você trouxe o bastante pra raça toda, negão?"

Com tufos de cabelo alisados presos a bobes enfiados debaixo de uma touca de banho transparente e brincos de argola gigantes balançando nas duas orelhas, o ladrão de bolachas parecia mais uma Blanche ou uma Madge do que o notório gângster conhecido como Rei Chegado. Em silêncio, silêncio absoluto, amaldiçoei Chegado enquanto ele deslizava a língua pelos dentes com coroas metálicas, tirando pedacinhos de delícia achocolatada da ponte.

"Era isso que meus professores me diziam se eu ficasse mascando chiclete ou alguma outra parada. 'Você trouxe o bastante para a classe toda?'"

"Certeza, negão."

Desde que conheci Chegado, nunca tive uma conversa de verdade com ele que fosse além de "Certeza, negão". Ninguém teve, porque, mesmo já estando na meia-idade, ele é sensível, e se você disser a coisa errada vai mostrar ao mundo o quanto é sensível chorando no seu velório. Por isso ninguém conversa com ele; sempre que o cara fala, independente do que diga, seja você homem, mulher ou criança, só engrossa a voz como der e responde: "Certeza, negão".

O Rei Chegado passou a ser frequentador assíduo das reuniões dos Intelectuais da Dum Dum depois que meu pai fez seu encantamento de crioulos para tirar a mãe dele do trilho do metrô. Com os pés e mãos amarrados por uma corda de pular, ela se atirou nos trilhos gritando: "Quando uma branca tem problemas, é uma donzela em perigo! Quando uma preta tem problemas, é fraudadora da previdência social e um fardo para a sociedade. Por que vocês nunca veem uma donzela preta? Rapunzel, Rapunzel, jogue suas tranças!". Ela gritava tão alto que dava para ouvir mesmo com a campainha da cancela baixando e a buzina estridente do trem se aproximando. Na época, o Rei Chegado era Curtis Baxter, e eu me lembro do vento causado pelo trem soprando as lágrimas do garoto enquanto meu pai carregava a mãe dele nos braços. Eu me lembro dos trilhos, enferrujados, vibrando e ainda quentes quando você punha a mão neles.

Você trouxe o suficiente para a raça toda?

Curtis cresceu e virou o Rei Chegado. Um gângster respeitado pela inteligência e pela coragem. O grupo dele, os Caçadores do Papel de Seda, foi a primeira gangue a contar com médicos treinados em seus combates. Começava um tiroteio na boca de fumo e os maqueiros carregavam os feridos para ser tratados em algum hospital de campanha montado atrás do fronte. Você não sabia se ficava triste ou impressionado. Não demorou para ele candidatar o grupo a membro da Otan. *Todo mundo entra na Otan. Por que não os Crips? Vai dizer que a gente não acabaria com a Estônia?*

Certeza, negão.

"Preciso falar com você sobre umas coisas."

"Certeza, negão."

"Mas não aqui."

Chegado me ergueu pela manga e me acompanhou até a porta rumo a uma noite enevoada tipo *O cão dos Baskerville.* É sempre um choque quando o dia escurece sem você, e nós dois paramos para nos acostumarmos à névoa úmida e quente e ao silêncio. Às vezes é difícil dizer o que é mais interminável, se o preconceito e a discriminação ou as malditas reuniões. Chegado dobrou duas falanges de cada dedo sobre a palma da mão, examinou as unhas compridas e bem tratadas, depois ergueu uma sobrancelha ultragrossa e sorriu.

"A primeira coisa é 'fazer ressurgir Dickens'. Foda-se o que o resto desses crioulos que não são da comunidade dizem. Sou totalmente a favor dessa porra. Só tem uns poucos caras da cidade aqui, mas os Dum Dums que são de Dickens não estavam rindo. Então vai nessa, meu chegado, porque se você parar pra pensar, por que os pretos não podem ter seu próprio restaurante de comida chinesa?"

"Certeza, negão."

Então eu fiz uma coisa que nunca achei que ia fazer. Comecei a conversar com o Rei Chegado, porque precisava saber, mesmo que custasse minha vida ou, no mínimo, certa fama que eu tinha conquistado de ser o "filho da puta quieto" do bairro.

"Preciso perguntar uma coisa, Rei Chegado."

"Me chama de Chegado, chegado."

"Certo, Chegado. Por que você vai nessas reuniões? Não devia estar por aí falando palavrão e enchendo alguém de porrada?"

"Antes eu ia para escutar seu pai. Aquele negão, que descanse em paz, dava a real. Mas agora vou só para o caso daqueles pretos de repente decidirem criar raiz na comunidade, explodir a porra toda, alguma coisa assim. Pelo menos posso dar pros chegados um aviso tipo Paul Revere. Uma se por Land Cruiser. Duas se por Mercedes Classe C. Os burgueses estão chegando! Os burgueses estão chegando!"

"Quem está chegando aonde?" Era o Foy. Com a reunião encerrada, ele e os outros lobisnegões iam se amontoando nos carros. Se aprontando para perambular pela cidade. Curtis "Rei Chegado" Baxter não se dignou a responder. Simplesmente girou sobre os calcanhares do Converse e gingou rumo à noite enevoada. Bem inclinado para a direita como um marujo bêbado com infecção no ouvido. Ele gritou para mim: "Pense na comida chinesa. E trepe mais. Você é muito nervoso".

"Não escute esse sujeito. Trepar não é tão importante."

Enquanto eu desamarrava o cavalo e montava nele, Foy abriu dois frascos e pôs três comprimidos brancos na palma da mão.

"Zero vírgula zero zero um", ele disse, balançando os comprimidos na palma da mão para ter certeza de que eu ia ver. Zoloft e Lexapro.

"O quê, a dosagem?"

"Não, a porra do meu ibope. Seu pai achava que eu era bipolar, mas o que eu sou é sozinho. Parece que você também, não?"

Ele fez que me oferecia os comprimidos antes de colocar suavemente sobre a língua e tomar com um gole de uma garrafa prateada que parecia bem cara. Desde que os desenhos animados dele deixaram de ser exibidos, Foy teve uma série de programas de entrevistas matutinos. E a cada fracasso ele era jogado para mais cedo. Assim como os Bloods não usam a letra C porque é a primeira letra dos Crips (O cereal Cap'n Crunch vira o kereal Kap'n Krunch), Foy mostra a qual gangue pertence substituindo a palavra "fato" por "afro". E ele entrevistou todo mundo, de líderes mundiais a músicos à beira da morte em programas intitulados *Afros* e *Afros e Fotos*. A última tentativa dele tinha sido um absurdo fórum racial no canal público chamado *Direto aos Afros*. Ia ao ar às cinco da manhã de domingo. Só tem dois crioulos no mundo de pé às cinco da matina: Foy e o maquiador dele.

É difícil descrever um sujeito que vestia provavelmente uns cinco mil dólares somando terno, sapatos e acessórios como maltrapilho, mas olhando de perto à luz da rua era exatamente o que ele parecia. Todo encardido, camisa amarrotada e perdendo a goma. Os botões das calças supostamente vincadas com uma crosta marrom de sujeira e começando a se despregar. Os sapatos estavam gastos e ele fedia a licor de menta. Uma vez ouvi Mike Tyson dizer: "Só nos Estados Unidos você pode estar falido e morar numa mansão".

Foy tampou a garrafinha e enfiou no bolso. Agora que não tinha ninguém olhando, esperei que fizesse a transformação completa em lobisnegão. Garras e presas crescendo. Fiquei pensando se os pelos seriam encaracolados. Tinham que ser, não?

"Sei o que você está tramando."

"O que eu estou tramando?"

"Você tem mais ou menos a idade que seu pai tinha quando morreu. E não disse porra nenhuma em dez anos de reuniões. Por que escolher hoje para falar essa bobagem de fazer Dickens ressurgir? Porque está tentando recuperar os Dum Dums, pegar para você o que seu pai começou."

"Acho que não. Não me interesso por nenhuma organização que faz palestras sobre diabetes numa loja de donuts. Pode ficar com ela."

Talvez eu devesse ter percebido na época. Meu pai tinha uma lista para determinar se alguém estava ficando doido ou não. Ele dizia que havia diversos sinais de um colapso mental que as pessoas muitas vezes confundiam com personalidade forte. Indiferença. Mudanças de humor. Delírios de grandeza. À exceção de Hominy, que, como aqueles cortes gigantes de sequoia que você vê no museu de ciências, era um livro aberto, só sei dizer se uma árvore está morrendo por dentro, não uma pessoa. Ela meio que se recolhe em si mesma. As folhas ficam manchadas. Às vezes aparecem cancros e fissuras na casca. Os galhos podem ficar secos ou moles e esponjosos. Mas o melhor jeito é olhar as raízes. São elas que prendem a árvore no chão, que fazem com que fique no lugar nessa bola giratória de merda. Se elas estiverem rachadas e cobertas por esporos e fungos, bom... Eu me lembro de olhar para as raízes de Foy, um par de sapatos sociais marrons. Estavam gastos e empoeirados. Tendo em vista os boatos de que a mulher estava entrando com o processo de divórcio, a falência, e o ibope inexistente dos programas de entrevista dele, talvez eu devesse ter percebido.

"Estou de olho em você", Foy disse, entrando no carro. "Os Dum Dum Donuts são tudo o que me restou. Não vou deixar que você me foda." Duas buzinadinhas de despedida e lá foi ele. Voando com seu Benz pelo El Cielo Boulevard, ultrapassando a velocidade do som ao passar por Chegado, cujo andar arrastado era inconfundível mesmo de longe. Não acontece muito, mas uma vez em nunca, um integrante dos Intelectuais da Dum Dum Donuts diz alguma coisa engenhosa como "restaurantes chineses dos pretos" e "trepar".

"Certeza, negão", eu disse em voz alta.

E pela primeira vez eu estava falando sério.

8

Acabei escolhendo a fronteira pintada. Não que os lasers fossem muito caros, ainda que os equipamentos com a intensidade que eu queria custassem algumas centenas de dólares cada, mas eu achava a pintura uma atividade meditativa. Sempre gostei de coisas mecânicas. Fazer algo repetitivo seguindo uma fórmula, como envelopar cartas, parece reafirmar a vida de modo fundamental. Eu teria sido um bom operário de fábrica, almoxarife ou roteirista de Hollywood. Na escola, sempre que eu precisava fazer algo como decorar a tabela periódica, meu pai dizia que a chave para fazer tarefas tediosas era não pensar tanto no que você estava fazendo, e sim na importância do que estava fazendo. No entanto, quando perguntei se a escravidão não teria causado menos danos psicológicos se os escravos tivessem pensado nela como sendo "jardinagem", levei uma surra que teria feito Kunta Kinte tremer na base.

Comprei uma montanha de tinta spray branca e uma máquina de fazer linhas, do tipo usado para marcar os limites de um campo de futebol, e antes das minhas tarefas matinais, quando o trânsito não estava tão pesado, ia até o local designado, montava minhas coisas e começava a pintar. Sem prestar muita atenção se a linha estava ficando reta ou dar a mínima para a minha roupa, eu estabelecia a fronteira. Um sinal da ineficácia do think tank da Dum Dum Donuts era o fato de que nenhum deles tinha ideia do que eu estava fazendo. A maioria das pessoas que não me conhecia achava que eu era um artista performático ou um doido. Eu não via problema com a segunda designação.

Mas, depois de alguns milhares de metros de linhas brancas tortas, tinha ficado evidente para qualquer dickensoniano de mais de dez anos o que eu estava fazendo. Sem que ninguém tivesse pedido, grupos de adolescentes matando aulas e de sem-teto montavam guarda sobre a linha. Tiravam folhas e detritos da tinta fresca. Espantavam ciclistas e pedestres imprudentes que podiam borrar a fronteira. Às vezes, depois de encerrar os trabalhos do dia, eu voltava na manhã seguinte e descobria que alguém tinha continuado de onde eu parara. Haviam estendido a linha, com frequência usando outra cor. Às vezes a linha nem era uma linha, eram gotas de sangue, ou um grafite contínuo apoiando meu trabalho,__ *AceBoonOMalucodoWestSídeRua63Gangsta* __, ou, como no caso da esquina em frente ao Centro Californiano LGBTDL de Crise para Chicanos, Negros, Não Gays, e Qualquer Outro Que Se Sinta Injustiçado, Desamparado e Explorado por Programas de Sucesso na Tevê a Cabo, um arco-íris de um metro de largura e cento e vinte metros de comprimento ancorado em potes de camisinhas de ouro. A meio caminho do Victoria Boulevard, onde a ponte El Harvard começa a atravessar o riacho, alguém escreveu "cem smoots" em tinta roxa. Continuo sem ter a menor ideia do que isso quer dizer, mas o fato é que, com toda essa ajuda, não demorou muito para terminar de fazer a fronteira. Os policiais, que muitas vezes me conheciam pelo meu trabalho e pelas minhas melancias, frequentemente me escoltavam. Confirmavam se minhas fronteiras estavam precisas com antigas edições do *Thomas Guide*. Eu nem me importava com as provocações bem-humoradas da policial Mendez.

"O que você está fazendo?"

"Procurando a cidade desaparecida de Dickens."

"E vai fazer isso pintando uma linha branca bem no meio de uma rua que já tem duas linhas amarelas?"

"A gente tem tanto amor pelo cachorro sarnento que aparece no quintal de casa quanto pelo cachorrinho que ganha de aniversário."

"Então você devia imprimir uns folhetos", ela disse, me entregando um modelo que tinha feito às pressas no verso de um cartaz de procura-se.

DESAPARECIDA

Você viu minha cidade?
Descrição: Maioria de negros e morenos, com alguns samoanos.
É amistosa e atende pelo nome de Dickens.

Recompensa a ser ganha no céu.

Se tiver qualquer informação, por favor ligue para 0800-
-DICKENS.

Agradeci a ajuda e, usando um chiclete mascado, prendi o folheto no orelhão mais próximo. Quando você está procurando alguma coisa perdida, uma das decisões mais difíceis é onde afixar os cartazes. Escolhi um espaço na parte de baixo do poste do orelhão entre uma circular divulgando um show do Exército do Tio Jam no Centro de Veteranos – "O Tio Jam quer você! Para servir e dançar em Los Afeganistans, Califórnia! Allah Ak(open)bar das nove às dez!" – e um panfleto promovendo um misterioso emprego dos sonhos que pagava mil dólares por semana trabalhando de casa. Tomara que quem colocou aquele folheto tenha batido um papo com o pessoal do RH, porque eu tinha sérias dúvidas de que esse cara ganhasse mais de trezentos dólares por semana, e definitivamente não estava trabalhando de casa.

Levei seis semanas para pintar a fronteira e as indicações, e no final eu não tinha certeza do que tinha realizado, mas era divertido ver a garotada passar o sábado circulando a cidade cuidadosamente sobre a linha, o calcanhar de um pé encostando na ponta do outro, sem deixar um centímetro de fora. Às vezes eu encontrava por acaso um membro mais velho da comunidade de pé no meio da rua, sem conseguir passar para o outro lado da linha branca. Dava para ver em seus olhos que estavam intrigados, tentando entender por que tinham um sentimento tão forte por Dickens em comparação com o que ficava do outro lado. Quando havia tanta merda de cachorro na rua do outro lado quanto aqui. Quando a grama, a pouca grama, certamente não era mais verde. Quando os crioulos eram igualmente insignificantes. Mas por alguma razão eles sentiam que pertenciam a este lado. E por quê? Era só uma linha.

Devo confessar que, nos dias seguintes à pintura, eu também hesitava em atravessar a linha, porque o modo irregular com que ela circundava os vestígios da cidade me lembrava do contorno que a polícia tinha desenhado desnecessariamente com giz em volta do corpo do meu pai. Mas eu gostava do artifício da linha. Da implicação de solidariedade e de comunidade que representava. E, embora estivesse longe de fazer Dickens ressurgir, tinha conseguido colocar a cidade em quarentena. E uma colônia de leprosos não era um mau começo.

Troco certo, ou o zen e a arte de andar de ônibus e consertar relacionamentos

9

Às vezes o cheiro acorda você no meio da noite. O vento de Chicago é chamado de Falcão, e Dickens, com sua fronteira recém-pintada, tem o Fedidão, um miasma incolor de queimar os olhos composto de enxofre e merda, nascido nas refinarias de Wilmington e na estação de tratamento de esgoto de Long Beach. Carregado para a cidade pelas correntes de ar, o Fedidão chega a um ápice vaporoso e pungente à medida que os gases se somam ao fedor dos alpinistas sociais voltando para casa depois de festas em Newport Beach, encharcados de suor, tequila e litros de colônia Drakkar Noir. Dizem que o Fedidão reduz o índice de criminalidade em noventa por cento, mas, quando o cheiro acorda você como um tapa às três da manhã, a primeira coisa que passa pela sua cabeça é matar Guy Laroche.

Certa noite, mais ou menos duas semanas depois de eu pintar a fronteira, o fedor estava especialmente forte, e não consegui voltar a dormir. Tentei limpar os estábulos, na esperança de que o cheiro do estrume fresco dos cavalos diminuísse o incômodo. Não funcionou, e precisei recorrer a um pano de prato embebido em vinagre, que usei para cobrir o rosto e bloquear os gases. Hominy entrou com minha roupa de neoprene jogada sobre o braço e um cachimbo na outra mão. Estava vestido como um lacaio britânico, de fraque, e falava com um sotaque vacilante das *Obras-Primas do Teatro* da BBC.

"O que você está fazendo aqui?"

"Vi as luzes e achei que o senhor poderia querer um pouco de haxixe e ar fresco esta noite."

"Hominy, são quatro da manhã. Por que não está na cama?"

"Pelo mesmo motivo que o senhor. Está cheirando a cu de mendigo lá fora."

"Onde arranjou o smoking?"

"Nos anos 1950 todo ator preto tinha um. Você ia fazer um teste para um papel de mordomo ou chefe dos garçons e o pessoal do estúdio ficava tipo: 'Rapaz, você acabou de economizar cinquenta mangos pra gente. Tá contratado!'"

Uma tragadinha para acordar e pegar onda na praia não era má ideia. Eu ia ficar meio chapado para dirigir, mas podia servir de pretexto para ver minha garota pela primeira vez em meses. Pegar onda e ainda pegar minha gatinha? Era matar dois coelhos com uma cachimbada só. Hominy me levou para a sala de estar, girou a cadeira reclinável do meu pai e deu uma batidinha no encosto de braço.

"Sente."

A lareira a gás rugiu ao ganhar vida. Joguei um pedaço de lenha nas chamas, acendi o cachimbo, puxei o ar longa e suavemente e estava doidão antes mesmo de conseguir exalar. Devo ter deixado a porta aberta, porque um dos bezerros recém-nascidos, brilhante, negro, com menos de uma semana de vida e ainda desacostumado aos sons e odores de Dickens, entrou na casa e ficou me encarando com seus grandes olhos castanhos. Soprei uma baforada de haxixe na cara dele, e juntos sentimos o estresse abandonar nossos corpos. A negritude se descamou do nosso couro, a melanina borbulhando e se dissipando rumo ao nada como antiácidos se dissolvendo sob a água da torneira.

Dizem que um cigarro rouba três minutos da sua vida, mas haxixe do bom faz a morte parecer algo muito distante.

O staccato longínquo de tiros soou no ar. O último tiroteio da noite seguido pelo bater dos rotores do helicóptero da polícia. O bezerro e eu dividimos uma dose dupla de uísque para cortar um pouco o efeito. Hominy parou na porta. Um desfile de ambulâncias passou acelerado pela rua, e ele me entregou a prancha como um mordomo entrega para um cavalheiro inglês seu casaco. Fingida ou não, eu às vezes invejava a inconsciência de Hominy, porque ele, ao contrário dos Estados Unidos, tinha virado a página. Esse é o problema da história, pensamos nela como um livro – achamos que podemos virar a página e ir em frente. Mas a história não é o papel em que está impressa. Ela é memória, e memória é tempo, emoções e música. A história são as coisas que ficam com você.

"Senhor, achei que devia informar que meu aniversário é na semana que vem."

Eu sabia que tinha alguma coisa estranha. Ele estava sendo atencioso demais. Mas o que você dá para um escravo que não quer nem a própria liberdade?

"Legal. Vamos fazer uma viagem ou alguma coisa assim. Enquanto isso, faz um favor e leva esse bezerro lá pra fora?"

"Eu não lido com animais de fazenda."

Mesmo se o ar não estivesse fedendo, quando você anda pelas ruas do gueto com roupa de neoprene e prancha debaixo do braço ninguém mexe com você. Pode ser que de vez em quando um trombadinha te dê uma sacada, te olhe da cabeça aos pés e tente adivinhar quanto a loja de penhores daria por uma triquilha vintage da Town & Country. Às vezes eles me param em frente à lavanderia, olham atônitos para o nativo usando chinelo de dedo e puxam minha camada exterior de pele negra de poliuretano.

"Saca só, chegado."

"Fala."

"Onde é que você põe as chaves?"

O El Segundo 125 oeste das 5h43 saiu no horário. As portas pneumáticas abriram com aquela eficiência forte e sibilada que eu adoro, e a motorista me deu as boas-vindas com um amistoso "Anda logo, caralho, você tá deixando o fedor entrar".

A motorista de ônibus número 632 achava que tinha se livrado de mim só porque anos atrás ela casou com um gangster rapper esquecido (hoje policial de tevê semifamoso e garoto-propaganda de cerveja), MC Panache, teve quatro filhos, e conseguiu uma ordem judicial me impedindo de chegar a menos de duzentos metros dela e dos filhos, porque eu ia atrás dos moleques na saída da escola gritando: "O pai de vocês não sabe a diferença entre assonância e elegia! E ainda acha que é poeta".

Sentei no meu lugar de sempre, o assento mais próximo da escada, relaxei e estiquei as pernas no corredor, segurando a prancha como um escudo tribal africano de fibra de vidro, me protegendo como dava da saraivada de cascas de semente de girassol e de xingamentos.

"Vai se foder."

"Vai se foder."

Banido e magoado, corri para a parte de trás do ônibus, depositei a prancha no último banco e deitei nela como um faquir desolado dormindo numa cama de pregos, tentando substituir a dor emocional pela física. O ônibus se arrastou pela Rosecrans, com o amor não correspondido da minha vida, Marpessa Delissa Dawson, dizendo o nome das paradas feito um cronômetro budista, enquanto um doido três filas à minha frente recitava o mantra matinal: "Eu vou foder com essa preta filha da puta. Eu vou foder com essa preta filha da puta. Eu vou foder com essa preta filha da puta. Eu vou foder com essa preta filha da puta".

Há mais carros no distrito de Los Angeles do que em qualquer outra cidade do mundo. Mas o que ninguém diz é que metade deles fica parada sobre blocos de cimento em uns supostos jardins de terra batida no caminho entre Lancaster e Long Beach. Esses automóveis não tão móveis, junto com o letreiro de Hollywood, as torres Watts e a propriedade de cinco mil e duzentos metros quadrados de Aaron Spelling, são o que Los Angeles tem de mais próximo a antigas maravilhas da engenharia como o Partenon,

Angkor Wat, as grandes pirâmides e os antigos templos de Tombuctu. As relíquias enferrujadas de duas e quatro portas resistem incólumes ao vento e à chuva ácida, e, como Stonehenge, não temos ideia do propósito a que servem esses monumentos de aço. Serão homenagens aos fabulosos hot rods e carros rebaixados que enfeitam as capas de revistas especializadas? Talvez os ornamentos do capô e o rabo de peixe estejam alinhados com as estrelas e com o solstício de inverno. Talvez sejam mausoléus, lugares de descanso de motoristas e daqueles que se amavam no banco de trás. Só sei que cada uma dessas carcaças metálicas significa um carro a menos na rua e um passageiro a mais no ônibus da vergonha. Vergonha porque Los Angeles tem a ver com espaço, e a autoestima de uma pessoa aqui deriva do modo como decide navegar por ele. Andar a pé equivale a mendigar nas ruas. Táxis são para estrangeiros e prostitutas. Bicicletas, skates e patins são para fanáticos por saúde e para os jovens, pessoas que não têm aonde ir. Todos os carros, dos importados de luxo aos calhambeques vendidos em classificados, são símbolos de status, porque não importa o quanto o estofado está esgarçado, o quanto você sacoleja na viagem, o quanto a pintura está fodida: andar de carro, qualquer carro, é melhor que andar de ônibus.

"Alameda!", Marpessa gritou, e uma mulher correu para dentro, carregando uma sacola de compras a mais do que conseguia e com a bolsa junto ao corpo e ao cotovelo. Ela percorreu o corredor procurando um lugar para sentar. Consigo identificar um recém-chegado em Los Angeles a mais de um quilômetro de distância. São os que entram no ônibus sorrindo e cumprimentando os outros passageiros, porque acham, apesar de todos os indícios em contrário, que usar o transporte coletivo é apenas um contratempo passageiro. São os que sentam debaixo dos anúncios de sexo seguro e, enquanto tiram os olhos de um romance do Bret Easton Ellis, tentam entender por que os imbecis em volta deles não são todos brancos e opulentos como os imbecis no livro. São os que dão pulinhos como vencedores de um reality show quando descobrem que a In-N-Out Burger tem tanto um cardápio secreto quanto um cardápio super-hipersecreto. "Grelhado na mostarda? Puta que pariu, que demais!" Eles entram na fila para o microfone aberto da Laugh Factory. Correm pelo calçadão tentando se convencer de que a cena de dupla penetração que rodaram em Reseda na semana anterior era só um pequeno passo rumo a coisas maiores e melhores. *La pornographie est la nouvelle nouvelle vague.*

Muitos pais contam vantagem sobre as primeiras palavras dos filhos. Mamãe. Papai. Te amo. Pare. Não. Isso é inadequado. Meu pai, por outro lado, gostava de contar vantagem sobre as primeiras palavras que ele me disse. Não foram "Olá" nem uma oração, mas uma ideia encontrada no primeiro capítulo de todo livro didático de introdução à psicologia social já escrito: *Somos todos cientistas sociais.* E imagino que minha primeira pesquisa de campo foi feita no ônibus.

Quando eu era novo, o sistema municipal de ônibus se chamava TDR, sigla para Trânsito Distrital Rápido, que para os moradores de infernos como Watts, La Puente e South Central, jovens ou pobres demais para dirigir, significava Tenso, Demorado e Rude. Meu primeiro artigo científico, escrito aos sete anos, foi "Tendências de escolha de assentos por passageiros de acordo com raça e gênero: controles por classe, idade, lotação e odor corporal". A conclusão era óbvia. Se forçadas a sentar perto de alguém, as pessoas violavam em primeiro lugar o espaço pessoal das mulheres e por último o dos negros. Se você fosse um homem negro, ninguém, nem mesmo outros homens negros, se sentava perto de você a não ser que não tivesse outra opção. E depois de pipocar no banco a meu lado eles invariavelmente me abordavam com uma das três perguntas de segurança destinadas a avaliar o nível de ameaça que eu representava.

1. Onde você mora?
2. Você viu (inserir um evento esportivo ou filme de temática negra)?
3. Não sei de onde você é, cara, mas tá vendo essa cicatriz de faca/tiro/doença contagiosa? Não mexe comigo que eu não mexo com você, valeu?

Dava para ver pelo jeito como puxavam a mulher para baixo que as sacolas estavam pesadas, que ela mal conseguia sustentar suas compras e seus sonhos. Embora estivesse exausta e mais e mais abatida a cada tranco da suspensão gasta, ela preferia ficar em pé a sentar ao meu lado. Eles vêm para Los Angeles aspirando a ser brancos. Até os que são biologicamente brancos não são exatamente brancos. Branco vôlei em Laguna Beach. Branco Bel Air. Branco Omakaze. Branco Spicolli. Branco Brett Easton Ellis. Branco três nomes. Branco estacionamento com manobrista. Branco se vangloriar dos antepassados nativos americanos, argentinos, portugueses. Branco pho. Branco paparazzi. Branco uma vez fui demitido de uma empresa de telemarketing, agora olhe pra mim, fiquei famoso. Branco Calabazas. Branco Adoro Los Angeles. Branco o único lugar em que você pode ir esquiar, ir à praia e ao deserto no mesmo dia.

Ela preferiu ficar de pé a sentar do meu lado, não que eu a condenasse por isso, porque, quando o ônibus chegou ao bulevar Figueroa, entraram várias pessoas de quem eu também não ia querer ficar perto. Como o maluco desgraçado que ficava apertando o tempo todo o botão pra descer. "Para esse ônibus, cacete! Eu quero sair! Aonde é que você tá indo, porra?" Mesmo no comecinho do dia, pedir para parar um ônibus entre os pontos era o mesmo que pedir à tripulação de um foguete *Apollo* rumo à Lua que desse uma passadinha na loja de bebidas no caminho – impossível.

"Eu disse pra parar esse ônibus, caralho. Tô atrasado pro trabalho, sua vaca gorda do cacete!"

Motoristas, agentes penitenciários e comandantes de campos de concentração têm seu estilo próprio de gerência. Uns gostam de cantar para os passageiros. Aplacar a fúria deles com animadas canções de jazz como "Tea for Two" e "My Funny Valentine". Outros preferem se esconder no lugar e deixar que os loucos tomem conta do hospício, o cinto desafivelado caso haja necessidade de uma fuga rápida. Marpessa não era do tipo disciplinador, tampouco era uma banana. O dia típico de trabalho dela era cheio de brigas, bolsas roubadas, fura-catracas, molestadores, uso de drogas em público, situações que colocavam crianças em risco, cafetinagem, crioulos que ficavam o tempo todo do lado errado da linha amarela com o ônibus em movimento, pontapés, sem falar nas ocasionais tentativas de assassinato. O sindicato diz que um motorista de ônibus é assaltado a cada três dias neste país, e há muito tempo Marpessa decidiu que não ia ser duas coisas: uma estatística e uma "vaca gorda". Não sei como ela resolveu o problema – com uma palavra gentil ou agitando no ar o espancador metálico de crioulos que mantinha sob o banco –, porque dormi e só acordei quando chegamos a El Segundo. A voz dela gritando "Última parada" ecoava pelo ônibus vazio.

Sei que Marpessa tinha esperanças de que eu descesse pela porta de trás, mas mesmo naquele odioso uniforme cinza-comunista da empresa de transporte e quinze quilos mais gorda ela continuava intoleravelmente bonita. Eu não conseguia desviar os olhos dela da mesma forma que, na estrada, você não consegue desviar o olhar de um cachorro com a cabeça para fora da janela do carro.

"Fecha a boca ou vai engolir uma mosca."

"Sentiu minha falta?"

"Sua falta? Não sinto falta de ninguém desde que o Mandela morreu."

"O Mandela morreu? Achei que ele fosse viver pra sempre."

"Sei lá, mas você entendeu."

"Viu? Você sentiu minha falta."

"Sinto falta das suas malditas ameixas. Juro por Deus, às vezes acordo no meio da noite sonhando com elas e com aquelas porras de romãs suculentas. Quase não te dei um pé na bunda porque fiquei pensando onde é que ia achar uma merda de um melão com gosto de orgasmo múltiplo."

A gente tinha retomado a amizade de infância no ônibus. Eu tinha dezessete anos, sem carro e sem noção. Ela tinha vinte e um e era bonita o suficiente para fazer o uniforme troncho marrom-alga da TDR parecer uma peça de alta-costura. Exceto pelo distintivo. Ninguém, nem John Wayne, consegue ficar bem com um distintivo. Na época ela dirigia o ônibus número 434, do centro para Zuma Beach. Uma linha que depois de passar pelo cais de Santa Monica ficava praticamente vazia, exceto pelos sujeitos em situação de colapso, pelos bebuns e pelas empregadas que trabalhavam nas casas de Malibu e nos bangalôs à beira-mar. Eu surfava em Venice e Santa Monica. Principalmente no Posto 24. Às vezes no 20. Nenhum motivo importante. As ondas eram uma merda. Lotadas. Exceto pelo fato de que de vez em quando eu via outro surfista negro. Diferente de Hermosa, Redondo e Newport, que ficavam muito mais perto de Dickens, mas que eram dominadas por evangélicos fanáticos abstinentes que beijavam o crucifixo antes de cada onda e escutavam programas conservadores no rádio ao sair. Subindo a costa, pela linha da Marpessa, as coisas eram mais relaxadas. O Westside. AC/DC, Slayer e KLOS-FM. Surfistas com a cabeça cheia de pó e crack, chapados de sol nascente e English Beat, dando um trato no sistema e na acne com cutbacks e floaters sacolejantes nas ondas mirradas. Mas, independentemente de onde você surfa, a areia é sempre território dos babacas.

A parte oeste da Rosecrans Avenue, onde a rua acaba na areia, é o paralelo quarenta e dois entre os hemisférios festeiro e certinho da orla do distrito de Los Angeles. De Manhattan Beach até Cabrillo, chamam você de crioulo e esperam que saia correndo. De El Porto seguindo para o norte até Santa Monica, chamam você de crioulo e esperam que brigue. De Malibu em diante, chamam a polícia. Comecei a subir cada vez mais a costa no ônibus para poder conversar com Marpessa por mais tempo. A gente não se via desde que ela tinha começado a namorar caras mais velhos e parado de ir à casa do Hominy. Depois de duas horas trocando histórias sobre a vida miserável em Dickens e o que Hominy estava aprontando, eu percebia que estava a quilômetros de casa, surfando com focas e golfinhos em lugares cada vez mais remotos como Topanga, Las Tunas, Amarillo, Blocker, Escondido e Zuma. Seguindo à deriva por praias particulares onde os bilionários locais olhavam para mim, todo encharcado, como se eu fosse uma morsa falante com um penteado meio afro, meio salgueiro enquanto eu andava pelos arenosos quintais deles, batia nas portas corrediças de vidro e pedia para usar o telefone e o banheiro. Mas, por algum motivo, brancos não surfistas confiavam num crioulo descalço carregando uma prancha. Talvez eles pensassem: "Ele está com tanta coisa no braço que não vai conseguir levar a tevê. Além disso, para onde é que poderia correr?".

Depois de uma primavera toda nesse surfe de fim de semana, Marpessa confiava o suficiente em mim para me acompanhar ao baile de formatura do ensino médio. Por conta da turma de apenas um graduando, foi um evento íntimo para duas pessoas, com meu pai de acompanhante e motorista. Saímos para dançar na Dillons, uma discoteca em formato de pagode que aceitava menores de idade, tão segregada quanto qualquer outro lugar da cidade. No primeiro andar, new wave. No segundo andar, as quarenta melhores do soul. No terceiro andar, reggae aguado.

No quarto andar, banda, salsa, merengue e um toque de bachata numa tentativa frustrada de roubar a clientela latina da Florentine Gardens no Hollywood Boulevard. Meu pai se recusou a passar do segundo andar. Eu e a Marpessa aproveitamos a chance para deixá-lo para trás, subindo a escada fedida até o terceiro andar, onde sacudimos ao som de Jimmy Cliff e os I-Threes e nos entocamos atrás dos alto-falantes, tomando mai tais e ficando o mais perto possível da equipe da Kristy McNichols para que os seguranças não mexessem com a gente, acreditando que éramos os amigos negros que a estrela adolescente usava para não parecer racista. Depois fomos para a Coconut Teazers para ver as Bangles, onde Marpessa murmurou com voz arrastada boatos de que um cara chamado Prince estava comendo a cantora.

O fato de eu não saber quem era Sua Maldade Real quase me fez levar porrada. E quase adiou meu primeiro beijo sabe-se lá para quando, mas depois de um café da manhã Grand Slam no Denny's, a gente estava na caçamba da caminhonete, acelerando pela via expressa dez, a cento e trinta por hora na faixa rápida, usando os sacos de comida e sementes como travesseiros enquanto revezávamos entre batalhas com os dedões e com as línguas. Jogamos Quem Consegue Bater Mais de Leve. Beijamos. Vomitamos. Depois beijamos de novo. "Não diga 'de língua'", ela me alertou. "Diga trocar saliva ou dar um amasso. Senão você vai parecer inexperiente."

Meu pai, em vez de manter os olhos na estrada, ficava virando para trás, bisbilhotando pela janelinha, revirando os olhos diante da minha técnica de acariciar seios, tirando sarro dos meus espasmos de cabeça enquanto a beijava, e fazendo o gesto universal de "Vai comer ou não vai?", tirando as mãos do volante, formando uma vagina com uma mão e enfiando o indicador da outra nela várias vezes seguidas. Para um sujeito que tinha a minha existência como único indício de atividade sexual com alguém não matriculado nas suas disciplinas, ele estava se achando.

Contando o ônibus e as caronas, a caçamba da caminhonete e os passeios a cavalo para o Baldwin Theater, é doido pensar quanto do nosso relacionamento aconteceu em movimento. Marpessa pôs os pés no volante e cobriu o rosto com um exemplar detonado de *O processo* de Kafka. Não tenho certeza, mas gosto de pensar que ela estava escondendo um sorriso. A maioria dos casais tem uma música. Tínhamos livros. Escritores. Artistas. Filmes mudos. Nos fins de semana ficávamos deitados pelados no palheiro, tirando penas de galinha das costas um do outro e folheando o *L.A. Weekly*. Ia ter uma retrospectiva de Gerhard Richter, David Hammons, Elizabeth Murray ou Basquiat no Lacma, então apontávamos pro anúncio e dizíamos: "Ei, nosso óleo sobre tela está em exposição". Passávamos horas mexendo nos filmes usados na Amoeba Records na Sunset, segurávamos uma cópia de *Sem novidade no front* de Erich Maria Remarque e dizíamos: "Ei, estão fazendo uma remasterização digital do nosso filme", depois ficávamos nos encoxando na seção de filmes de Hong Kong. Mas Kafka era nosso gênio. Nos revezávamos lendo *O desaparecido* e *Parábolas* em voz alta. Às vezes líamos os livros em alemão incompreensível e fazíamos traduções por livre associação. Às vezes colocávamos música no texto e dançávamos break com *A metamorfose*, ou dançávamos agarradinhos com *Cartas a Milena*.

"Lembra que você dizia que eu lembrava o Kafka?"

"Só porque você queimou seus poemas ruins não quer dizer que eu achava você parecido com o Kafka. Teve gente que tentou impedir o cara de queimar o que ele tinha escrito, e eu até acendi o fósforo pra você."

Touché. As portas abriram e o cheiro salgado do oceano, de petróleo e de cocô de gaivota flutuou para dentro do ônibus.

"Como o Hominy tá?"

"Tudo bem. Ele tentou se matar faz um tempo."

"Ele é doido de pedra."

"É. Ainda é. Sabe, o aniversário dele é por esses dias. Tive uma ideia, e você podia me ajudar." Marpessa se recostou e pôs o livro sobre o barrigão de segundo trimestre. "Você está grávida?"

"Não abuse da sorte, Bombom."

Apesar de estar furiosa comigo, eu não conseguia parar de rir, porque não lembrava a última vez que tinha me chamado de Bombom. Apesar de não ser o apelido mais durão do mundo, foi o mais perto que cheguei de ter um codinome de rua. Quando eu era novo tinha fama de ser extremamente sortudo. Nunca tive nenhuma doença típica do gueto. Não tiveram que me sacudir quando bebê. Nunca tive raquitismo, micose, anemia falciforme, tétano, diabete juvenil ou qualquer "ite". Os vagabundos mexiam com meus amigos, mas me deixavam quieto. Por algum motivo os policiais nunca colocavam minha cabeça a prêmio nem meu pescoço num mata-leão. Nunca precisei morar no carro por uma semana. Ninguém nunca me confundiu com aquele vagabundo que baleou, estuprou, dedurou, engravidou, molestou, enganou, desrespeitou, negligenciou ou fodeu com alguém. Pé de Coelho, Bunda Pra Lua, Trevo de Quatro Folhas Sortudo Filho da Puta, nenhum apelido colou até que, aos onze anos, entrei involuntariamente pelas mãos do meu pai no concurso de soletrar da cidade, patrocinado pelo hoje falecido *Boletim de Dickens*, um jornal tão preto que o esquema de cores papel/tinta era invertido, como em Câmara municipal branquela aprova aumento de orçamento... Nas finais eu competi contra Nakeshia Raymond. A palavra dela era "onfalopomópsis". A minha era "bombom". Depois disso, até a noite em que meu pai morreu, foi *Bombom, escolha meus números. Bombom, assopre o dado. Bombom, faça a prova do concurso público pra mim. Bombom, beije meu bebê.* Sim, desde que meu pai foi esburacado, a tendência das pessoas tem sido de manter distância.

"Bombom..." Marpessa apertou as mãos para impedir que elas tremessem. "Desculpe pelo jeito como tratei você antes. Essa merda de emprego..."

Às vezes acho que não existe um modo de quantificar a inteligência ou que, se existe, decididamente não serve para prever nada, especialmente no caso dos negros. Talvez um sujeito estúpido não possa virar neurocirurgião, mas um gênio pode tanto acabar sendo cardiologista quanto funcionário do correio. Ou motorista de ônibus. Uma motorista de ônibus que fez escolhas de merda. Nunca deixou os livros de lado, mas depois do nosso breve relacionamento se apaixonou por um aspirante a gangster rapper violento, hoje velha guarda, que logo cedo arrastava a mulher pelo cabelo e exigia que ela, ainda com o pijama esfarrapado, fizesse o reconhecimento de joalherias no Vale. Nunca consegui entender por que as lojas não ligavam imediatamente para a polícia quando viam uma jovem afro-americana suspeita entrando exatamente dez minutos depois do horário de abertura, olhando diretamente para os seguranças e para as câmeras, enquanto contava em voz alta os passos cobrindo a distância entre os anéis de diamante e os broches.

Ela aparecia na minha casa de olho roxo, se escondendo nas sombras como uma vilã de filme noir procurada pela atuação forçada e por subestimar seu valor. Faculdade não era para ela, porque em sua cabeça o ambiente de trabalho transforma mulheres negras em pessoas bem pagas que ocupam o terceiro ou quarto posto mais importante, mas nunca o primeiro ou o segundo. Às vezes engravidar jovem é uma sorte, funcionando como um tabefe para te deixar em alerta. Corrige sua postura. Marpessa ficava na porta dos fundos, comendo um pêssego que tirara da árvore. O sangue do nariz e do lábio se misturava com o néctar, pingava no queixo, na camiseta e nos tênis antes imaculados, o sol atrás transformando o cabelo eriçado e despenteado numa flamejante coroa de pontas duplas e vergonha. Ela não entrava, só dizia: "Minha bolsa estourou", o que me estourava o coração, claro. Uma viagem enlouquecida de carro e uma peridural mais tarde, o Hospital Martin Luther King Jr., também conhecido como Rei Assassino, deu uma dentro. Uma criança de nome do meio Bombom, um aterrorizante bebedor de leite e roedor de mamilo que serve de incentivo para que você faça o teste da carteira de motorista categoria B, e que te faz lembrar que depois de Kafka, Gwendolyn Brooks, Eisenstein e Tolstói o que você mais gosta é de dirigir. É de seguir em movimento, guiar seu ônibus e sua vida de modo suave e lento até a última parada e ter um merecido descanso.

"Então você vai me ajudar com o Hominy?"

"Cai fora do ônibus de uma vez."

Com um apertão no botão de ignição, o veículo rugiu e ganhou vida. Marpessa era a próxima a partir; ela fechou a porta na minha cara, mas devagar.

"Sabe, fui eu que pintei aquela linha em volta de Dickens."

"Ouvi alguém comentando. Mas por quê?"

"Vou fazer a cidade ressurgir. Vou levar você pra lá também!"

"Boa sorte."

Sacolejando pela Ocean Avenue na caçamba de uma lata-velha com uns meninos brancos aborígenes de cabelo loiro desgrenhado, quase tão escuros quanto você, com o rosto torrado pelo sol descascando feito um adesivo de para-choques da Local Motion, às vezes você se sente mais surfista do que quando está em cima da prancha olhando para a neblina no horizonte esperando a próxima onda. Eles são gentis o suficiente para dar uma carona, e você paga o favor com um baseadinho. Fumando e passando a bola, tentando evitar que sua prancha ganhe um amassado novo a cada buraco na rua e a cada parada súbita depois de um "Ei, cara, é impressão minha ou o sinal amarelo tá cada vez mais curto?" dito por um motorista totalmente chapado.

"Sensacional esse troço, cara. Onde você conseguiu isso?"

"Conheço uns holandeses donos de um coffee shop."

10

Naquele dia frio no estado segregado do Alabama, Rosa Parks se recusou a dar o lugar no ônibus para um homem branco e ficou conhecida como a "mãe do movimento dos direitos civis moderno". Décadas depois, numa tarde de estação indeterminada, em uma região supostamente não segregada de Los Angeles, na Califórnia, Hominy Jenkins mal podia esperar para ceder seu lugar a um branco. Avô do movimento dos direitos civis pós-raciais conhecido como "Ficaremos em Pé", ele se sentou na parte da frente do ônibus, bem na pontinha de seu banco no corredor, dando uma olhadela para cada novo passageiro. Infelizmente para ele, Dickens é uma comunidade tão preta quanto cabelo de asiático, tão marrom quanto James Brown, e depois de quarenta e cinco minutos exclusivamente de minorias indo de pé atrás do ônibus, o mais perto que ele chegou de alguém branco foi a mulher com dreads que subiu na Poinsettia Avenue segurando um tapetinho de ioga enrolado.

"Feliz aniversário, Hominy", ela disse feliz, de pé ao lado dele, o rosto pingando suor pós-ioga bikram na manga da camisa dele.

"Como é que todo mundo sabe que é meu aniversário?"

"Está escrito na frente do ônibus, em luzes piscantes: ÔNIBUS NÚMERO 125, FELIZ ANIVERSÁRIO, HOMINY – YOWZA, CARALHO!"

"Ah."

"Ganhou alguma coisa legal?"

Hominy apontou para os avisos do tamanho de um maço de cigarros grudados debaixo das janelas no terço dianteiro do ônibus.

ASSENTOS PREFERENCIAIS PARA IDOSOS,
DEFICIENTES E BRANCOS
*Personas mayores, incapacitadas y güeros tienen
prioridad de asiento.*

"Esse é meu presente de aniversário."

Dickens tinha o costume de celebrar o aniversário de Hominy coletivamente. Nada de desfiles ou cerimônias de entrega das chaves da cidade, mas pessoas se aglomerando do lado de fora da casa dele gritando "Yowza!", armadas com ovos, zarabatanas de brinquedo e tortas de merengue. Elas se revezavam tocando a campainha e, quando ele atendia, gritavam "Feliz aniversário, Hominy!" e arremessavam doces e ovos em seu rosto negro e brilhante. Em êxtase, ele se limpava, trocava de roupa e se preparava para o próximo grupo de pessoas que viria celebrar e dar os parabéns, mas, quando a cidade desapareceu, o mesmo aconteceu com a tradição do aniversário. Agora eu era o único que batia na porta e perguntava o que ele queria ganhar este ano. A resposta era sempre a mesma: "Sei lá. Só um pouco de racismo e beleza". Então Hominy dava uma olhadinha para ver se eu estava escondendo um tomate podre ou um saco de farinha nas costas. *A garotada vem aqui jogar tomate na sua cara?* Normalmente eu comprava algum enfeitinho típico dos Estados Unidos. Dois negrinhos de porcelana tocando banjo debaixo de uma glicínia, uma meia de macaco do Obama ou uma armação de óculos que invariavelmente escorrega em narizes afro-americanos e asiáticos.

Mas, quando percebi que Hominy e Rodney Glen King faziam aniversário no mesmo dia, 2 de abril, me ocorreu que se lugares como Sedona, no Arizona, têm vórtices de energia, terras místicas e sagradas onde visitantes passam por experiências de rejuvenescimento e despertar espiritual, Los Angeles deve ter vórtices de racismo. Lugares onde os visitantes experimentam sensações profundas de melancolia e autodesprezo étnico. Lugares como o acostamento na via expressa Foothill, onde a vida de Rodney King, e em certo sentido os Estados Unidos e suas ideias altivas de justiça, começaram a degringolar. Vórtices raciais como a esquina da Florence com a Normandie, onde o miserável caminhoneiro Reginald Denny levou um bloco de cimento de vinte quilos e séculos de frustração na cara. Chavez Ravine, onde um bairro que havia gerações era habitado por mexicanos foi devastado e seus moradores foram espancados e removidos à força sem qualquer compensação para ceder lugar a um estádio de beisebol com amplo estacionamento e uma banca de cachorro-quente. A rua sete, entre a Mesa e a Centre, é o vórtice onde em 1942 uma longa fila de ônibus esperava enquanto os japoneses e seus descendentes que moravam nos Estados Unidos davam o primeiro passo rumo ao encarceramento em massa. E onde Hominy seria mais feliz do que no ônibus 125 cruzando Dickens, um vórtice racial em si mesmo? Seu assento no lado direito, a três fileiras da porta da frente, era o olho do furacão do racismo.

Os avisos eram réplicas tão boas que as pessoas nem notaram a diferença e, mesmo depois de "ler" o adesivo, continuavam enxergando: ASSENTOS PREFERENCIAIS PARA IDOSOS E DEFICIENTES. Embora tenha sido a primeira, a reclamação da iogue não foi a única com que Marpessa precisou lidar naquele dia. Depois que a história vazou, os passageiros chiaram e resmungaram o turno todo. Apontavam para os avisos e sacudiam a cabeça, não tanto por descrença de que a cidade tivesse coragem de reinstituir a segregação pública, mas por ter demorado tanto para fazer isso. As fatias gratuitas de bolo, as garrafinhas de conhaque e o aviso legal meio blasé de Marpessa, "Estamos em Los Angeles, a cidade mais racista do mundo, o que a gente pode fazer, cacete?", apenas mitigavam a raiva deles.

"Isso é inaceitável!", um sujeito gritou antes de pedir mais bolo e bebida. "Para ser completamente franco, estou *ofendido*."

"O que isso quer dizer, 'estou ofendido'?", perguntei ao amor não correspondido da minha vida pelo retrovisor. Não tinha sido difícil convencer Marpessa a transformar o ônibus 125 em um salão de festas sobre rodas: ela amava o Hominy tanto quanto eu. E o fato de ter prometido uma primeira edição do *Giovanni* do Baldwin ajudou. "Não chega nem a ser uma emoção. O que ficar ofendido significa? Nenhum grande diretor de teatro jamais disse para um ator: 'Certo, essa cena exige uma emoção verdadeira, agora vá lá e me dê muita ofensa!'."

Marpessa, a mão enfiada numa daquelas luvas sem dedo, manejava o câmbio com um misto de destreza e força que fazia eu me remexer no banco.

"Isso significa muito vindo de um menino ingênuo da fazenda que nunca se ofendeu na vida porque vive com a cabeça nas nuvens."

"É que se eu ficasse ofendido algum dia, não saberia o que fazer. Se estou triste, eu choro. Se estou feliz, dou risada. Se estou ofendido, o que é que eu faço? Afirmo com uma voz clara e sóbria que estou ofendido, depois vou embora magoado para escrever uma carta ao prefeito?"

"Você é doente e fez os negros voltarem quinhentos anos no tempo colando esses adesivos de merda."

"E outra coisa, por que é que você nunca ouve alguém dizer: 'Uau, você alavancou os negros quinhentos anos para a frente'? Por que ninguém diz isso?"

"Sabe o que você é? Uma porra de um pervertido racial. Rastejando pelo quintal das pessoas e cheirando a roupa suja delas, batendo punheta travestido de branco. Estamos no século XXI, porra, teve gente que morreu pra eu conseguir esse emprego, e eu deixo você me convencer a dirigir um ônibus segregado."

"Correção. Estamos no século XXVI, porque eu fiz os negros avançarem quinhentos anos no tempo. E além disso, olhe como o Hominy está feliz."

Marpessa olhou pelo espelho e deu uma espiadinha no aniversariante do dia.

"Ele não parece feliz. Parece com prisão de ventre."

Ela tinha razão. Hominy não parecia necessariamente feliz, mas também era assim com acrobatas em cima de motocicletas no topo de rampas de quinze metros de altura, roncando os motores e olhando para a vastidão do deserto e para a queda gigante do cânion Gila Monster. No entanto, enquanto ele ficava de tocaia procurando um de seus superiores caucasianos, agarrado ao encosto à sua frente, o olhar atento e nervoso para o entorno como uma gazela suicida do Serengueti em busca de um gato selvagem a que pudesse se oferecer em sacrifício, é preciso entender que uma façanha que desafia a morte é sua própria recompensa e, é claro, quando uma rara leoa branca entrou no ônibus no Avalon Boulevard e inseriu o troco certo na máquina, uma moeda cuidadosamente depois da outra, Hominy, a assustadiça gazela negra, estava olhando para o lado errado, sem perceber os sinais do restante da manada de que havia um predador a bordo. O silêncio. As sobrancelhas levantadas. Os narizes se contorcendo. Quando ele finalmente farejou o perfume da mulher, já era quase tarde demais. Ela planou sobre ele, olhando para sua presa atrás de um homem elefantino vestido dos pés à cabeça com uniforme de basquete e lendo uma revista esportiva. Por fim, o envelhecido sistema de detecção precoce dentro da cabeça encarapinhada de Hominy gritou: "Atenção! Uma cadela branca!", e ele imediatamente passou para o estado de "Sim, senhora". Sem que ninguém pedisse ou mandasse, Hominy cedeu seu banco de um modo tão obsequioso, tão aduladoramente negro, que o ato foi menos a entrega de um lugar do que de um legado. Porque para ele aquela cadeira, mesmo sendo só um pedaço de plástico duro marrom-alaranjado, era direito dela de nascença, e o gesto dele era uma homenagem, um pagamento havia muito devido aos deuses da superioridade branca. Se Hominy conseguisse cair num joelho só, teria feito isso.

Se um sorriso é só uma carranca de ponta-cabeça, então o olhar de contentamento no rosto de Hominy enquanto se arrastava para a parte de trás do ônibus era um bico virado do avesso. Acho que em parte foi por isso que ninguém protestou contra a atitude dele. Reconhecíamos sua expressão como uma máscara que fazia parte de nossa própria coleção. A máscara feliz que carregamos no bolso de trás e que, como assaltantes de banco, sacamos quando queremos roubar alguma privacidade ou sair em fuga emocional. Precisei de todo o meu autocontrole para não implorar à mulher que sentasse no meu lugar. Às vezes acho que aquele sorriso afetado e inerte de índio de loja de charutos é o resultado da seleção natural. É a "sobrevivência dos mais imbecis", e nós somos as mariposas negras na clássica foto da evolução, penduradas na árvore escura coberta de fuligem, invisíveis para nossos predadores e no entanto ainda vulneráveis de certo modo. A tarefa da mariposa escura é manter a mariposa branca ocupada. Grudá-la na árvore com poesia ruim, jazz e números de stand-up toscos sobre as diferenças entre as mariposas brancas e as mariposas negras. "Por que mariposas brancas sempre voam direto pra luz, batendo em portas de tela e tal? Você nunca vê uma mariposa preta fazer isso. Bichinhos voadores burros esses." Vale qualquer coisa que faça a mariposa branca ficar perto da gente, diminuindo nosso risco de virar presa de um pássaro, de ONGs ou do Cirque du Soleil. Sempre me incomodei com o fato de que naquelas fotos a mariposa branca invariavelmente ficava num lugar mais alto do tronco. O que aqueles livros didáticos estavam tentando insinuar? Que apesar de supostamente correrem um risco maior as mariposas brancas continuavam um degrau acima na escala social? Seja como for, imagino que a mariposa preta tivesse a mesma expressão de Hominy, aquele semblante subserviente inerente a todos os lepidópteros e humanos negros. Aquela resposta involuntária ávida por agradar, disparada sempre que alguém se aproxima numa loja e pergunta: "Você trabalha aqui?". A expressão que mantém no rosto a cada segundo no trabalho exceto quando está no banheiro, o rosto virado em direção ao branco que passa por ali e que te dá um tapinha paternalista no ombro e diz: "Você está se saindo bem. Continue assim". A expressão que finge atestar que o sujeito mais preparado ficou com a promoção, mesmo que tanto você quanto eles saibam lá no fundo que você é o cara mais preparado, e que o melhor cara de todos é a mulher do segundo andar.

Então quando Hominy, aquele epítome da solicitude de ombros curvados, ficou em pé e fez aquela expressão, todos a bordo sentiram como se também tivessem um branco a seu lado mostrando o braço nu e querendo comparar o bronzeado depois de voltar de férias no Caribe. Eles se sentiram como orientais quando ouvem: "Não, de onde você é originalmente?". Como latinos quando ouvem que têm que mostrar um comprovante de residência e como mulheres peitudas quando ouvem: "São de verdade?".

Só depois de notar que a branca desconhecida completou a viagem de três horas da El Segundo Plaza até Norwalk, ida e volta, foi que Marpessa começou a ficar desconfiada, mas a essa altura já era tarde. O ônibus estava praticamente vazio e o turno dela estava acabando.

"Você conhece ela, né?"

"Não."

"Não acredito em você." Marpessa fez uma bola com o chiclete e pegou o microfone, enchendo o ônibus de sarcasmo amplificado. "Senhora. Com licença, a senhora com cabelo loiro-avermelhado que ficou estranhamente tranquila num ônibus cheio de crioulos e mexicanos (e por "mexicanos" eu me refiro a todos os povos da América Central, do Sul, do Norte e qualquer outra América que vocês quiserem, sejam nativos ou não), por favor se aproxime da frente do ônibus. Obrigada."

O crepúsculo caía sobre El Porto Harbor, e enquanto a mulher branca caminhava pelo corredor, a luz do sol passou pelo para-brisa, entrando no ônibus em riscas ofuscantes de tons sobrepostos de roxo e laranja, iluminando-a como se tivesse vencido um concurso de miss. Eu não tinha percebido como ela era bonita. Não ia ser difícil argumentar que Hominy cedera o lugar não por ela ser branca, mas por ser bonita pra cacete, e essa ideia me fez reavaliar todo o movimento pelos direitos civis. Talvez a questão racial não tivesse nada a ver com isso. Talvez Rosa Parks tivesse se recusado a ceder o lugar porque sabia que o cara era um tagarela incorrigível ou uma daquelas pessoas que insistem em perguntar o que você está lendo, depois começam a contar do nada o que elas estão lendo, o que querem ler, o que se arrependem de ter lido, o que dizem que leram e não leram. Então, como aquelas meninas brancas do ensino médio que transam com o atleta negro musculoso depois da aula e dizem que foi estupro quando os pais descobrem, talvez Rosa Parks, depois da prisão, dos incontáveis protestos e de todas as notícias nos jornais, teve que dizer que foi racismo, porque o que é que ela ia dizer: "Eu me recusei a sair porque o sujeito perguntou o que eu estava lendo"? Ia ter sido linchada pelos crioulos.

Marpessa olhou para mim, depois olhou para sua única passageira branca, depois de novo para mim e parou o ônibus numa esquina movimentada, abrindo as portas com toda a gentileza de funcionária pública de que foi capaz. "Todo mundo que eu não conheço fora do ônibus já." "Todo mundo" era um skatista preguiçoso e um casal que tinha passado a última hora se amassando lá no fundo como dois elásticos retorcidos, e que rapidinho estavam no meio da Rosecrans Avenue chacoalhando inutilmente bilhetes de baldeação gratuita contra a brisa do mar. A sra. Viajante da Liberdade estava prestes a descer com eles quando Marpessa bloqueou a passagem dela como o governador Wallace tinha bloqueado a entrada da Universidade do Alabama em 1963.

> Em nome da maior nação que já habitou este planeta, eu traço uma linha na areia e jogo a luva aos pés da tirania, dizendo segregação hoje, segregação amanhã, segregação para sempre.

"Qual é seu nome?", Marpessa perguntou enquanto dirigia suavemente o ônibus para o norte, rumo a Las Mesas.

"Laura Jane."

"Bom, Laura Jane, não sei como você conheceu esse mané com cheiro de fertilizante aqui, mas espero que goste de uma festa."

Ao contrário daquelas excursões caras e bem-comportadas para a ilha Catalina, a viagem improvisada de aniversário sobre quatro rodas atravessando a Pacific Coast Highway saiu de graça e foi agitada pra caralho. Nossa condução-na-rodovia-perto-do--oceano tinha tudo de bom: comida e bebida de graça. Hóquei com vassouras e latinhas de alumínio amassadas. Um cassino, que consistia em um jogo de moedinhas e dominó. Uma brincadeira com cara ou coroa chamada Seja Como Eu e pista de dança. A capitã Marpessa manejava o leme, bebendo e xingando como uma pirata puta da vida. Fiz as vezes de assistente, comissário de bordo, marujo, barman e DJ. Pegamos mais alguns passageiros no caminho quando o ônibus passou pelo drive-thru do Jack in the Box bem em frente ao cais de Malibu, tocando "Five

Minutes of Funk" do Whodini. Quando pedimos cinquenta tacos e uma porrada de molho, o turno inteiro da noite se demitiu e subiu a bordo, com aventais, chapeuzinhos de festa e tudo mais. Se eu tivesse caneta e papel e se o ônibus tivesse banheiro, teria afixado outro aviso: TODOS OS FUNCIONÁRIOS DEVEM LAVAR AS MÃOS E A MENTE ANTES DE VOLTAR PARA SUA VIDA.

Quando a noite cai, depois de passar a Universidade Pepperdine, onde a via expressa se estreita e vira uma subida de duas pistas que se alonga como uma rampa de skate rumo às estrelas, não há muita luz. Só o brilho ocasional de faróis altos vindo na direção contrária e, se você der sorte, uma fogueira solitária na areia, então as camadas de luar dão ao oceano Pacífico uma luminosidade vítrea de obsidiana negra. Foi nesse mesmo trecho de estrada tortuosa que cortejei Marpessa pela primeira vez. Dei um beijo na bochecha dela. Ela não recuou, o que interpretei como um bom sinal.

Embora a viagem de ônibus estivesse agitada, Hominy passou a maior parte do tempo de pé no meio da pista de dança, se agarrando teimosamente à barra de apoio e, indiretamente, à história da discriminação nos Estados Unidos, mas perto de Puerto Beach, Laura Jane conseguiu convencê-lo a sair de seu antigo estado mental batendo com o osso pélvico ritmicamente contra a bunda dele e brincando com suas orelhas. "Quase foda", a gente chamava, e ela dançou em volta de Hominy, com as mãos acima da cabeça, ao ritmo da música. Quando acabou de tocar, ela abriu caminho até a proa, a penugem sobre o lábio superior molhada de suor. Caramba, ela era bonita.

"Puta festa."

O rádio voltou à vida num zumbido, e alguém da central disse "paradeiro" com uma voz preocupada. Marpessa baixou a música, falou alguma coisa que eu não consegui ouvir, depois mandou um beijo pelo transmissor e desligou o rádio. Se Nova York é a cidade que nunca dorme, Los Angeles é a cidade que sempre cai dura no sofá. Depois de passar por Leo Carrillo, a estrada começa a acalmar e, quando a lua some atrás das montanhas de Santa Monica, pintando o céu noturno de breu, se você prestar atenção consegue ouvir dois suaves estalos com poucos segundos de diferença. O primeiro é o som de quatro milhões de televisores sendo desligados em uníssono nas salas de estar, e o segundo é o de quatro milhões de aparelhos sendo ligados nos quartos. É comum que diretores de cinema e fotógrafos falem da singularidade da luz solar de Los Angeles, de como ela cruza o céu, dourada e doce, como Vermeer, Monet e mel unidos numa coisa só. Mas o luar da cidade, ou a falta dele, é igualmente especial. Quando a noite cai, e estou falando de quando a noite cai de verdade, a temperatura reduz dez graus e uma escuridão absoluta, amniótica, te cobre e te conforta como um amante que arruma a cama enquanto você ainda está deitado, e aquele breve momento entre os televisores sendo desligados e ligados novamente é a calma que antecede a abertura das boates de striptease noturnas em Inglewood, antes da cacofonia de tiros de Ano-Novo, antes de os bulevares de Santa Monica, Hollywood, Whittier e Crenshaw renascerem com carros passeando lentamente, é quando os habitantes da cidade fazem uma pausa para refletir. Para agradecer pelos lugares que ficam abertos até tarde em Koreatown. Pela praça Mariachi. Pelos hambúrgueres com chili e pelos sanduíches de pastrami com molho. Pela Marpessa, olhando as estrelas através do para-brisa, usando mais o instinto do que a visão para se achar na estrada. Os pneus correndo seguros pelo asfalto, o ônibus deslizando pela estratosfera. Ao ouvir o segundo estalo, ela deu o sinal verde para que a música recomeçasse, e não demorou para que Hominy e o resto do balé da Jack in the Box estivessem de novo fazendo piruetas no corredor, cantando alto com Tom Petty.

"Onde ele achou você?", Marpessa perguntou para Laura Jane, os olhos ainda fixos na Via Láctea.

"Ele me contratou."

"Você é puta?"

"Quase. Atriz. Submissa nas horas vagas para pagar as contas."

"Deve ser difícil arrumar papéis quando se tem que fazer esse tipo de merda." Marpessa encarou Laura Jane, mordeu o lábio inferior e voltou a atenção novamente para o céu noturno.

"Já vi você em algum papel?"

"Normalmente faço comerciais pra tevê, mas é difícil. Sempre que faço teste pra um papel, os produtores me olham que nem você fez e falam: 'Não é suburbana o suficiente', o que no ramo é um eufemismo para 'judia demais'."

Percebendo que Marpessa não tinha exatamente limpado os chacras durante o momento Los Angeles silenciosa, Laura Jane encostou seu belo rosto na carinha ciumenta de Marpessa e juntas elas se estudaram no retrovisor, parecendo um par de gêmeas siamesas bicolores grudadas pela cabeça. Uma de meia-idade e negra, a outra jovem e branca, compartilhando o mesmo cérebro, mas não o mesmo processo de raciocínio. "Me dá vontade de ser negra", a gêmea branca disse, sorrindo e passando as mãos pelas bochechas ardentes da irmã mais escura. "Os negros ficam com todos os papéis."

Marpessa deve ter colocado o ônibus no piloto automático, porque as mãos dela foram do volante para o pescoço de Laura Jane. Não estrangulando, mas claramente estreitando a gola do vestido, mostrando para a gêmea má que estava pronta para atacar assim que seu lado do cérebro desse sinal verde. "Olha, duvido que os negros fiquem com *todos* os papéis. Mas, mesmo se fosse verdade, seria porque a Madison Avenue sabe que pra cada dólar que ganha um crioulo gasta um dólar e vinte com as porcarias que vê na televisão. Vamos falar do típico comercial de carro de luxo..."

Laura Jane sacudiu a cabeça como se estivesse realmente ouvindo, enquanto sorrateiramente passava o braço em torno de Marpessa e pegava o volante. Por um instante fomos em direção à dupla linha amarela, mas ela fez uma correção habilidosa e guiou o ônibus de volta para a faixa com delicadeza.

"Carros de luxo. Sei, pode falar."

"A mensagem sutil desses comerciais é: 'Nós, da Mercedes-Benz, da BMW, da Lexus, da Cadillac, ou sei lá de que porcaria, somos os oportunistas das oportunidades iguais. Está vendo esse belo modelo afro-americano sentado ao volante? Nós queremos que você, ó santo, ó mui desejado consumidor macho branco entre os trinta e os quarenta e cinco anos, sentado na sua poltrona reclinável, gaste sua grana e entre para nosso mundo feliz, tranquilo e livre de preconceitos. Um mundo em que homens negros dirigem sentados eretos no banco e não afundados e jogados para um lado a ponto de você só ver o cocuruto reluzente.'"

"E o que tem de tão errado nisso?"

"A mensagem subliminar é: 'Olha aqui, seu branquelo preguiçoso, gordo, suscetível ao marketing, vergonha da raça. Você se permitiu o prazer de ver essa fantasia de trinta segundos sobre um crioulo almofadinha saindo de seu castelo Tudor dirigindo um mecanismo de engenharia de precisão germânica projetado aerodinamicamente, então é melhor acordar e impedir que esses macacos que andam em carangos-pagos-a-preço-de-varejo-sugerido-pelo-fabricante-com-cremalheira-e-teto-solar fiquem se exibindo e roubando um pedacinho do seu sonho americano!'"

Ao ouvir a menção ao sonho americano, Lara Jane retesou o corpo e devolveu o timão para Marpessa. "Estou ofendida", ela disse.

"Porque eu falei 'crioulo'?"

"Não, porque você é uma mulher bonita que por acaso é negra, e é inteligente demais para não saber que o problema não é de raça, é de classe."

Laura Jane deu um beijo molhado e estalado na testa de Marpessa, e girou sobre seus saltos Louboutin para voltar ao trabalho. Segurei o braço do meu amor na metade do caminho, salvando a atriz de um soco na nuca que ela jamais imaginou que fosse tomar.

"Sabe por que os brancos nunca são brancos por acaso? Porque todos eles acham que por acaso receberam um toque divino, só por isso!"

Com o polegar, apaguei a marca de batom da testa furiosa de Marpessa.

"E vá contar essa merda sobre classes oprimidas pra porra de um índio ou pros dodôs. Eu devia 'saber das coisas'. Ela é judia. *Ela* devia saber das coisas."

"Ela não disse que era judia. Ela disse que as pessoas *acham* que ela parece judia."

"Você é um merda de um vendido. Foi por isso que te dei um chute. Você nunca se defende. Provavelmente está do lado dela."

Godard abordava o cinema como uma forma de crítica; Marpessa dirigia o ônibus do mesmo jeito, mas eu achava que Laura Jane tinha certa razão. Fosse qual fosse a suposta aparência dos judeus, de Barbra Streisand até alguém com um nome que soa judaico como Whoopi Goldberg, você nunca vê pessoas de aparência "judaica" em comerciais, do mesmo modo que nunca vê negros em um papel "urbano" e, portanto, "assustador", ou homens asiáticos bonitões, ou latinos de pele escura. Tenho certeza de que esses grupos gastam uma parcela desproporcional de suas rendas em porcarias de que não precisam. E, claro, no mundo idílico dos comerciais televisivos, homossexuais são seres míticos, mas você vê mais anúncios mostrando unicórnios e gnomos do que homens gays e mulheres lésbicas. E talvez atores afro-americanos não ameaçadores estejam sobrerrepresentados na tevê. O mestrado em teatro em Yale e o treinamento shakespeariano escorrem pelo ralo enquanto ficam ao lado de churrasqueiras enunciando falas como "Suplico-vos, irmão. Sabeis, por certo, que Budweiser é a rainha das brejas. Intranquila repousa a cabeça oca em que assenta a coroa". Mas, se realmente parar para pensar, a única coisa que você jamais vê em comerciais de carros não são judeus, homossexuais ou negros urbanos: são engarrafamentos.

O ônibus reduziu a velocidade enquanto Marpessa se encaminhava para uma curva à esquerda que nos tirou da via expressa e nos levou para uma via marginal tortuosa. Passamos lentamente por um trecho de calcário, por raquíticas escadas de madeira para acesso à praia e por um estacionamento abandonado. Dali, ela começou a descer, desligou o motor e escorregou o ônibus pelas dunas direto até a areia, onde estacionou paralela ao horizonte. Como a maré estava alta, os pneus ficaram cobertos por uns cinquenta centímetros de água do mar.

"Não esquenta, essas coisas aguentam qualquer terreno e são praticamente anfíbias. Esses ônibus têm que conseguir passar por quase tudo, de deslizamentos de terra até a merda do esgoto de Los Angeles. Se a gente tivesse usado ônibus urbanos para desembarcar na Normandia no Dia D, a Segunda Guerra Mundial teria acabado dois anos antes."

As portas de trás e da frente se abriram, e o Pacífico lambeu amorosamente a parte de baixo das escadas, transformando o ônibus num daqueles quartos de hotel de Bora-Bora que ficam sobre pilares cinquenta metros mar adentro. Eu meio que fiquei esperando ver um atendente da Jack in the Box passar em um jet ski entregando toalhas e uma nova rodada de sanduíches e milk-shakes de baunilha.

Al Green cantava sobre amor e felicidade. Laura Jane tirou toda a roupa. Na fraca luz do interior do ônibus, a pele pálida, magra e suave dela estava tão iridescente quanto o interior nacarado de uma concha de abalone. Ela passou desfilando por nós. "Uma vez fiz o papel de sereia num comercial de atum. Mas tenho que dizer que não havia nenhum talento negro naquela filmagem. Como é que a gente nunca vê uma sereia afro-americana?"

"Mulheres negras odeiam molhar o cabelo."

"Ah." E com isso, usando a barra do ônibus como se fosse uma stripper no mastro, ela se lançou à água. Foi seguida pelo pessoal da Jack in the Box, também nus, à exceção dos chapeuzinhos de aniversário.

Hominy foi devagar até a frente e olhou cheio de desejo para a água.

"Senhor, ainda estamos em Dickens?"

"Não, Hominy, não estamos."

"Bom, onde fica Dickens então? Depois dessa água?"

"Dickens existe em nossas mentes. Cidades reais têm fronteiras. E placas. E cidades-irmãs."

"Vamos ter tudo isso em breve?"

"Espero que sim."

"Quando é que vamos pegar meus filmes com o Foy Cheshire, sinhô?"

"Assim que fizermos Dickens ressurgir vamos ver se ele está com os filmes. Prometo."

Hominy parou na porta e, vestido da cabeça aos pés, testou a água com a pontinha da botina.

"Você sabe nadar?"

"Sei. Você não se lembra de 'Pescaria em alto-mar'?"

Eu tinha me esquecido daquele clássico macabro dos *Batutinhas*. A turma mata aula e acaba num barco pesqueiro que está atrás de um tubarão que anda aterrorizando o pessoal da praia. Como Pete, o cão, comeu a isca, eles besuntam o pequeno Hominy em óleo de fígado de bacalhau, furam seu dedo, prendem sua calça na ponta de uma vara de pescar, colocam-no na água e ele passa a servir de isca de tubarão. Enquanto está submerso ele tem que sugar o ar de um cardume de baiacus para não morrer afogado. Uma enguia-elétrica fica o tempo todo dando choques no saco dele. O episódio termina com um polvo gigante mostrando sua simpatia pelos Batutinhas por terem livrado o mar da ameaça dentada (ocorre que a voz de Alfalfa quando canta é tão estridente que ele consegue emitir uma nota que repele o tubarão) jogando tinta preta nos meninos. Quando o bando volta todo imundo e escuro e encontra os pais preocupadíssimos no molhe, a mãe de Hominy e Buckwheat, com o lenço na cabeça, diz: "Buckwheat, já falei pro teu pai, não vou tomar conta dos outros filhos dele!".

Marpessa caiu no sono no meu colo, e eu olhei para o oceano, escutando as ondas quebrarem na praia e o estrondo das gargalhadas. Mais que tudo, fiquei fascinado com a reluzente nudez rosa-coral de Laura Jane nadando de costas no mar, mamilos apontando para as estrelas, pelos públicos desfilando na água limpa como um tufo ruivo de sedosas ervas marinhas. Uma pernada, um olhar provocador, e ela estava debaixo d'água. Marpessa me deu uma puta pancada nas costelas. Precisei de toda a minha força de vontade para não dar a ela a satisfação de demonstrar que tinha doído.

"Olha só você, louquinho por uma branquela que nem todo crioulo de Los Angeles."

"Não estou nem aí pra minas brancas. Você sabe disso."

"Mentira, foi a droga do seu pau duro que me acordou."

"Terapia de aversão."

"O que é isso?"

Hesitei em contar a ela como meu pai prendia minha cabeça no taquitoscópio e durante três horas exibia, por frações de segundos, imagens do fruto proibido da época dele, pin-ups e pôsteres da *Playboy*, bem diante dos meus olhos. Bettie Page, Betty Grable, Barbra Streisand, Twiggy, Jayne Mansfield, Marilyn Monroe, Sophia Loren. Então ele me enfiava xarope de ipeca e vitamina de quiabo goela abaixo. Eu vomitava até as tripas enquanto ele tocava Buffy Sainte-Marie e Linda Ronstadt no último volume no aparelho de som. Os estímulos visuais funcionaram, mas a parte auditiva não. Até hoje, sempre que estou pra baixo e cheio de problemas, boto Rickie Lee Jones, Joni Mitchell e Carole King para tocar, gente que já estava dando o recado para a Califórnia bem antes de Biggie, Tupac ou de qualquer negão chamado Ice. Mas se você olhar com cuidado e a luz for apropriada, dá pra ver os vestígios das imagens do pôster da Barbi Benton pelada queimados nas minhas pupilas como se elas fossem uma tevê de plasma comprada com desconto.

"Não é nada. Só não gosto de mulher branca."

Marpessa sentou e aninhou a cabeça na curva do meu pescoço. "Bombom?" Ela tinha o mesmo cheiro de sempre, talco de bebê e xampu de marca. Era tudo de que precisava. "Quando você se apaixonou por mim?"

"A cor da torrada queimada", eu disse, mencionando o livro de memórias que virou best-seller escrito por um cara de Detroit com uma mãe branca "maluca" que não queria que os filhos mestiços ficassem traumatizados com a palavra "negro", então os criou como marrons, chamava a prole de begeoloide e celebrava o Mês da História Marrom. Até completar dez anos, ele achava que tinha nascido escuro daquele jeito porque seu pai ausente era na verdade a árvore de magnólia chamuscada por um raio que ficava no terreno do conjunto habitacional em que moravam. "Você deixou meu pai te convencer a entrar para o clube do livro da Dum Dum Donuts. Todo mundo tinha adorado o livro, mas na sessão de perguntas e respostas você acabou com o cara. 'Não aguento mais ouvir mulheres negras serem descritas de acordo com o tom da sua pele! Cor de mel aqui! Chocolate escuro lá! Minha avó paterna era cor de cappuccino, café com leite, bolachinha de trigo! Por que é que nunca comparam personagens brancas com comida e

líquidos quentes? Por que nunca tem alguma protagonista branca como iogurte, tom casca de ovo, pele de queijo ou cara de leite desnatado nesses livros racistas sem terceiro ato? É por isso que a literatura negra é uma porcaria!' "

"Eu disse 'a literatura negra é uma porcaria'?"

"Disse. E eu caí de quatro na hora."

"Porra, os brancos também têm tons diferentes de pele."

Uma onda surpreendentemente forte sacudiu o ônibus de um lado para o outro. Sob o brilho dos faróis vi uma arrebentação se formando na esquerda. Tirei o tênis e as meias, arranquei a camisa e nadei ao encontro dela. Marpessa ficou na porta, com água até as canelas, as mãos em volta da boca para eu poder ouvir sua voz mesmo com o barulho das ondas quebrando e com o uivo do vento sudeste que ficava cada vez mais forte. "Você não quer saber quando foi que eu me apaixonei por você?"

Como se algum dia ela tivesse se apaixonado por mim.

"Eu me apaixonava por você toda vez que a gente saía pra comer! Dizia pra mim mesma: 'Graças a Deus, um homem negro que não insiste em sentar de frente pra porta! Enfim um crioulo que não precisa fingir que é um cara importante e que tem que estar de guarda o tempo todo porque é malvado pra caralho e sempre tem alguém atrás dele!'. Como é que eu podia não me apaixonar por você?"

A chave para pegar um bom jacaré é acertar o tempo. Espere o momento exato em que o nível da água cai da boca do estômago até o saco. Dê duas braçadas na frente da onda e, assim que a corrente fizer você sentir que todo o seu peso sumiu, dê mais duas braçadas fortes, levante o queixo, aperte um braço do lado do corpo e deixe o outro na frente, com a palma da mão para baixo e levemente dobrado no cotovelo, então só flutue até a praia.

Luzes da cidade: um interlúdio

Nunca entendi o conceito de cidade-irmã, mas sempre fui fascinado por ele. A maneira como essas cidades gêmeas, como as vezes são chamadas, se escolhem e fazem a corte umas às outras parece mais incestuosa do que adotiva. Algumas uniões, como a de Tel Aviv com Berlim, de Paris com Argel, Honolulu com Hiroshima, são planejadas para simbolizar o fim de hostilidades e o começo da paz e da prosperidade; casamentos arranjados em que as cidades aprendem a se amar com o tempo. Outras uniões são forçadas, porque uma cidade (por exemplo, Atlanta) engravidou a outra (por exemplo, Lagos) num primeiro encontro que saiu violentamente de controle séculos atrás. Tem cidades que se casam em busca de riqueza e prestígio, e outras que se juntam com cidades mais pobres para irritar a pátria-mãe. *Adivinhe quem vem para o jantar. Cabul!* De vez em quando, duas cidades se conhecem e se apaixonam por respeito mútuo e um amor por trilhas, tempestades e rock clássico. Pense em Amsterdam e Istambul. Buenos Aires e Seul. Mas, na era moderna, em que as cidades estão ocupadas tentando equilibrar o orçamento e evitar que sua infraestrutura desmorone, elas costumam ter dificuldade em encontrar uma alma gêmea, então acabam se voltando para a Cidade-Irmã Global, uma agência internacional de relacionamentos que encontra parceiros amorosos para municípios solitários. Tinham se passado dois dias desde a festa de aniversário de Hominy e embora eu – com o resto de Dickens – ainda estivesse de ressaca quando a srta. Susan Silverman, consultora de relacionamentos municipais, me ligou falando da minha ficha de inscrição, não podia ter ficado mais empolgado.

"Olá. Ficamos felizes de receber sua inscrição para a Irmandade Internacional de Cidades, mas não estamos conseguindo encontrar Dickens no mapa. Fica perto de Los Angeles, certo?"

"Nós éramos uma cidade oficial, mas hoje é tipo um território ocupado. Como Guam, a Samoa Americana ou o Mar da Tranquilidade."

"Então a cidade fica perto do oceano."

"Sim, um oceano de mágoas."

"Bom, não tem problema a cidade não ser reconhecida, a Cidade-Irmã Global já uniu comunidades antes. Por exemplo, a cidade-irmã do Harlem, em Nova York, é Florença, na Itália, porque as duas tiveram um Renascimento. Dickens não teve um Renascimento, por acaso?"

"Não, a gente não teve um único dia de Iluminismo ainda."

"Que pena, mas teria sido bom se eu soubesse de antemão que vocês são uma cidade litorânea, isso faz diferença. Processei os dados demográficos que tinha comigo no Urbana, nosso computador de seleção de relacionamentos, e ele retornou três possíveis irmãs."

Peguei meu atlas e tentei adivinhar quem seriam as felizardas. Eu sabia que a gente não tinha chance com Roma, Nairóbi, Cairo ou Kyoto. Mas imaginei que umas gatinhas de segundo escalão como Nápoles, Leipzig e Camberra estavam no páreo.

"Vejamos suas três cidades-irmãs por ordem de compatibilidade... Juárez, Tchernóbil e Kinshasa."

Embora eu não conseguisse entender exatamente como Tchernóbil tinha entrado na lista, ainda mais se você levar em conta que não é nem uma cidade, pelo menos Juárez e Kinshasa eram dois municípios grandes, com perfil global, a despeito da reputação um pouco manchada. Mas de cavalo dado não se olham os dentes. "Aceitamos as três!", gritei no telefone.

"Que ótimo, mas receio que elas tenham rejeitado Dickens."

"O quê? Como? Alegando o quê?"

"Juárez (também conhecida como 'a cidade que nunca para de sangrar') acha que Dickens é muito violenta. Tchernóbil, embora tenha ficado tentada, achou que, no fim das contas, a proximidade de Dickens com o rio Los Angeles e com estações de tratamento de esgoto era um problema, e questionou as atitudes de um povo tão despreocupado com os índices crescentes de poluição. E Kinshasa, na República Democrática do Congo..."

"Não vá me dizer que Kinshasa, a cidade mais pobre do país mais pobre do mundo, um lugar onde a renda média per capita é de um sino de cabra, duas fitas cassete piratas do Michael Jackson e três golinhos de água potável por ano, acha que somos pobres demais para se associarem à gente."

"Não, eles acham que Dickens é negra demais. Acho que expressaram isso dizendo: 'Aqueles crioulos americanos atrasados não estão prontos'."

Envergonhado demais para contar ao Hominy que meus esforços para encontrar uma cidade-irmã para Dickens tinham fracassado, protelei o assunto com algumas mentirinhas negras. "Gdansk mostrou interesse. E fomos sondados por Minsk, Kirkuk, Newark e Nyack." Uma hora acabei esgotando minha lista de cidades que terminavam em "k" ou em qualquer outra letra e, demonstrando sua decepção, Hominy esvaziou uma caixa de leite, a posicionou na entrada da garagem e se colocou em leilão em cima dela. Ficou sem camisa, com os peitinhos caídos, de pé do lado de uma placa enfiada no gramado: À VENDA – ESCRAVO NEGRO USADO – SÓ APANHA ÀS QUINTAS – BOM DE PAPO.

Ele ficou lá por uma semana. Grudar na buzina não o fazia descer da caixa, por isso quando precisava usar o carro eu tinha que gritar "Cuidado, cara, os quacres!" ou "Lá vêm o Frederick Douglas e aqueles malditos abolicionistas. Salve-se quem puder!", o que fazia o Hominy sair correndo e se esconder no meio do milharal. Mas no dia em que eu precisava encontrar meu fornecedor de macieiras ele estava sendo especialmente teimoso.

"Hominy, dá pra tirar a bunda do meio do caminho?"

"Não aceito trabalhar pra sinhô que não consegue fazer uma coisa simples como arranjar uma cidade-irmã. Hoje esse crioulo de engenho se recusa a se mexer."

"Crioulo de engenho? Não que eu esteja reclamando, mas você não faz coisa nenhuma o dia inteiro. Passa o dia na banheira de hidromassagem. Crioulo de engenho o cacete, você tá mais pra crioulo de sauna com banheira de água quente e daiquiri de banana. Agora sai da frente!"

No fim eu me decidi por três cidades-irmãs, cada uma delas, como Dickens, um município real que tinha desaparecido em circunstâncias duvidosas. A primeira era Tebas. Não a antiga cidade egípcia, e sim o imenso cenário do filme mudo *Os dez mandamentos*, de Cecil B. DeMille. Construídos em tamanho real e desde 1923 soterrados sob as imensas dunas de Nipomo ao longo das praias de Guadalupe, Califórnia, os imensos portões de madeira, templos sustentados por pilares e esfinges de papel machê serviram de lar para Ramsés e para a falange de figurantes que faziam os centuriões e os legionários. Talvez um dia uma tempestade marítima tire a areia de cima do cenário para que Moisés possa levar os judeus de volta ao Egito e Dickens para o futuro.

A seguir a pujante e invisível cidade de Dickens se irmanou a dois outros municípios, Döllersheim, na Áustria, e a Cidade Perdida do Privilégio do Macho Branco. Döllersheim, uma aldeia que há muito tempo evaporou no norte da Áustria, a um arremesso de granada da fronteira tcheca, foi o lugar de nascimento do avô de Hitler por parte de *mutter*. Conta a lenda que, pouco antes da guerra, o Führer, em um esforço para apagar seu histórico médico (um testículo, plástica no nariz, diagnóstico de sífilis e foto feia de bebê), seu sobrenome original (Schicklgruber-Bush), e sua ascendência judaica, fez sua tropa mostrar que era de choque bombardeando a cidade de volta para o Primeiro Reich. Como tática de remoção histórica foi bastante eficaz, porque ninguém sabe nada definitivo sobre Hitler, a não ser que ele era o cuzão quintessencial, desprovido de humor e um artista frustrado, o que se pode dizer de quase todo mundo.

Houve uma espécie de guerra silenciosa entre cidades-fantasma do mundo inteiro pela honra de ser a terceira cidade-irmã de Dickens. O distrito abandonado de Varosha, uma região outrora vibrante e cheia de arranha-céus em Famagusta, Chipre, evacuado durante a invasão turca e nunca demolido nem repovoado, fez um discurso empolgante. Também recebemos uma proposta surpreendente de Bokor Hill Station, o desabitado resort francês cujas ruínas em estilo rococó continuam apodrecendo na selva cambojana. Depois de uma apresentação impressionante, Cracatoa, a leste de Java, foi para a dianteira. Cidades dilaceradas pela guerra e evacuadas como Oradour-sur-Vayres, na França, Paoua e Goroumo, na República Centro-Africana, fizeram apelos fortes por uma irmandade cívica. Mas no fim acabamos achando que era impossível ignorar as súplicas apaixonadas da Cidade Perdida do Privilégio do Macho Branco, um município controverso cuja própria existência é negada por muitos (principalmente por machos brancos privilegiados). Outros afirmam categoricamente que as defesas da cidadela foram irreparavelmente abaladas pelo hip-hop e pela prosa de Roberto Bolaño. Que a popularidade do rolinho apimentado de atum e que a existência de um presidente americano negro eram para o domínio do macho branco o que os cobertores com varíola tinham sido para os nativos americanos. Aqueles com tendência a acreditar no livre-arbítrio e no livre mercado argumentavam que a Cidade Perdida do Privilégio do Macho Branco tinha sido responsável por sua própria morte e que o constante fluxo de éditos religiosos e seculares contraditórios emitidos pelas autoridades confundiu os altamente impressionáveis machos brancos. Isso os reduziu a tal estado de severa ansiedade social e psíquica que eles pararam de transar. Pararam de votar. Pararam de ler. E, mais importante, pararam de achar que eram a causa primeira de todas as coisas, ou pelo menos passaram a ter noção suficiente de que em público deviam fingir que pensavam assim. Mas, em todo caso, você já não conseguia mais andar pelas ruas da Cidade Perdida do Privilégio do Macho Branco alimentando seu ego por meio da recitação de truísmos mitológicos como "Nós construímos este país!" quando à sua volta, de todos os lados, sujeitos marrons estavam o tempo todo martelando e pregando, preparando pratos franceses de primeiro nível e consertando o seu carro. Não dava para gritar "Estados Unidos, ame-os ou deixe-os!" quando bem lá no fundo você queria morar em Toronto. Uma cidade que você dizia para os outros que era "muito cosmopolita", o que na verdade queria dizer "não muito cosmopolita". Como é que você podia chamar alguém de "crioulo", ou pensar em chamar, quando seus próprios filhos, brancos e certinhos, te chamavam de "crioulo" caso você se recusasse a dar a chave do carro para eles? Quando "crioulos" comuns estavam fazendo coisas que supostamente nem deveriam ser capazes, como nadar nas Olimpíadas e contratar paisagistas? Minha nossa, se essa situação ridícula continuar assim, um dia um crioulo vai acabar, Deus proíba, dirigindo um filme bom. Mas não há motivo para se preocupar, Cidade Perdida do Privilégio do Macho Branco, seja você real ou imaginária, eu e o Hominy estamos aqui para te apoiar e ficamos orgulhosos por tê-la como cidade-irmã de Dickens, também conhecida como o último bastião da negritude.

Mexicanos demais

II

"Mexicanos demais", Charisma Molina resmungou. Com a boca tampada pela mão com unhas francesinhas perfeitas para que ninguém ouvisse. Não era a primeira vez que eu escutava esse sentimento racista ser expresso em público. Desde que os nativos americanos atravessaram El Camino Real em seus mocassins, tentando achar de onde vinha aquela merda de barulho de sino todo domingo de manhã, afugentando os carneiros selvagens e arruinando mais de uma viagem espiritual movida a mescalina, os californianos têm amaldiçoado os mexicanos. Os índios, que estavam em busca de paz e tranquilidade, acabaram encontrando Jesus, trabalhos forçados, a chibata e a tabelinha. "Mexicanos demais", eles sussurravam para si mesmos nos trigais e nos últimos bancos da igreja quando não tinha ninguém olhando.

Gente branca, do tipo que nunca tinha nada para falar para os negros exceto "Não temos vagas", "Você não limpou direito" e "Pega o rebote", enfim tem alguma coisa para nos dizer. E então, nos dias em que o Vale de San Fernando bate nos quarenta graus, quando estamos carregando suas compras até seus carros ou enfiando contas em sua caixa de correio, eles se viram e dizem "Mexicanos demais", uma concordância tácita entre estranhos que não se bicam de que a culpa não é nem do calor nem da umidade, e sim dos nossos irmãos latinos ao sul e ao norte, e ali na vizinhança, e no Grove e em toda parte da Califórnia.

"Mexicanos demais" é o pretexto que nós, negros, os trabalhadores mais documentados da história, usamos para participar de manifestações racistas protestando contra trabalhadores sem documentos em busca de melhores condições de vida. "Mexicanos demais" é uma racionalização oral para que continuemos exatamente como somos. Gostamos de sonhar em mudar de bairro e encontrar melhores condições de vida enquanto tomamos chá e folheamos os classificados de imóveis.

"Que tal Glendale, meu amor?"

"Mexicanos demais."

"Downey?"

"Mexicanos demais."

"Bellflower?"

"Mexicanos demais."

Mexicanos demais. É uma lorota contada por todo empreiteiro sem alvará cansado de perder serviço para a concorrência e que se recusa a botar a culpa no trabalho de baixa qualidade, nas práticas nepotistas e numa longa lista de referências de merda disponível na internet. A culpa de tudo é dos mexicanos. Se alguém espirra na Califórnia, você não diz "Saúde", diz "Mexicanos demais". Seu cavalo começa a mancar na reta oposta do hipódromo no quinto páreo? *Mexicanos demais*. O otário que era o último a jogar vira sua terceira rainha na rodada final? *Mexicanos demais*. É um refrão constante na Califórnia, mas quando Charisma Molina, vice-diretora da Escola de Ensino Fundamental Chaff e melhor amiga de Marpessa (minha namorada, não importa o que ela diga), disse isso, foi tanto a primeira vez que ouvi uma americana de origem mexicana dizer a frase quanto, embora eu não soubesse na época, a primeira vez que ouvi alguém dizer aquilo pra valer. Literalmente.

Ao contrário dos Batutinhas, quando eu matava aula nunca ia pescar – ia para a escola. Eu escapava de casa enquanto meu pai tirava uma soneca durante a aula de negrologia e corria para a Chaff para acompanhar o pessoal jogar bola atrás do alambrado. Com sorte, dava para ver de relance a Marpessa, a Charisma e as amigas delas no portão, barulhentas como uma fanfarra, bamboleando os quadris, cantando: "Esse time manda bem e não tem pra ninguém... Ungawa! Ungawa! Isso é black power! Eu visto a nove, me pega e me sacode...".

A Feira de Profissões, que acontecia sempre umas duas semanas antes das férias de verão, era o que bastava para a maioria dos alunos da Chaff pensar em suicídio profissional antes mesmo da orientação vocacional ou de redigir um currículo. Inspirar o pessoal não era o forte daquele ajuntamento de mineradores de carvão, catadores de bolinhas de golfe, produtores de cestas de vime, cavadores de valas, encadernadores, bombeiros traumatizados e do último astronauta do mundo que se reuniam no pátio descoberto da escola. Todo ano era a mesma coisa. A gente ouvia eles falarem o quanto nossos empregos eram indispensáveis e como permitiam a autorrealização, mas ninguém nunca respondia às perguntas do pessoal do fundo. Se são tão importantes e o mundo não tem como ir em frente sem vocês, por que é que estão aqui entediando a gente e fazendo todo mundo chorar? Por que parecem tão infelizes? Por que não existem mulheres nos bombeiros? Por que as enfermeiras andam daquele jeito superlento? A única pergunta que deixou a garotada satisfeita até hoje foi a que fizeram ao último astronauta, um senhorzinho negro idoso, tão frágil que parecia estar vivendo em gravidade zero aqui na Terra. Como os astronautas fazem para ir ao banheiro? *Bom, não sei hoje, mas na minha época eles grudavam uma sacolinha plástica na sua bunda.*

Ninguém quer ser fazendeiro, mas mais ou menos um mês depois da festa de aniversário do Hominy, Charisma me pediu para fazer uma coisa diferente. A gente estava sentado na minha varanda fumando erva enquanto ela me provocava dizendo estar cansada de ver os Lopez ou os "mexicanos de chapéu que moram aqui do lado", como ela dizia, com os cavalos enfeitados com panos drapeados e selas chamativas ao estilo *vaquero*, me constrangerem ano após ano com suas roupas de caubói de veludo cheias de brocados e truques estilosos com cordas. "Ninguém se importa com as diferenças sutis entre esterco e fertilizante ou gestão sustentável de pragas na abóbora. Essa garotada não consegue prestar atenção em nada por muito tempo. Você precisa chamar a atenção deles imediatamente e não soltar nunca mais. Não consigo imaginar nada pior do que aquela sua apresentação do ano passado, foi tão chata que começaram a jogar tomate orgânico em você."

"É por isso que não vou. Não preciso dessa aporrinhação."

Charisma fechou um olho e espiou o cachimbo, depois o passou para mim.

"Já virou tudo cinza."

"Quer mais?"

Ela fez que sim com a cabeça.

"Quero, e também quero saber como é o nome dessa porra dessa erva e por que a bolsa de valores e todas as merdas que eu li na aula de literatura de repente passaram a fazer sentido."

"O nome é Perspicácia."

"Olha só, pra ver como esse troço é bom, eu sei o que significa 'perspicácia', uma palavra que nunca ouvi."

Um cachorro latiu. Um galo cantou. Uma vaca mugiu. O barulho da Harbor Freeway fez I-A-I-A-O. Charisma atirou para trás os longos cabelos lisos e deu uma tragada que iluminou os mistérios da internet, *Ulysses*, *Cane* de Jean Toomer e o fascínio dos americanos por programas de culinária. Ela também entendeu como me fazer participar da feira de profissões.

"A Marpessa vai estar lá."

Eu não precisava fumar nada para saber que nunca ia deixar de amar aquela mulher.

Nuvens de tempestade vinham do oeste, e parecia que ia chover. Mas nada ia fazer Charisma desistir de mostrar a seus alunos as dezenas de oportunidades de carreira disponíveis para jovens de minorias indigentes nos Estados Unidos de hoje. Depois que o gari, o agente de liberdade condicional, os DJs e os animadores de plateias tinham dado seu recado, era hora de entrar em ação. Marpessa, que não tinha sequer olhado para mim o dia inteiro, e que estava lá representando a indústria do transporte, deu uma demonstração de proezas automobilísticas que teria deixado a franquia *Velozes e furiosos* orgulhosa, fazendo slalons profissionais com seu ônibus de treze toneladas por entre os cones de tráfego, queimando os pneus na quadra e, depois de passar por uma rampa improvisada construída com bancos e mesas do refeitório, circulando pelo pátio sobre duas rodas. Quando a demonstração tinha acabado, ela convidou os alunos para dar uma volta no ônibus. Quando entraram, faziam barulho e davam tapas alegres na cabeça um do outro, mas depois de uns dez minutos saíram do ônibus de maneira disciplinada, agradecendo Marpessa sombriamente. Um jovem professor, o único educador branco da escola, soluçava com o rosto escondido atrás das mãos. Ele deu uma última e lúgubre olhada para o ônibus, se afastou do resto do grupo e se escorou no armário de bolas, tentando se recompor. Eu nunca imaginaria que uma explicação sobre o sistema de transporte e reajuste de tarifas pudesse ser tão deprimente. Começou a chover de leve.

Charisma anunciou que era hora das apresentações mais campestres do programa. Começando por Nestor Lopez. Vindos de Jalisco, via Las Cruces, os Lopez foram a primeira família mexicana a entrar para as Fazendas. Eu tinha uns sete anos quando eles mudaram para lá. Meu pai reclamava da música e das rinhas de galo. A única aula sobre história mexicano--americana que recebi na minha educação caseira foi "Nunca brigue com um mexicano. Se fizer isso, vai ter que matar um mexicano", mas Nestor, apesar de ser quatro anos mais velho e de talvez eu ter que assassiná-lo um dia por não devolver um Hot Wheels ou alguma outra merda, era legal pra cacete. Nas tardes de domingo, quando ele voltava da catequese, víamos filmes de *charro* e fitas tremidas de rodeios vagabundos do interior. Bebíamos ponche quente de canela que a mãe dele fazia em xícaras de porcelana e passávamos o resto da tarde tomando sustos com vídeos macabros com títulos como *Trescientos porrazos sangrientos, Ciento y una muertes del jaripeo, Mil litros de sangre* e *Si chingas al toro, te llevas los cuernos*. E, no entanto, mesmo tendo assistido à maior parte dos vídeos cobrindo o rosto, nunca consegui apagar as imagens daqueles caubóis durões montando touros sem usar as mãos, sem palhaços de rodeio, sem médicos e sem medo, enquanto enormes *toros destructores* saltavam até transformá-los em bonecos de pano invertebrados. Gritávamos numa dor vicária quando os chifres incrivelmente pontiagudos perfuravam suas camisas com strass e suas aortas. Comemorávamos quando a maxila e o crânio de um caubói caído no chão eram pisoteados na terra coberta de sangue. Com o tempo, como acontece com meninos negros e latinos, nós nos afastamos. Vítimas socializadas de decretos de gangues de presidiários que não tinham nada a ver com a gente, mas que estipulavam a separação de criolos e cucarachas. Hoje, exceto por alguma festa na vizinhança, só vejo Nestor na feira de profissões, quando, ao som da *Abertura de Guilherme Tell*, ele sai a cavalo rasgando de trás da antiga oficina de metalurgia, fazendo acrobacias e se matando para domar o animal.

Nunca consegui descobrir exatamente qual carreira Nestor representa – "exibicionismo", suponho –, mas ao final de sua apresentação de rodeio, ele tirou seu sombrero com fitas e franjas e recebeu um aplauso ensurdecedor da multidão, então me encarou com um olhar de zombaria tipo "faça melhor que isso" enquanto plantava uma bananeira na sela sem usar as mãos. Charisma me apresentou e logo se seguiu um bocejo coletivo tão alto que foi ouvido em toda Dickens.

"Que barulho é esse, um avião decolando?"

"Não, é aquele fazendeiro crioulo. Deve ser dia de feira de profissões na escola de novo."

Levei um bezerrinho nervoso de olhos castanhos até o lugar do rebatedor no campo de beisebol isolado por uma cerca de arame. Algumas crianças mais corajosas ignoraram o estômago roncando e a deficiência de vitamina e saíram do meio do grupo para se aproximar do animal. Com cuidado, por medo de pegar uma doença ou se apaixonar, fizeram carinho no bezerro, usando a sintaxe dos condenados.

"Os pelo é macio."

"Os zoio parece menduim com chocolate. Dá vontade de comê eles."

"O jeito quesse bezerrinho crioulo lambe os beiço, moge, baba e essa porra toda me alembra a rertadada da sua mãe."

"Si fudê. Rertadado é você!"

"Cês são tudo rertardado. Num sabe que vaca tamém é gente?"

Não obstante a ironia da pronúncia incorreta de "retardado", eu sabia que estava fazendo sucesso, ou pelo menos o bezerro estava. Charisma dobrou a língua entre os dentes e cortou o ar com um assobio agudo de técnico de futebol. O mesmo assobio que usava para avisar a Marpessa e eu quando o pai dela estava chegando em casa. Duzentas crianças ficaram quietas instantaneamente e dedicaram a mim seus transtornos de déficit de atenção.

"Oi, pessoal", eu disse, cuspindo no chão, porque é isso que fazendeiros fazem. "Assim como vocês, sou de Dickens..."

"Donde?", um bando de alunos gritou. Dava na mesma se eu tivesse dito que era de Atlântida. As crianças não eram de

"Dickens nenhuma". Elas ficaram ali, mostrando símbolos de gangues e me dizendo de onde eram: Southside Joslyn Park Crip Gang. *Varrio Trescientos y Cinco*. Bedrock Stoner Avenue Bloods.

Em retaliação, lancei mão da coisa mais próxima que o mundo agrícola tem de um símbolo de gangue e passei a mão pela minha garganta – o sinal universal de "desligue o motor" – e anunciei: "Bom, eu sou das Fazendas, que assim como todos esses lugares que vocês citaram, independentemente de saberem ou não, fica em Dickens. A vice-diretora Molina me pediu para demonstrar como é o dia típico de um fazendeiro, e como hoje este bezerro completa oito semanas, eu pensei em falar sobre castração. Existem três métodos de castração..."

"O que que é 'castração', fessor?"

"É um jeito de evitar que os animais tenham filhos."

"Não tem camisinha de vaca?"

"Não é uma má ideia, mas os bois não têm mãos e, assim como o Partido Republicano, nenhuma preocupação com os direitos reprodutivos das fêmeas, por isso usamos esse método de controle populacional, que também torna os animais mais dóceis. Alguém sabe o que quer dizer 'dócil'?"

Depois de passá-la debaixo do nariz ranhento, uma menina magricela ergueu uma mão tão repulsivamente pálida e seca que só podia ser negra.

"Quer dizer que ele vai virar uma mocinha", ela disse, se oferecendo como voluntária para me ajudar e se aproximando do bezerro e brincando com as orelhas caídas dele.

"É, acho que dá para dizer isso."

Seja por terem ouvido a palavra "mocinha" ou por terem tido a ideia equivocada de que iam aprender alguma coisa sobre sexo, a criançada se aproximou e fechou o círculo. Os que não estavam nas duas primeiras filas se abaixavam e corriam de um lado pro outro para conseguir um lugar melhor. Uns poucos guris subiram nas vigas do alambrado e ficaram observando o procedimento de cima como estudantes de medicina em uma operação. Derrubei o bezerro no chão e me ajoelhei em cima do pescoço e das costelas dele, então com as mãos nuas peguei suas patas traseiras e afastei até deixar a pequena genitália exposta. Vendo que eu tinha a atenção das crianças, Charisma aproveitou para ir dar uma olhada em como estava o professor chorão e depois entrou na ponta dos pés no ônibus da Marpessa. "Como eu estava dizendo, existem três métodos de castração: cirúrgico, elástico e sem sangue. No método elástico você coloca uma faixa de borracha bem ali, impedindo que haja fluxo de sangue nos testículos. Desse jeito uma hora eles acabam encolhendo e caindo." Peguei o animal na base do saco escrotal e apertei forte a ponto de o bezerro e as crianças pularem em uníssono. "Na castração sem sangue, você esmaga os funículos espermáticos aqui e aqui." Dois beliscões nos vasos deferentes fizeram o bezerro ter convulsões de dor e de constrangimento, e os alunos terem espasmos de riso sádico. Saquei um canivete e segurei no alto, girando minha mão no ar, esperando que a lâmina brilhasse dramaticamente ao sol, mas o dia estava muito nublado. "Na castração cirúrgica..."

"Eu quero fazer isso." Era a menininha negra, os olhos castanhos límpidos fixos no saco escrotal do bezerro, saltando de curiosidade científica.

"Acho que você precisaria de uma permissão por escrito dos seus pais."

"Que pais? Eu moro em El Nido", ela disse, se referindo ao abrigo de Wilmington, que naquele bairro era o equivalente a falar Sing Sing em um filme de James Cagney.

"Como você se chama?"

"Sheila. Sheila Clark."

Sheila e eu trocamos de lugar, escalando um ao outro sem aliviar o peso sobre o bezerro indefeso. Quando cheguei à parte traseira do animal, passei para ela o canivete e o emasculador, que, assim como as tesouras de jardim que ele lembrava e qualquer outra boa ferramenta, fazia exatamente aquilo que seu nome prometia. Depois de um litro de sangue, uma remoção surpreendentemente hábil da parte superior do escroto, um puxão cheio de destreza dos testículos, uma sonora trituração do funículo espermático, um pátio cheio de alunos e professores guinchando e um bezerro sexualmente frustrado para sempre, eu terminava minha apresentação para Sheila Clark e os três outros alunos que tinham ficado intrigados o suficiente para entrar na crescente poça de sangue e conseguir ver melhor a ferida, enquanto lutava com o bezerro que continuava se contorcendo. "Quando o boi está deitado de lado, impotente, nós no agronegócio usamos o termo 'posição recumbente'. Este não é um mau momento para aplicar outros processos dolorosos ao animal, como tirar os chifres, vacinar, marcar a ferro e marcar as orelhas..."

A chuva ficou mais forte. Os pingos, grandes e mornos, faziam subir pequenas nuvens de poeira ao cair no pavimento duro e seco. No meio do pátio a equipe de limpeza esvaziava às pressas uma caçamba. Jogavam as carteiras de madeira quebradas, os quadros-negros rachados e cacos do paredão de handebol comido por cupins em uma grande pilha, depois enchiam os espaços vazios com jornal. Normalmente a feira de profissões terminava com uma sessão de marshmallows assados. O céu estava escurecendo ainda mais. Eu tinha impressão de que a meninada ia se decepcionar. Cada vez mais molhados, o pessoal da feira e os professores, exceto pelo chorão que encarava uma bola de basquete vazia como se seu mundo tivesse acabado, iam tirando todo mundo dos balanços quebrados, do trepa-trepa enferrujado e dos brinquedos de madeira, enquanto Nestor galopava em torno da manada assustada, mantendo-os longe dos portões. Marpessa tinha ligado o ônibus, e Charisma saiu bem quando o novilho estava começando a se recuperar do choque.

Procurei minha assistente, Sheila Clark, mas ela estava ocupada demais segurando o par de testículos ensanguentados pelas entranhas viscosas, balançando aquilo no ar e batendo como se fosse um bolimbolacho de vinte e cinco centavos.

Enquanto eu dava um mata-leão no bicho, virando de costas e enfiando o salto da minha bota na virilha dele para impedir que me desse um coice na cara, Marpessa fez uma curva de cento e oitenta graus com o ônibus e saiu pelo portão lateral indo pela Shenandoah Street sem nem dar tchau. Foda-se. Charisma ficou de pé do meu lado sorrindo, vendo nos meus olhos o quanto eu estava magoado.

"Vocês foram feitos um pro outro."

"Me faz um favor? Na minha mochila tem um antisséptico e um frasquinho com uma gosma escrito *Fliegenschutz*." A vice-diretora Molina fez o que fazia desde pequenininha: pôs a mão na massa, passando o spray desinfetante no animal que se contorcia e espalhando o pegajoso *Fliegenschutz* na ferida aberta que havia no lugar onde antes ficavam os testículos.

Quando ela terminou, o professor branco, com o rosto marcado pelo choro, deu um tapinha no ombro da chefe. Como se fosse um policial na televisão entregando o distintivo e a arma, removeu solenemente o novo bóton do Ensinando a América preso no blusão, colocou na palma da mão de Charisma e saiu andando na tempestade.

"O que foi que aconteceu?"

"Quando a gente estava no ônibus, sua fazendeira magricela, Sheila, ficou de pé, apontou para o aviso de ASSENTOS PRIORITÁRIOS PARA BRANCOS, e disse para o sr. Edmunds que ele podia ficar com o lugar dela. Então aquele idiota aceita a oferta dela, senta, percebe o que fez e pira totalmente."

"Espera aí, o aviso ainda está lá?"

"Você não sabe?"

"Sabe do quê?"

"Você fala um monte de merda sobre a quebrada, mas não sabe o que está acontecendo nela. Depois que você afixou aqueles adesivos, o ônibus da Marpessa se tornou o lugar mais seguro da cidade. Ela também se esqueceu deles, até que o supervisor de turno notou que ela não relatava nenhum incidente desde a festa de aniversário do Hominy. Aí a Marpessa começou a pensar nisso, em como as pessoas estavam se tratando com respeito. Dizendo "oi" quando entravam, "obrigado" quando desciam. Não tem briga de gangue. Crip, Blood ou cucaracha, todo mundo aperta o botão de parada uma vez e só. Sabe onde a garotada tem ido fazer a lição de casa? Não em casa nem na biblioteca, mas no ônibus. Pra você ver como ficou seguro."

"O crime é cíclico."

"São os adesivos. No começo o pessoal reclama, mas o racismo faz todo mundo lembrar. Ficar mais humilde. Perceber o quanto a gente avançou e o quanto ainda falta avançar. É como se o espectro da segregação unisse Dickens naquele ônibus."

"E o professor chorão?"

"O sr. Edmunds é bom em matemática, mas obviamente não tem como ensinar às crianças nada sobre elas mesmas, então que se foda."

Mais ou menos curado, o bezerro se debateu para ficar em pé. Sheila, a pequena emasculadora, chegou bem perto da cara dele, segurando os testículos nos lóbulos das orelhas como se fossem brincos. Uma última cheirada de adeus na sua masculinidade e ele saiu andando para demonstrar sua empatia pelo poste de espirobol que também estava sem sua bola, amassado e inútil ao lado da lanchonete. Charisma esfregou os olhos cansados. "Bom, se eu conseguisse que esses pivetinhos se comportassem na escola como se comportam no ônibus, já ia ser alguma coisa."

Com Nestor Lopez dez corpos à frente, galopando atrás do dinheiro da sua recompensa, os colegas de classe de Sheila iam sendo pastoreados pelas planícies de concreto, marchando em meio à garoa e passando pelas fileiras de bangalôs com telhado de palha, janelas com jornais e cartolina colorida no lugar dos vidros. Prédios que estavam em tal ruína que quase faziam as escolas africanas de um só cômodo exibidas nos programas de tevê beneficentes da madrugada parecerem auditórios de universidades. Era uma Trilha das Lágrimas moderna. Os alunos foram dispostos em círculo em volta de um monte de mobília escolar quebrada. A empolgação deles não diminuía apesar da crepitação das gotas de chuva caindo sobre os sacos gigantes de marshmallow e da pilha de madeira cada vez mais escura e de jornais cada vez mais úmidos. Atrás deles ficava o auditório da escola, que estava sem telhado desde o terremoto de Northridge de 1994. Charisma passou a mão pelos sinos da sela do Rose Parade de Nestor. O blim-blom fez os meninos sorrirem. Foi aí que Sheila Clark, esfregando o ombro e chorando, saiu correndo. "Srta. Molina, aquele menino branco roubou um dos meus colhões!", ela gemeu, apontando pro latino gorduchinho, três tons mais escuro do que ela, tentando em vão quicar o testículo no chão molhado. Charisma acariciou suavemente o cabelo trançado de Sheila, acalmando-a. Aquilo era novidade. Crianças negras chamando os colegas hispânicos de brancos. Quando eu tinha a idade dela, na época em que a gente dizia "Tá com ele!" antes de brincar de pega-pega, num tempo antes de a violência, a pobreza e as brigas internas terem reduzido nosso direito coletivo à terra que antes abrangia toda a Dickens para só um punhado de quadras isoladas de territórios de gangues, todo mundo na cidade, independente da raça, era negro, e você determinava o grau de crioulice da pessoa não pela cor da pele ou pela textura do cabelo, e sim pelo fato de a pessoa falar "chuva de granizo" ou "chuva de granito". A Marpessa dizia que, apesar do cabelo preto liso que caía até a bunda e do tom de pele *horchata*, só soube que Charisma não era negra no dia em que a mãe dela foi pegar a menina na escola. O andar e a fala dela eram muito diferentes dos da filha. Atônita, ela virou para a melhor amiga e disse: "Você é mexicana?". Achando que Marpessa estava enganada, Charisma ficou pálida, prestes a exclamar "Eu não sou mexicana" quando, como se estivesse vendo a mãe pela primeira vez, deu uma boa olhada nela no contexto de fim de aula com todos os rostos e ritmos negros em volta e ficou tipo "Puta merda, eu *sou* mexicana! *Hijo de puta!*". Isso foi muito tempo atrás.

Antes de acender a fogueira, a vice-diretora Molina falou com sua tropa. Era evidente pela seriedade do rosto e do tom de voz dela que era um general no fim de suas forças. Resignada ao fato de que os soldados negros e latinos que estava enviando para o mundo não tinham grandes chances. "*Cada día de carreras profesionales yo pienso la misma cosa. De estos doscientos cincuenta niños, ¿cuántos terminarán la escuela secundaria? ¿Cuarenta pinche por ciento? Órale, y de esos cien con suerte, ¿cuántos irán a la universidad?* Ensino à distância, curso profissionalizante, escola de palhaços, *¿o lo que sea?* Uns cinco, *más o menos. ¿Y cuántos graduarán?* Dois, talvez. *Qué lástima. Estamos chingados.*"

E embora como a maioria dos negros criados em Los Angeles eu só seja bilíngue a ponto de poder assediar sexualmente mulheres de todas as etnias em suas línguas nativas, entendi a essência da mensagem. Essa garotada estava fodida.

Fiquei surpreso com a quantidade de alunos que tinham isqueiros, mas, não importava quantas tentativas eles faziam de acender a fogueira, a madeira encharcada não pegava fogo. Charisma mandou um grupo de alunos ao almoxarifado. Eles voltaram trazendo caixas de papelão e despejaram no chão tudo o que havia dentro delas. Logo havia uma pirâmide de livros com dois metros de base e um metro de altura e que continuava crescendo.

"Bom, e o que é que vocês estão esperando?"

Ela não precisou perguntar duas vezes. Os livros se incendiaram como gravetos, e as chamas de uma fogueira de bom tamanho lamberam o céu enquanto os alunos felizes tostavam seus marshmallows usando os lápis de espetinho.

Puxei Charisma de lado. Eu não podia acreditar que ela estava queimando livros. "Eu achava que vocês não tinham material escolar suficiente."

"Isso aí não são livros. Quem mandou foi o Foy Cheshire. Ele tem todo um programa de estudos chamado Queime o Cânone! de clássicos reescritos como *O condomínio do pai Tomás* e *O armador no campo de centeio* e que ele fica empurrando para a diretoria da escola. Olha, a gente tentou de tudo: salas com menos alunos, mais horas de aula, ensino bilíngue, monolíngue e sublingual, inglês afro, inglês fonético e hipnose. Esquemas de cores projetados para criar o ambiente ideal para o aprendizado. Mas não importa quais tonalidades do morno para o quase frio você coloque nas paredes, no fim das contas são professores brancos usando metodologia branca e tomando vinho branco e algum administrador branco metido a besta ameaçando colocar um interventor na sua escola porque ele conhece Foy Cheshire. Nada funciona. Mas que eu caia dura no chão se algum dia a Chaff entregar exemplares de *Longa jornada gueto adentro* para os alunos."

Chutei um volume parcialmente queimado que estava na fogueira. A capa estava chamuscada, mas ainda dava para ler *O grande Negatsby*, que começava assim:

Papo reto. Quando eu era novo, tolo e cheio de tesão, meu onipresente e não estereotípico pai afro-americano, que era bom para minha mãe, me deu um bizu que venho remoendo desde então.

Usando meu isqueiro, terminei eu mesmo de queimar o livro e segurei as páginas em chamas debaixo do marshmallow enfiado em uma régua de madeira que Sheila gentilmente me oferecia. Ela tinha transformado uma corda de pular em coleira e estava fazendo carinho na cabeça do bezerro, enquanto o garoto latino tentava reimplantar cirurgicamente os testículos com superbonder e um clipe de papel, até que Charisma o pegou pelo pescoço e o pôs de pé.

"A feira de profissões foi legal?"

"Quero ser veterinária!", Sheila respondeu.

"Isso é gay", respondeu seu arqui-inimigo latino, que estava fazendo malabarismo de gônadas com uma das mãos.

"Malabarismo é gay!"

"Chamar de 'gay' quem te chamou de 'gay' é gay!"

"Tá, já deu", Charisma resmungou. "Deus do céu, tem alguma coisa que vocês não achem gay?"

O gordinho pensou por um tempo. "Você sabe o que não é gay… ser gay."

Rindo em meio às lágrimas, Charisma despencou em um banco de fibra de vidro bege bem quando o relógio bateu três horas; tinha sido um longo dia. Sentei ao lado dela. As nuvens finalmente despencaram e a garoa virou uma chuva forte e constante. Os alunos e os professores correram para os carros, para o ponto de ônibus e para os braços abertos dos pais, enquanto a gente ficava ali sentado na chuva como bons californianos do sul, sem guarda-chuva, ouvindo os pingos chiarem no fogo que morria lentamente.

"Charisma, pensei num jeito de fazer os alunos se comportarem e se respeitarem como fazem no ônibus."

"Como?"

"Segregue a escola." Assim que eu disse isso, percebi que a segregação seria o ponto fundamental para fazer Dickens ressurgir. O sentimento de comunidade do ônibus ia se espalhar pela escola e depois permear o resto da cidade. O Apartheid uniu a África do Sul, por que não podia fazer o mesmo por Dickens?

"Por raça? Você quer segregar a escola por cor?"

Charisma olhou para mim como se eu fosse um dos alunos dela. Não burro, mas sem noção. Se quer saber minha opinião, a Escola de Ensino Fundamental Chaff já tinha sido segregada e ressegregada várias vezes, talvez não de acordo com a cor, mas certamente com o nível de alfabetização e de problemas comportamentais. Os que falavam-inglês-como-segunda-língua seguiam um programa diferente dos que falavam-inglês--só-quando-e-se-estivessem-a-fim. Durante o Mês da História Negra, meu pai tinha o costume de ver as imagens dos ônibus da Liberdade incendiando, dos cães rosnando e mordendo nos programas noturnos da tevê e me dizer: "Não dá para forçar a integração, garoto. Quem quiser se integrar vai se integrar". Nunca consegui descobrir até que ponto eu concordava ou não com ele, mas isso ficou na minha cabeça. Me fez perceber que para muita gente a integração é um conceito finito. Aqui, nos Estados Unidos, pode ser um disfarce. "Eu não sou racista. Meu par no baile de formatura, meu primo de segundo grau, meu presidente é negro (ou quem quer que seja)." O problema é que a gente não sabe quando a integração é um estado natural e quando é artificial. Será que a integração, forçada ou de outro tipo, é entropia ou ordem social? Ninguém nunca definiu o conceito. Charisma estava pensando na integração enquanto girava o último marshmallow sobre a chama. Eu sabia disso. Estava pensando em como a escola de ensino fundamental em que estudou hoje tinha setenta e cinco por cento de latinos, quando na época dela eram oitenta por cento negros. Pensando na mãe dela, Sally Molina, contando histórias de como cresceu em uma cidade segregada no Arizona nos anos 1940 e 50. Tendo que sentar no lado quente da igreja, no lugar mais longe de Jesus e das saídas de emergência. Tendo que ir a escolas mexicanas e enterrar os pais e o irmão mais novo no cemitério mexicano fora da cidade na via expressa 60. Pensando em como quando a família precisou se mudar para Los Angeles, em 1954, a discriminação racial era mais ou menos a mesma. Exceto que eles podiam pelo menos frequentar as praias públicas, ao contrário dos habitantes negros da cidade.

"Você quer segregar a escola por raça?"

"Sim."

"Se acha que consegue, vai em frente. Mas estou dizendo: tem mexicanos demais."

Não posso falar pelas crianças, mas, com o bezerro recém-castrado no banco da frente da caminhonete, a cabeça para fora da janela enquanto a chuva caía na língua dele, saí da feira de profissões inspirado como nunca e com um novo foco. "É como se o espectro da segregação unisse Dickens", Charisma tinha dito. Decidi dar mais seis meses à minha nova carreira como planejador urbano encarregado da restauração e da segregação. Se as coisas não dessem certo, eu sempre tinha a opção de recorrer à minha negritude.

12

Choveu a cântaros naquele verão depois da feira de profissões. Os meninos brancos da praia diziam que estavam no "Chuverão", como em "coleção primavera-chuverão". A previsão do tempo era um amontoado de referências contínuas a precipitações recordes e a formação de nuvens que jamais se dissipavam. Todo dia, lá pelas nove e meia, um sistema de baixa pressão se estabelecia no litoral e chovia e parava o dia inteiro, até o começo da noite. Tem gente que não surfa na chuva e que se recusa terminantemente a ir para a água numa tempestade, achando que vai pegar hepatite com o lodo e toda a poluição que escoa para o Pacífico depois de um toró. Pessoalmente, gosto de pegar onda assim, porque tem menos babacas na praia e ninguém fazendo windsurfe. É só evitar os arroios perto de Malibu e Rincon, que tendem a transbordar suas fossas sépticas, e tudo bem. Naquele verão, eu não me preocupei com coliformes fecais e micróbios. Eu sofria era com minhas mexericas mikans e com a segregação. Como cultivar o cítrico mais sensível à água do mundo num clima de monções? Como segregar racialmente uma escola já segregada?

Hominy, o reacionário racial, não ajudou em nada. Ele adorou a ideia de retomar a educação segregada, porque achava que aquilo tornaria Dickens mais atrativa para a volta dos brancos. Que a cidade ia voltar a ser o pujante subúrbio branco de sua juventude. Carros com rabo de peixe. Chapéus de palha e bailinhos. Anglicanos e festinhas com sorvete para receber os novos vizinhos. Seria o oposto do êxodo branco, ele disse. "O Influxo Klux Klan." Mas quando eu perguntei como isso ia acontecer, ele só deu de ombros. Feito um senador conservador sem ideias, ficou falando sem parar, me enchendo de histórias sobre os velhos tempos. "Uma vez, em um episódio chamado 'Procurando o traidor', o Stymie não tinha estudado para uma prova de história e decidia evitar o teste botando fogo na carteira, mas claro que ele acabava incendiando a escola inteira e a turma tinha que fazer a prova em cima do caminhão dos bombeiros, porque a sra. Crabtree não deixava barato." E também tinha a culpa que vinha com o fato de ser um segregacionista. Eu ficava acordado à noite tentando convencer o Brilhante, cuja pelúcia ao longo dos anos foi encardindo e passou do amarelo raio-de-sol para o marrom sujeira-debaixo-da-unha, de que a retomada da segregação ia ser uma coisa boa. Que como Paris tem a torre Eiffel, St. Louis tem o arco e Nova York tem uma imensa disparidade de renda, Dickens teria escolas segregadas. Pelo menos o folheto da Câmara de Comércio ia parecer atrativo. *Bem-vindo à gloriosa cidade de Dickens, o paraíso urbano às margens do rio Los Angeles. Terra dos grupos de jovens que vagam sem destino, de um astro de cinema aposentado e das escolas segregadas!*

Muita gente diz que tem suas melhores ideias na água. No chuveiro. Boiando na piscina. Esperando uma onda. Tem alguma coisa a ver com íons negativos, ruído branco e estar isolado. Você poderia achar que o surfe na chuva seria o equivalente a um brainstorm de um homem só, mas não para mim. Minhas boas ideias não vêm pegando onda, e sim quando estou no caminho de volta para casa. Sentado no trânsito, depois de uma bela sessão em um dia chuvoso de julho, fedendo a esgoto e algas, vi os meninos ricos saindo das aulas de reforço de verão na Intersection Academy, um respeitado "bastião do aprendizado" particular, de frente para o oceano. Enquanto atravessavam a rua para chegar às limusines e aos carros de luxo que estavam esperando, faziam sinais de "hang loose" e símbolos de gangue para mim, enfiavam a cabeça desgrenhada no meu carro e diziam: "Mano, tem erva aí? Vai fundo, surfista afro-americano!".

Apesar da chuva contínua, os estudantes nunca pareciam se molhar. Principalmente porque mordomos e empregadas corriam atrás dos indisciplinados alunos segurando guarda-chuvas sobre suas cabeças, mas tinha uns meninos que simplesmente eram brancos demais para se molhar. Tente imaginar Winston Churchill, Colin Powell e Condoleezza Rice, ou o Zorro, encharcados dos pés à cabeça e você vai entender.

Por um milésimo de segundo, quando eu tinha oito anos, meu pai flertou com a ideia de matricular o filho intelectualmente preguiçoso em uma escola chique. Ele ficou me olhando de cima a baixo enquanto eu estava com água pela canela fazendo o plantio de arroz. Murmurou alguma coisa sobre escolher entre judeus em Santa Monica e gentios em Holmby Hills, depois começou a citar pesquisas que diziam que meninos negros que iam a escolas com meninos brancos de qualquer religião "se saem melhor", embora também postulasse com base em estudos não tão confiáveis que os negros estavam "em melhor situação" durante a segregação. Eu não me lembro da definição dele para "em melhor situação" ou do motivo para eu não ter ido para a Interchange ou para a Haverford-Meadowbrook. O transporte, talvez. Muito caro. Mas, olhando aqueles meninos, os filhos e filhas dos magnatas da indústria da música e do cinema, saindo do prédio de última geração, me ocorreu que, como único aluno da Escola Doméstica do Ensino Fundamental ao Superior do Meu Pai, eu tinha sido o beneficiário de uma educação mais segregada, que felizmente quase não me deixara exposto a piscinas de borda infinita, foie gras feito em casa e balé. E, embora eu não estivesse mais perto de resolver o problema da salvação da minha lavoura de mikans, tive de fato uma ideia de como segregar racialmente aquilo que, apesar das intenções, dos propósitos e dos latinos, era uma escola só para negros. Fui para casa, com a voz do meu pai na cabeça.

Quando cheguei, Hominy estava me esperando no jardim, debaixo de um guarda-chuva grande verde e branco, os pés nus deixando marcas fundas na grama molhada. Depois que concordei em segregar a escola de ensino fundamental, ele se tornou um trabalhador muito melhor. Não passava nem perto de um John Henry, mas, caso se interessasse por alguma coisa na fazenda, pelo menos demonstrava alguma iniciativa. Ultimamente andava protegendo as mikans. Às vezes ficava parado perto da árvore por horas a fio, espantando pássaros e insetos. As mikans o remetiam à camaradagem da vida no estúdio. Luta de dedão contra o Wheezer. Tapa no cocuruto do Fatty Arbuckle. Jogos de Verdade ou Desafio em que o perdedor tinha que correr pelo cenário do Gordo e o Magro. Foi durante um longo intervalo entre cenas de "Eu vejo Paris, eu vejo a França" que Hominy descobriu a mikan. A maior parte da turma tinha ido até a mesa com os comes e bebes e estava mandando ver nos cupcakes com refrigerante. Mas naquele dia uns donos de cinemas do sul estavam acompanhando as filmagens, e o estúdio, querendo agradar um sistema de castas que se recusava a exibir os filmes da casa porque mostravam crianças negras e brancas atuando juntas, pediu a Hominy e a Buckwheat que fossem se sentar com uns figurantes japoneses que, durante a repatriação de imigrantes de 1936, tinham sido chamados para interpretar bandidos mexicanos. Os figurantes ofereceram para eles macarrão e mikans não sindicalizados, direto da Terra do Sol Nascente. Os meninos negros descobriram que o sabor da fruta perfeitamente equilibrado entre o amargo e o doce era a única coisa que tirava o gosto horrível da melancia de alívio cômico de suas bocas. Mais tarde, ele e Buckwheat acabaram adicionando como cláusula em seus contratos: só mikans eram permitidas no set de filmagens. Nada de mexericas comuns, tangerinas ou poncãs. Porque nada restaurava a dignidade da pessoa como um doce suco de mikan depois de um dia difícil de crioulagens.

Hominy ainda acha que mantenho a árvore por causa dele, sem saber que plantei a muda no mesmo dia em que eu e a Marpessa rompemos oficialmente. As provas do primeiro semestre da faculdade tinham acabado e voltei para casa voando pela CA-91, estimulado por aquilo que achei que seria uma trepada de parabéns, e não um bilhete pregado na orelha da porca que só dizia: *Nem vem, negão.*

Ele puxou desesperadamente a manga da minha roupa de neoprene. "Sinhô, você disse para avisar quando as mikans estivessem do tamanho de bolas de pingue-pongue." Como um caddy de golfe que se recusa a reconhecer o jogo horroroso do patrão, Hominy seguia com o guarda-chuva sobre minha cabeça. Ele me passou o refratômetro e insistiu que eu fosse ao quintal, onde chapinhou na lama até a árvore alagada. "Por favor, sinhô, acho que elas não vão resistir."

A maior parte das frutas cítricas precisa que você as regue com frequência, mas no caso da mikan é o contrário. Elas transformam a água em mijo e não importava o quanto eu tivesse podado a árvore, a colheita daquele ano estava pesando tremendamente nos galhos. Se eu não descobrisse um jeito de diminuir a absorção de água, as frutas iam ficar uma porcaria e eu ia ter desperdiçado dez anos e vinte e cinco quilos de fertilizante japonês. Peguei uma mikan da árvore mais próxima. Abrindo um centímetro abaixo do talo, enfiei meu dedo na polpa irregular e espremi umas gotinhas no refratômetro, a pequena e cara máquina japonesa que mede a porcentagem de sacarose no suco.

"O que está dizendo aí?", ele perguntou desesperado.

"Dois ponto três."

"Em termos de doçura?"

"Algum lugar entre Eva Braun e uma mina de sal sul-africana."

Nunca fiz encantamento de crioulos com minhas plantas. Não acredito que elas tenham consciência, mas depois que o Hominy foi para casa falei com a árvore por uma hora. Li poesia e cantei blues para ela.

13

Só fui discriminado diretamente por critérios raciais uma vez na vida. Um dia, fui burro de dizer ao meu pai que não existia racismo nos Estados Unidos. O que existia eram oportunidades iguais que nós negros desperdiçávamos porque não queríamos assumir responsabilidade pela nossa vida. No meio daquela noite, ele me arrancou da cama e juntos fizemos uma viagem sem muitos preparativos pelos mais profundos recantos da América branca. Depois de três dias contínuos na estrada, paramos em uma cidade sem nome do Mississippi que não passava de um lugar cheio de poeira e que servia de ponto de encontro para um calor abrasador, corvos, campos de algodão e, a julgar pelo olhar empolgado do meu pai, racismo no mais puro estado.

"É ali", ele disse, apontando para um armazém caindo aos pedaços, tão antigo que a máquina de pinball piscando feliz na vitrine só aceitava moedinhas de dez centavos e exibia um recorde absolutamente inacreditável de 5637 pontos. Olhei em volta procurando o racismo. Em frente à loja, sentados em engradados da Coca-Cola, três sujeitos brancos e corpulentos com aqueles rostos queimados e cheios de pé de galinha que tornam impossível determinar a idade de alguém, falavam alto sobre alguma corrida de stock car que estava para acontecer. Paramos no posto de gasolina do outro lado da rua. Um sino soou, o que assustou tanto o atendente negro quanto eu.

Relutante, ele se afastou da partida de xadrez que jogava com um amigo no videogame.

"Completa, por favor."

"Beleza. Verifico o óleo?" Meu pai fez que sim, sem jamais tirar os olhos da loja. O atendente, Clyde, se é que dava para confiar no nome bordado em letras cursivas vermelhas sobre a área branca do macacão azul, passou imediatamente às suas funções. Verificou o óleo e a pressão dos pneus, e passou o trapinho engordurado pelo para-brisa e pelo vidro traseiro. Acho que eu jamais tinha visto alguém fazer aquilo sorrindo antes. Sei lá o que tinha naquele sprayzinho, mas as janelas nunca ficaram tão limpas. Quando o tanque estava cheio, meu pai perguntou ao Clyde: "Será que eu podia sentar um bocadinho aqui com o menino?".

"Claro, tranquilo."

Um *bocadinho*? Baixei a cabeça constrangido. Odeio quando as pessoas começam a falar de um jeito popularesco quando conversam com negros, como se achassem que são superiores a eles. O que viria a seguir? Pobrema? Craro? Um coro de "Who Let the Dogs Out"?

"Pai, o que é que a gente está fazendo aqui?", murmurei, com a boca cheia das bolachas água e sal que eu empurrava goela abaixo desde Memphis. Valia qualquer coisa para não pensar no calor, nos infindáveis campos de algodão e em quanto a escravidão devia ser terrível para alguém acabar se convencendo de que o Canadá não ficava tão longe assim. Embora nunca falasse daquilo, como seus antepassados, meu pai também fugiu para o Canadá, escapando da convocação e da Guerra do Vietnã. Se algum dia os negros receberem indenizações pela escravidão, conheço vários crioulos que devem ao Canadá uma grana de aluguel e impostos atrasados.

"Pai, o que é que a gente está fazendo aqui?"

"Olhando de forma imprudente", ele disse, tirando um poderoso binóculo igual ao do general Patton de um estojo de couro chique, colocando aquela monstruosidade de metal diante dos olhos e se virando para mim, seus olhos grandes como bolas de bilhar do outro lado da lente. "E imprudente *mesmo*!"

Graças a anos de testes do meu pai sobre vocabulário negro e de um livro de Ishmael Reed que ele deixou em cima da privada por anos, eu sabia que "olhar de forma imprudente" era o ato de um homem negro se permitir olhar para uma mulher branca do sul. E lá estava meu pai olhando com seu binóculo para uma loja a menos de dez metros de distância, com o sol do Mississippi reluzindo nas lentes enormes como dois faróis de halogênio. Uma mulher saiu para o deque, com um avental amarrado em torno do vestido de algodão e uma vassoura de palha na mão. Protegendo os olhos do clarão, ela começou a varrer. Homens brancos estavam sentados de pernas e bocas abertas, horrorizados com a audácia do crioulo.

"Olha aqueles peitos!", meu pai gritou, num volume que dava para todo o distrito de Caipira ouvir. Os peitos dela não eram tudo aquilo, mas imagino que vistos pelo equivalente portátil do telescópio espacial Hubble deviam parecer o *Hindenburg* e o dirigível da Goodyear, respectivamente. "Agora, garoto, agora!"

"Agora o quê?"

"Vai lá e assobia pra branquela."

Ele me empurrou para fora da porta, fazendo subir uma nuvem de poeira vermelha do delta que não deixava ver mais nada, atravessei uma avenida coberta com tanta argila que não dava para saber se algum dia tinha sido asfaltada. Obediente, parei em frente à mulher e comecei a assobiar. Ou pelo menos tentei. O que meu pai nem imaginava é que eu não sabia assobiar. Assobiar é uma das poucas coisas que você aprende na escola pública. Fui educado em casa, por isso passava o recreio de pé na plantação de algodão recitando de memória os congressistas negros da Reconstrução: John R. Lynch, Josiah

T. Walls... Então, embora possa parecer simples, eu não sabia como unir os lábios e assoprar. E, por falar nisso, não sei fazer a saudação vulcana, arrotar o alfabeto ou mostrar o dedo do meio sem usar a outra mão para dobrar os dedos não ofensivos. O fato de estar com a boca cheia de bolacha água e sal não ajudou, e o resultado foi uma cusparada arrítmica de migalhas que cobriu todo o belo avental cor-de-rosa dela.

"O que é que esse doido está fazendo?", os brancos se perguntaram enquanto reviravam os olhos e expectoravam tabaco. O membro mais taciturno do trio ficou de pé e alisou a camiseta que dizia NADA DE NEGROS NA NASCAR. Retirando lentamente o palito de dente da boca, ele disse: "É o *Bolero*. O crioulinho está assobiando o *Bolero*".

Fiquei pulando no lugar e bati na mão dele empolgado. O homem estava certo, claro, eu estava tentando recriar a obra-prima de Ravel. Posso não saber assobiar, mas sempre soube reproduzir uma melodia.

"O *Bolero*? Por quê, seu idiota?"

Era meu pai. Saindo do carro e andando tão rápido que a nuvem de poeira que ele levantou chegou a levantar outra nuvem de poeira. Ele não estava feliz, porque aparentemente eu não só não sabia assobiar como não sabia *o que* assobiar. "Era para ser um assobio sedutor! Tipo isso..." Olhando de forma imprudente para a mulher o tempo todo, ele franziu os lábios e soltou um assobio tão lascivo e libidinoso que fez um arrepio subir das unhas dos pés bem pintadas dela até a delicada fita vermelha que tinha no cabelo louro. Agora era a vez dela. Meu pai ficou ali, devasso e negro, enquanto a mulher não apenas o olhou de forma imprudente e desafiadora como bolinou de forma imprudente seu pau por cima da calça, massageando a virilha dele como se fosse massa de pizza.

Meu pai sussurrou rapidamente algo no ouvido dela, me deu uma nota de cinco dólares, disse que já voltava e os dois foram apressados para o carro e saíram arrancando pela estrada de saibro. Me deixando ali para ser linchado pelos crimes dele.

"Tem algum preto que a Rebecca não tenha fodido daqui até Natchez?"

"Bom, pelo menos ela sabe do que gosta. Você é um branco burro que ainda nem decidiu se gosta de homem ou não."

"Sou bissexual. Gosto dos dois."

"Não tem essa. Ou você é ou não é. Paixonite pelo Dale Earnhardt a minha bunda."

Enquanto os velhos camaradas debatiam sobre os méritos e manifestações da sexualidade, eu, grato por estar vivo, entrei na loja para comprar um refrigerante. Eles só tinham de uma marca e de um tamanho, coca-cola na clássica garrafinha de cento e noventa mililitros. Abri uma e vi as bolhas de dióxido de carbono dançarem aos raios de sol. Nem sei dizer como aquela coca estava boa, mas tem uma velha piada que eu nunca tinha entendido até aquele elixir marrom borbulhante descer calmamente pela minha garganta.

Um caipira chamado Bubba, um crioulo e um mexicano estão sentados no mesmo ponto de ônibus quando PUF! Um gênio aparece do nada em uma nuvem de fumaça. "Cada um tem direito a um desejo", diz o gênio, ajeitando o turbante e os anéis de rubi. Então o crioulo diz: "Quero que todos os meus irmãos e minhas irmãs negros vão para a África, onde a terra vai nos alimentar e todos poderemos prosperar". O gênio faz um aceno com a mão e PUF! Todos os crioulos da América vão para a África. Então o mexicano diz: "*Órale*, isso parece bom. Quero que todos os mexicanos vão para o Mêr-ri-co, onde poderemos viver bem, trabalhar e beber em gloriosas piscinas de tequila". PUF! Todos eles vão para o México. Então o gênio olha para Bubba, o caipira, e diz: "E o que você quer, *sahib*? Seu desejo é uma ordem". Bubba olha para o gênio e diz: "Então quer dizer que todos os mexicanos estão no México e que todos os crioulos estão na África?".

"Sim, *sahib*."

"Bom, está meio quente hoje, acho que vou querer uma coca."

Aquela coca era boa assim.

"São sete centavos. Deixe o dinheiro no balcão. Sua nova mãe vai voltar rapidinho."

Dez garrafas e setenta centavos mais tarde, nem minha nova mãe nem meu velho pai tinham voltado e eu precisava loucamente fazer xixi. Os caras no posto de gasolina ainda estavam jogando xadrez, o cursor do atendente pairando hesitante sobre uma peça encurralada como se a próxima decisão dele fosse decidir o destino do mundo. O atendente colocou um cavalo numa casa. "Você não está enganando ninguém com esse truquezinho de gambito siciliano. Suas diagonais continuam totalmente vulneráveis."

Com a bexiga à beira de explodir, perguntei ao Kasparov negro onde ficava o banheiro.

"É só para clientes."

"Mas meu pai acabou de botar gasolina…"

"E seu pai pode cagar aqui com gosto. Já você está tomando a coca dos brancos como se o gelo deles fosse mais frio que o nosso."

Apontei para a prateleira com garrafinhas de cento e noventa mililitros na geladeira. "Quanto é?"

"Um dólar e cinquenta."

"Mas custa sete centavos do outro lado da rua."

"Compre dos negros ou passe aperto. Literalmente."

Sentindo pena de mim e vencendo por pontos, o Bobby Fischer negro apontou à distância para uma antiga rodoviária.

"Está vendo aquela rodoviária abandonada do lado do descaroçador de algodão?"

Corri pela rua. Embora o prédio estivesse desativado, ainda havia bolas de algodão voando ao vento como flocos de neve e de coceira. Fui até a parte de trás, passando pelo descaroçador, pelas plataformas desertas, por uma empilhadeira enferrujada e pelo fantasma de Eli Whitney. O banheiro nojento com apenas uma privada estava cheio de moscas zumbindo. O piso e o assento eram grudentos como pega-mosca. Cobertos por um verniz amarelo fosco colocado ali por quatro gerações de bons camaradas com bexigas enormes, mijando incontáveis litros de urina clara de quem bebeu no trabalho. O fedor acre do racismo e da merda que ficou ali sem ninguém dar descarga franziu meu rosto e arrepiou meus braços. Lentamente recuei. Debaixo do desbotado SOMENTE PARA BRANCOS escrito a estêncil na porta encardida do banheiro, escrevi com o dedo no pó GRAÇAS A DEUS, depois mijei num formigueiro. Porque aparentemente o resto do planeta era "somente para negros".

14

À primeira vista os Dons, a região de colinas uns quinze quilômetros ao norte de Dickens para onde Marpessa se mudou depois de casar com o MC Panache, se parecem com qualquer outro próspero enclave afro-americano. As ruas arborizadas são curvilíneas. As casas têm jardins japoneses imaculados na frente. Os sinos nas portas de algum modo forçam o vento a tocar músicas de Stevie Wonder. Bandeiras americanas e adesivos de campanha de políticos corruptos são exibidos com orgulho. Quando estávamos namorando, às vezes, depois de passar a noite fora, eu e Marpessa andávamos lentamente pela vizinhança, dirigindo a picape do meu pai por ruas com nomes espanhóis como Don Lugo, Don Marino e Don Felipe. Costumávamos chamar as casas modernas e pequeninas com piscinas, janelas de vidro laminado, fachadas de pedra e varandas impermeáveis com vista para o centro de Los Angeles de "casas da Família Sol-Lá-Si-Dó". Tipo em "Os putos dos Wilcox deram as caras, maluco. A crioulada ficou tranquilona numa casa da Família Sol-Lá-Si-Dó pertinho da Don Quixote". Tínhamos esperança de um dia morar numa dessas casas e ter uma porrada de filhos. E o pior que podia acontecer com a gente era acusar injustamente nosso filho mais velho de fumar, uma bola de futebol mal jogada quebrar o nariz da nossa filha e nossa empregada ligeiramente vagabunda dar em cima do carteiro o tempo todo. Depois íamos morrer e passar em reprises no mundo inteiro como toda boa família americana.

Nos dez anos desde que a gente se separou, eu periodicamente estacionava em frente à casa dela, esperava as luzes apagarem e depois, com o auxílio de binóculo e de uma frestinha da cortina por trás da janela, dava uma olhada na vida que eu devia estar vivendo, uma vida de sushi e Scrabble, meninos estudando na sala de estar e brincando com o cachorro. Quando as crianças iam dormir, eu via *Nosferatu* e *Metrópolis* com ela, chorando que nem criança porque o jeito como Paulette Godard e Charlie Chaplin giravam feito cachorros no cio em *Tempos modernos* me lembrava de nós dois. Às vezes eu me esgueirava até a varanda e deixava uma foto da árvore de mikan cada vez maior, com "Nosso filho, Kazuo, manda lembranças" escrito no verso.

Não tem muita coisa que você possa fazer para segregar uma escola quando ela não está funcionando, e naquele verão passei mais tempo do lado de fora da casa dela do que o recomendado pela lei, até que numa noite quente de agosto, o ônibus urbano de treze metros estacionado na entrada da casa de Marpessa me forçou a abortar o protocolo habitual de espionagem. Assim como acontece com seus colegas de colarinho-branco, não é incomum que trabalhadores negros de chão de fábrica levem trabalho para casa. Independentemente do seu nível de renda, o velho adágio de precisar ser duas vezes mais eficiente do que o funcionário branco, ter metade da eficiência do chinês e quatro vezes a eficiência do último negão que o supervisor contratou antes de você continua valendo. No entanto, fiquei surpreso pra burro de ver o ônibus 125 parado na entrada da casa dela, com a traseira bloqueando a calçada e os pneus do lado direito arruinando um gramado que chegara a ser perfeito.

Com a foto da árvore na mão, passei engatinhando pelas gardênias e pela placa da empresa de segurança Westec. Me levantei até ficar na pontinha dos pés e espiei por uma janela lateral. Mesmo no frescor do ar da meia-noite, o veículo continuava quente e com um cheiro forte de gasolina e do suor da classe trabalhadora. Tinham se passado quatro meses desde a festa de aniversário do Hominy e os adesivos de ASSENTOS PRIORITÁRIOS PARA IDOSOS, DEFICIENTES E BRANCOS continuavam lá. Me perguntei em voz alta como ela conseguia se safar com aquilo.

"Ela diz que é um projeto de arte, negão."

O 38 cano curto pressionando minha bochecha era frio e impessoal, mas a voz atrás da arma era o exato oposto, calorosa e amistosa. Familiar. "Maluco, se eu não tivesse reconhecido o cheiro de merda de vaca na sua bunda a essa altura você estaria mais morto que a música negra de qualidade."

Stevie Dawson, irmão mais novo de Marpessa, me fez girar e me deu um abraço de urso, ainda com a arma na mão. Atrás dele estava o Chegado com os olhos vermelhos e um sorriso bêbado cruzando feliz seu rosto. Stevie, seu garoto, tinha saído da cadeia. Eu também estava contente de vê-lo; tinham se passado pelo menos dez anos. A reputação de Stevie era ainda mais infame que a do Chegado. Ele não fazia parte de nenhuma gangue porque era doido demais para os padrões da Crip e cruel demais para os padrões dos Bloods. Stevie odeia apelidos, porque acha que se um cara é realmente mau não precisa de um. E embora tenha uns bocós do bairro que atendam pelo nome de batismo, quando um crioulo diz Stevie, é como se fosse um homófono chinês. Se já andou por ali, sabe exatamente de quem eles estão falando. Na Califórnia você tem três chances. Se for condenado por dois crimes, no próximo veredito de culpado, não importa quão leve seja o delito, pode pegar prisão perpétua. Em algum lugar do caminho devem ter perdido o terceiro crime de Stevie, porque o sistema tinha acabado de devolver o cara às ruas.

"Como foi que você saiu?"

"Panache soltou ele", Chegado respondeu, me oferecendo um gole de gin Tanqueray que era quase tão ruim quanto o refrigerante zero de toranja que ele tomava na sequência.

"Ele fez um daqueles shows beneficentes de merda dele e te contrabandeou no amplificador?"

"O poder da caneta. Por causa dos papéis de policial na tevê e dos comerciais de cerveja, o Panache conhece uns branquelos importantes. Cartas foram escritas, e aqui estou eu. Numa liberdade condicional boa pra caralho."

"Sob quais condições?"

"Sob a condição de que não seja pego. Que outra existe?"

Um dos cachorros começou a latir. A cortina da cozinha abriu, derramando luz na entrada da casa. Recuei, apesar de a gente estar fora do campo de visão.

"Não precisa ter medo. O Panache não está aqui."

"Eu sei. Ele nunca está aqui."

"E como é que você sabe disso? Anda espionando minha irmã de novo?"

"Quem está aí?" Era a Marpessa, me salvando de um constrangimento ainda maior. Balbuciei para o Stevie que eu não estava ali.

"Só eu e o Chegado."

"Bom, venham pra dentro antes que aconteça alguma coisa."

"Tá bom, vamos entrar num segundo."

Da primeira vez que encontrei Stevie, quando ele e a irmã moravam em Dickens, ele estava com uma limusine parada na frente da casa. Se não for noite de baile de formatura, não é muito comum ver uma limusine no gueto. Mas aquele Cadillac preto – abarrotado desde o minibar até a janela de trás com arruaceiros, de pele clara e escura, altos e baixos, espertos e burros – estava levando a turma do Stevie. Um pessoal que ao longo dos anos sumiu de um em um ou de dois em dois e, em dias realmente sangrentos, de três em três. Assaltos a bancos. Sequestros de food trucks. Assassinatos. Panache e o Rei Chegado eram os únicos que tinham sobrado. E, ainda que Stevie e Panache realmente gostassem um do outro, também era um relacionamento lucrativo para ambas as partes. O Panache não era nenhum novato, mas com o Stevie passou a realmente ser respeitado na cena do rap; quanto ao Stevie, o sucesso do outro servia de lembrete de que tudo era possível desde que você tivesse os brancos certos do seu lado. Na época, o Panache gostava de se ver como um cafetão. Claro, ele tinha mulheres fazendo coisas pra ele, mas qual crioulo não tem? Eu me lembro do Panache na sala de estar encarando Marpessa com um olhar desafiador, cantando as músicas daquele que acabaria sendo seu primeiro disco de ouro, enquanto Stevie fazia as vezes de DJ.

Três da matina mórmons lá no meu barraco
Com mochilas esfarrapadas vêm encher meu saco
Prometendo salvação pra um crioulo como eu
Brigham Young ou você é burro ou tá fumado pra dedéu

Se Stevie tivesse um lema em latim, seria *Cogito, ergo Boogieum*. Penso, logo estou na pista.

"Como é que o ônibus da Marpessa veio parar aqui?", perguntei pra ele.

"Maluco, como é que *você* veio parar aqui?", ele respondeu, puto.

"Queria deixar isso aqui pra sua irmã." Mostrei a foto da árvore de mikan, que ele arrancou da minha mão. Eu queria perguntar se Stevie tinha recebido todas as frutas que mandei ao longo dos anos: papaias, kiwis, maçãs e mirtilos, mas dava para ver pela elasticidade da pele, pela brancura dos olhos, pelo brilho do rabo de cavalo e pelo jeito tranquilo como encostou a cabeça no meu ombro que sim.

"Marpessa me contou que você fica deixando essas fotos."

"Ela está puta?"

Stevie deu de ombros e continuou olhando a polaroide. "O ônibus está aqui porque eles perderam o da Rosa Parks."

"Quem perdeu o ônibus da Rosa Parks?"

"Os brancos. Quem mais, porra? Todo fevereiro, quando os alunos da escola visitam o Museu Rosa Parks, ou seja lá onde caralhos fica o ônibus, eles mostram pra garotada onde foi que nasceu o movimento dos direitos civis. Só que é uma fraude. Um ônibus velho da cidade de Birmingham que eles acharam num ferro-velho. Pelo menos é isso que minha irmã diz."

"Não sei."

Chegado tomou dois golões de gim. "Como assim, não sabe? Acha que depois da Rosa Parks dar um tapa na cara da América branca, uns caipiras iam se esforçar para preservar o ônibus original? Ia ser tipo os Celtics pendurando a camisa do Magic Johnson no Boston Garden. Nem que a vaca tussa. Mas, seja como for, ela acha que o que você fez com o ônibus, com os adesivos e tal, é especial. Que faz os crioulos pensarem. Do jeito dela, está orgulhosa de você."

"Sério?"

Olhei pro ônibus. Tentei ver de um jeito diferente. Como se fosse algo mais do que treze metros de peças de metal servindo de iconografia dos direitos triviais e derramando fluido de transmissão na calçada. Tentei imaginar o ônibus pendurado no teto do Smithsonian, com um guia apontando para ele e dizendo: "Este é o ônibus em que Hominy Jenkins, o último dos Batutinhas, afirmou que os direitos dos afro-americanos não eram nem dádiva divina nem constitucionais, mas imateriais".

Stevie segurou a foto debaixo do nariz, respirou fundo, e perguntou: "Quando as mikans vão estar maduras?".

Eu queria apontar para as bolas laranja-esverdeadas e me vangloriar por ter descoberto que, se eu cobrisse o solo em volta da árvore com uma lona branca impermeável, não só conseguiria impedir a umidade de penetrar no solo, como a brancura ia refletir a luz do sol e melhorar a cor das frutas. Mas só o que eu consegui dizer foi: "Logo. Logo elas vão estar maduras".

Stevie deu uma última cheirada, depois passou a foto debaixo das narinas cavernosas do Rei Chegado.

"Tá sentindo o cheiro desse cítrico, crioulo? É o cheiro de liberdade." Depois ele me agarrou pelos ombros. "E como é essa história que eu ouvi sobre restaurantes chineses negros?"

15

Era o cheiro que atraía os meninos. Lá pelas seis da matina, encontrei o primeiro garoto retorcido na entrada de casa, com a respiração pesada, enfiando o nariz por baixo do portão como um cachorro excitado. Ele parecia feliz. Como não estava atrapalhando, eu o deixei ali e fui ordenhar as vacas. Los Angeles, seja qual for o motivo, está cheia de crianças autistas, e achei que era uma delas. Mais tarde ele ganhou companhia. Na hora do almoço, praticamente todas as crianças da área estavam aglomeradas no meu jardim. Passaram o último dia das férias de verão jogando Uno e vendo quem conseguia bater mais fraco. Eles arrancavam espinhos dos cactos e enfiavam na bunda um do outro, arrancavam as pétalas das minhas rosas e rabiscavam os nomes no cimento com halita. Até os filhos do Lopez, Lori, Dori, Jerry e Charlie, que moravam na casa ao lado e tinham meio hectare intocado de quintal e uma piscina de bom tamanho para brincar, estavam fazendo um círculo em torno do caçula, Billy, rindo histericamente enquanto ele devorava um sanduíche com pasta de amendoim. Depois, uma menininha que não reconheci foi cambaleando até o olmo e afogou as formigas em vômito.

"Tá, que merda é essa?"

"O Fedidão", Billy disse, depois de engolir um pedaço de sanduíche e – a julgar pelo que pareciam ser patas de inseto na língua dele – moscas. Como não senti cheiro nenhum, o garoto me arrastou para a rua. Não era difícil entender o que tinha levado a menininha a botar as tripas pra fora; o fedor era opressivo. O Fedidão tinha chegado durante a noite e pairava sobre o bairro como um peido celestial. Jesus. Mas por que eu não tinha notado antes? Fiquei no meio da Bernard Avenue, com a garotada acenando para mim freneticamente, como soldados da Primeira Guerra mandando um camarada ferido sair da área com gás mostarda e voltar para a relativa segurança das trincheiras. Assim que cheguei ao meio-fio, senti a pungência refrescante do cítrico. Não era de espantar que os meninos se recusassem a sair da minha propriedade: a árvore de mikan perfumava o ambiente como um desodorizador de três metros de altura.

Billy puxou a perna da minha calça. "Quando essas mexericas vão estar maduras?"

Eu queria dizer amanhã, mas estava ocupado demais afastando a menininha para poder eu mesmo vomitar no olmo, nauseado não pelo cheiro, mas por Billy estar com dois olhos vermelhos de mosca presos nos dentes.

Na manhã seguinte, o primeiro dia de aula, a garotada da vizinhança e os pais estavam reunidos no portão da minha casa. Reluzentes e limpas em roupas novinhas em folha para ir à escola, as crianças apalpavam a cerca de madeira, tentando ver de relance os animais da fazenda pelos buracos entre as ripas. Os adultos, alguns ainda de pijama, bocejavam, olhavam o relógio e ajeitavam o cinto do roupão enquanto punham o dinheiro para o leite – vinte e cinco centavos por meio litro não pasteurizado – nas mãos dos filhos. Eu conseguia entender os pais, porque depois de uma noite em claro sentindo os vestígios duradouros do Fedidão e construindo uma escola imaginária só para brancos eu também estava cansado.

É difícil determinar quando as mikans estão maduras. A cor não é um indício muito preciso. A textura da casca tampouco ajuda. O cheiro pode dar uma dica, mas o melhor modo é simplesmente comer. No entanto, eu acredito mais no refratômetro do que nas minhas papilas gustativas.

"O que diz aí, sinhô?"

"Dezesseis ponto oito."

"Isso é bom?"

Joguei uma mikan para Hominy. Quando elas estão maduras, a casca quase sai sozinha. Ele enfiou um gomo na boca de caçapa e fingiu cair duro num tombo de bunda tão bem executado que o galo parou de cantar por medo de que o velhinho tivesse morrido.

"Puta merda."

Os meninos acharam que ele tinha se machucado. Eu também, até ele dar um sorriso largo do tipo "Sim, senhor. Coisa boa de comer!", brilhante e quente como o sol nascente. Ele se levantou em etapas, depois foi sapateando e dando cambalhotas até a cerca, mostrando que ainda tinha algo de vaudeville e de crioulice cinematográfica. "Estou vendo gente branca!", exclamou com falso horror.

"Deixa o pessoal entrar, Hominy."

Ele abriu uma fresta no portão, como se estivesse espiando numa cortina do Chitlin Circuit. "Um menininho negro está na cozinha olhando a mãe fritar frango. Quando vê a farinha, espalha um pouco no rosto. 'Olha pra mim, mãe', ele diz, 'eu sou branco!' 'O que foi que você disse?', pergunta a mãe, e o garoto repete: 'Olha pra mim, eu sou branco!'. POF! A mãe dá um safanão na cara dele. 'Nunca mais diga isso!', ela exclama, depois manda ele contar tudo ao pai. Chorando como se fosse as Cataratas do Niágara, o menino vai até ele. 'Que foi, filho?', o pai pergunta. 'A m-m-mamãe me b-bateu!' 'Por quê, filho?' 'P-p-porque e-eu disse que era b-b-branco.' BLAAAAM! O pai bate mais forte ainda no garoto. 'Agora vá repetir pra sua vó o que você falou! Ela vai te ensinar!' O garoto treme e chora, todo confuso. Ele chega perto da avó. 'Que foi, menino, que aconteceu?', ela pergunta. Ele diz: 'E-e-eles me b-bateram'. 'Por quê, menino? Por que eles fizeram isso?' Ele conta a história e, quando termina, PA-PUM! A avó lhe dá um tapa tão forte que quase o nocauteia. 'Nunca mais diga isso. Agora me conte o que foi que aprendeu.' O garoto esfrega a bochecha e fala: 'O que eu aprendi é que só faz dez minutos que sou branco e já odeio vocês, seus crioulos!'."

As crianças não sabiam se ele estava brincando ou reclamando, mas riram mesmo assim, achando graça nas expressões dele, nas inflexões, na dissonância cognitiva ao ouvir a palavra "crioulo" saindo da boca de um sujeito tão velho quanto o próprio xingamento. A maioria nunca tinha visto Hominy atuar. Só sabia que ele era um astro. Essa é a beleza da piada racista – ela é eterna. A tranquilizadora atemporalidade da languidez flácida de suas pernas, o ritmo da juba, a sublime profundidade da ginga enquanto guiava as crianças fazenda adentro, recontando a piada em espanhol para uma audiência não cativa que passava, com xícaras e garrafas térmicas na mão, assustando as galinhas.

Un negrito está en la cocina mirando a su mamá freír un poco de pollo... ¡Aprendí que he sido blanco por solo diez minutos y ya los odio a ustedes mayates!

Dizem que o café da manhã é a refeição mais importante do dia, e para algumas daquelas crianças podia ser a única, por isso, além do leite, ofereci, tanto para elas quanto para os adultos, uma mikan recém-colhida. Antes eu dava bengalinhas doces e as deixava andarem de cavalo no primeiro dia de aula. Punha os merdinhas de três em três na sela de um pônei e os levava pra escola. Agora não faço mais isso. Não depois que, dois anos atrás, um garoto meio salvadorenho e meio negro que morava em Prescott Place tentou dar uma de Zorro e gritar "Aiô, Silver!" para fugir de um lar disfuncional. Tive que ir até Panorama City seguindo os montinhos de cocô quente para achá-lo.

Peguei dois garotos que estavam perto das baias pelos cotovelos e os levantei no ar.

"Fiquem longe dos cavalos, porra!"

"E da árvore, senhor?"

Incapazes de resistir ao cheiro provocador das mikans e esperar até o recreio ou a hora da novela da tarde para fazer um lanchinho, meus clientes se acotovelavam debaixo da árvore, de pé sobre cascas jogadas no chão, cheios de culpa e com os lábios molhados de frutose.

"Peguem quantas quiserem."

Meu pai dizia: "Dê um centímetro pra um crioulo e ele vai querer uma braça". Eu nunca soube o que era uma "braça", mas nesse caso significava depenar minha preciosa árvore. Hominy, segurando a barriga inchada porque estava grávido de cinco meses de uns vinte bebês cítricos, veio arrastando os pés até mim.

"Essa crioulada gananciosa vai pegar todas as suas mexericas, sinhô!"

"Tudo bem. Não preciso de muitas."

E, para mostrar que eu tinha razão, uma mikan gorda e perfeita, fazendo o melhor que podia para escapar do frenesi alimentar, rolou direto para os meus pés.

Um Hominy exuberante, com sol no rosto e o doce gosto das mikans em sua língua rósea de crioulo de cabaré, conduziu com sua flauta hameliniana as crianças até seu destino, seguidos pelos pais apaixonados e superprotetores. Eu, o maior rato do grupo, fechava a fila. Kristina Davis, uma menininha alta que devia o crescimento e a força de seus ossos magricelas e de seus dentes brancos ao meu leite não pasteurizado, veio andando até meu lado e agarrou forte minha mão.

"Onde está sua mãe?", perguntei.

Kristina pôs os dedos nos lábios e inspirou.

Em bairros como Dickens, antes do advento dos pais preocupados com aparelhos de agente secreto enfiados nos canais auditivos monitorando todos os seus passos, você aprendia mais no caminho de ida e de volta pra escola do que nela própria. Meu pai sabia disso e, para ampliar minha educação extracurricular, de vez em quando me deixava em alguma vizinhança desconhecida e me fazia andar até a escola local. Era uma aula de orientação social, exceto pelo fato de que eu não tinha mapa, bússola, um kit de sobrevivência ou um dicionário gíria-gíria. Por sorte, na maior parte das vezes, você consegue avaliar o nível de ameaça de uma comunidade no distrito de Los Angeles pela cor das placas de rua. Na Los Angeles propriamente dita as placas são ocas e de um azul metálico noturno. Se colocassem um ninho de passarinho feito de galhos de pinheiros dentro de uma, aquilo queria dizer árvores verdes o ano todo e campos de golfe na vizinhança. Basicamente meninos brancos estudando em escolas públicas com pais que moravam em lugares de classe média alta acima de suas possibilidades como Cheviot Hills, Silver Lake e Palisades. Buracos de bala e um carro roubado amarrados no poste significavam meninos com cabelo, mesada e estilo de roupa semelhantes aos meus em áreas como Watts, Boyle Heights e Highland Park. Azul-celeste significava comunidades com quartos bacanas para relaxar com os amigos, em Santa Monica, Rancho Palos Verdes e Manhattan Beach. Garotada tranquila indo para a escola usando qualquer meio necessário desde skate até asa-delta, marcas de batom do beijo de despedida de suas mães boazudas ainda visíveis nas bochechas. Carson, Hawthorne, Culver City, South Gate e Torrance são indicadas por um verde-cacto de classe operária; ali as crianças são independentes, íntimas e multilíngues. São fluentes em sinais de gangues hispânicas, negras e samoanas. Em Hermosa Beach, La Mirada e Duarte, as placas de rua são do marrom suave do uísque barato. Os meninos e meninas se arrastam para a escola, deprimidos e chorosos, passando pelas casas idênticas em estilo *hacienda*. As placas brancas reluzentes indicam Beverly Hills, claro. Ruas íngremes excessivamente largas cheias de meninos ricos que não se sentem ameaçados pela minha aparência. Presumindo que se eu estava ali devia ser um deles. Me fazendo perguntas sobre a tensão do encordoamento das minhas raquetes. Me dando aulas sobre blues, história do hip-hop, cultura rastafári, Igreja copta, jazz, gospel e a infinidade de modos de se preparar uma batata-doce.

Eu queria soltar Kristina na floresta. Incitar a menina a fazer o caminho mais sinuoso possível para a escola. A andar sem supervisão sob as placas pretas como azeviche das ruas de Dickens e se matricular num curso sobre a vida selvagem da região. Frequentar um seminário em que um amigo entra no Bob's Big Boy e rouba as gorjetas do café da manhã de cima do balcão. Formular um estudo independente sobre a poética dos arco-íris na água dos irrigadores e dos gemidos usados pelas primeiras prostitutas da manhã em vestidos de alcinhas com lantejoulas roxas para atrair possíveis clientes no Long Beach Boulevard. Eu estava prestes a soltá-la quando chegamos à escola e o sinal das nove tocou.

"Rápido, você vai se atrasar."

"Todo mundo está atrasado", ela disse, correndo para alcançar os amigos.

Todo mundo estava atrasado. Estudantes, funcionários, professores, pais, guardiões legais, todos estavam reunidos em frente à Escola de Ensino Fundamental Chaff, ignorando o sinal e medindo com os olhos os novos rivais abonados do outro lado da rua.

A Academia Público-Privada Wheaton para Ensino Altamente Exclusivo de Artes, Ciências, Humanidades, Administração, Moda e Tudo o Mais era um edifício brilhante, de vidros laminados, que seguia as últimas tendências da arquitetura e que lembrava mais a Estrela da Morte do que um lugar de aprendizado. Seu corpo discente era todo branco e absolutamente deslumbrante. Nada disso era real, claro, já que a Academia Wheaton era um canteiro de obras de araque. Por ora um terreno baldio, isolado por tapumes pintados de azul, com pequenos buracos retangulares pelos quais os passantes podiam ver uma obra que jamais ocorreria. A escola não passava de uma representação em aquarela de um metro e meio por um metro e meio que um artista tinha feito do Centro de Ciências Marítimas da Universidade do Leste do Maine, e que eu baixei da internet, ampliei, plastifiquei e afixei em um portão fechado com corrente e cadeado. Os alunos eram bailarinos, saltadores olímpicos, violinistas, cavaleiros, jogadores de vôlei e ceramistas cujas fotos em preto e branco roubei dos sites da Intersection Academy e da Haverford-Meadowbrook, ampliei e colei nos tapumes. Se alguém prestasse atenção, ia perceber que na verdade a Academia Wheaton teria dez vezes o tamanho do terreno em que supostamente seria construída. Mas, pelo menos de acordo com as letras vermelhas em estêncil debaixo do desenho, tudo indicava que a Academia Wheaton seria inaugurada "em breve"!

Não breve o suficiente para Dickens, claro, cujos pais preocupados mas desconfiados estavam ansiosos para que seus filhos ascendessem às hostes dos meninos caucasianos gigantes, cujos aparelhos dentários iluminavam seu sorriso inacreditavelmente branco e até mesmo seu futuro. Uma mãe hiperdedicada, o dedo apontado claramente para uma criança estudiosa e seu atento professor, que por sua vez anota os resultados de um espectrógrafo voltado para as estrelas, fez a Charisma a pergunta que todos queriam fazer.

"Vice-diretora Molina, o que meus filhos precisam fazer para ir para aquela escola? Um exame de admissão?"

"Mais ou menos isso."

"Como assim?"

"O que todos aqueles estudantes na foto têm em comum?"

"São brancos."

"Bem, essa é a resposta. Se seus filhos passarem no teste, eles entram. Mas você não ouviu de mim. Muito bem, o show acabou. Todo mundo que está pronto para aprender pode entrar, porque vou trancar a porta. *Vámonos*, pessoal."

Quando o ônibus leste-oeste das 9h49 chegou na esquina da Rosecrans com a Long Beach, numa nuvem pontual mas nociva de gases de queima de combustível, a multidão já tinha se dissipado havia um bom tempo, e eu estava sentado no ponto ao lado de Hominy, fumando um baseado e cuidando das minhas duas últimas mikans. Marpessa abriu as portas do ônibus, um olhar sinistro que ficava em algum lugar entre a desconsideração e o nojo costurado no rosto como se fosse uma máscara de Halloween exibindo uma mulher negra furiosa. Um olhar capaz de assustar os colegas de trabalho dela e os crioulos da esquina, mas não a mim. Joguei as frutas pra ela, que saiu acelerando sem nem agradecer.

Depois de uns duzentos metros, o ônibus 125, com seus freios mais gastos que sapato de mendigo, parou com um barulho de borracha queimando de furar os tímpanos e fez uma curva fechada para a direita. As únicas brigas de verdade que tive com a Marpessa foram sobre se três curvas à direita dão na mesma que uma à esquerda. Ela insistia que sim. Eu achava que depois de três curvas inúteis para a direita podia até ser que você estivesse indo para a esquerda, mas ia estar uma quadra atrasado em relação ao ponto de partida. Quando o ônibus voltou ao lugar onde eu estava, tendo demonstrado, no mínimo, que uma série de retornos proibidos fazem você voltar exatamente ao lugar de onde saiu, o ônibus das 9h49 tinha virado o ônibus das 9h57.

As portas abriram, com Marpessa ainda no volante. Dessa vez o rosto dela estava coberto de caldo de mikan e com um sorriso incontrolável. Sempre gostei do som de cintos de segurança sendo desafivelados. Aquele clique emancipador seguido do zunido do cinto se recolhendo para sabe-se lá onde nunca deixa de me dar prazer. Marpessa sacudiu as cascas que estavam no colo e desceu do ônibus.

"Certo, Bombom, você venceu", ela disse, tirando o baseado da minha boca e subindo com aquela bunda perfeitamente rechonchuda de volta no ônibus, pedindo desculpas pelo atraso, mas não pelo cheiro, enquanto colocava o cinto e voltava ao trânsito, soprando fumaça pela estreita janela do motorista, as unhas rosas batendo tranquilamente as cinzas na rua. Ela não sabia, mas estava fumando Afasia. E assim eu soube que os problemas do passado tinham ficado no passado. Ou, como a gente diz em Dickens: "Coisas da vida... *Is exsisto amo ut interdum.*"

16

Mais tarde, ainda naquele dia, como qualquer piromaníaco social digno da sua garrafinha de álcool, voltei à cena do crime. O único investigador de incêndios no local era Foy Cheshire. Era a primeira vez em mais de vinte anos que eu via aquele crioulo se aventurar fora da Dum Dum Donuts, com os pés na Dickens continental. E lá estava ele em frente aos tapumes da suposta Academia Wheaton, a Mercedes estacionada na calçada, tirando fotos com uma câmera que parecia bem cara. De cima do meu cavalo, do lado da rua onde ficava a Chaff, vi Foy tirar uma foto, depois anotar alguma coisa num bloquinho. Uma aluna abriu uma janela no segundo andar, tirou os olhos de um microscópio tão velho que Leeuwenhoek ia achar antiquado, colocou a cabeça alisada para fora e ficou encarando o menino prodígio do tamanho do Godzilla da Academia Wheaton usando um microscópio tão avançado que deixaria o pessoal da Caltech com inveja.

Do outro lado da rua Foy me viu. Pôs as mãos em volta da boca e me chamou, o tráfego acelerado e barulhento nos dois lados da Rosecrans Avenue me obrigando a brincar de esconde-esconde tanto com a imagem quanto com a voz dele.

"Tá vendo essa merda, vendido? Sabe quem fez isso?"

"Sei, sim!"

"Claro que sabe. Só as forças do mal iam enfiar uma escola só pra brancos no meio do gueto."

"Tipo quem, os norte-coreanos ou algo assim?"

"O que é que os norte-coreanos iam querer com Foy Cheshire? Não há dúvida de que isso é uma conspiração da CIA, ou talvez até alguma coisa maior, tipo um documentário secreto da HBO sobre mim! Tem alguma coisa nefasta se aproximando! Se você tivesse aparecido em alguma reunião nos últimos dois meses, saberia que algum cretino racista afixou um adesivo em um ônibus…"

Antigamente, você sabia o que ia acontecer quando um carro desacelerava sem motivo aparente – ele ia passar atirando. O barulho gutural de um motor V-6 reduzindo para a primeira marcha era o equivalente urbano do caçador que quebra um galho e assusta a presa. Mas, com esses carros híbridos silenciosos e econômicos, você não ouve porra nenhuma. Quando se dá conta, tem uma bala na lateral da sua Mercedes cinza iridium e os atiradores já aceleraram em silêncio, gritando "Tira essa sua bunda preta da América branca, crioulo!" enquanto fazem vinte e três quilômetros com um litro de combustível. Tive a impressão de reconhecer o braço preto segurando aquele revólver, que também parecia familiar e que lembrava muito a arma que o irmão da Marpessa, Stevie, tinha posto na minha cabeça duas semanas antes. E o banditismo furtivo de um ataque a carro elétrico era a cara das estratégias de campo do Rei Chegado. Enquanto eu atravessava a rua para ver se estava tudo bem com o Foy, definitivamente reconheci o cheiro da fruta que um dos atiradores jogou na cabeça dele – era uma das minhas mikans.

"Foy, você tá legal?"

"Não encoste em mim! Isso é guerra, e eu sei de qual lado você está!"

Eu me afastei enquanto ele sacudia a poeira, murmurando algo sobre conspirações e marchando desafiador em direção a seu carro como se estivesse deixando as Filipinas sitiadas. As portas verticais do esportivo clássico se abriram. Antes de entrar, Foy colocou os óculos escuros de aviador e, ao seu melhor estilo general Pretton, anunciou: "Eu vou voltar, meu caro. Pode anotar!".

Atrás de nós, a aluna no segundo andar fechou a janela e voltou ao microscópio, piscando rápido enquanto reajustava o foco, girava a lâmina e rabiscava seus achados num bloquinho. Ao contrário de Foy e de mim, ela estava resignada à sua situação, porque sabe que em Dickens a vida tem dessas coisas. Mesmo que não precise ser assim.

Maçãs e laranjas

17

Sou frígido. Não no sentido de não ter desejo sexual, mas daquele modo deplorável com que os homens projetavam suas próprias inadequações sexuais nas mulheres durante os anos de amor livre da década de 1970 dizendo que elas eram "frígidas" e pareciam um "peixe morto" na cama. Sou o "mais morto dos peixes". Transo como um baiacu flutuando de barriga pra cima. Um prato de sashimi feito no dia anterior se mexe de um jeito mais sexy do que eu. Por isso, no dia do atentado com armas de fogo e frutas, quando a Marpessa enfiou sua língua com uma suspeita acidez picante de mikan na minha boca e encaixou sua genitália no meu osso pélvico, fiquei lá deitado na minha cama, imóvel. Minhas mãos cobriam meu rosto de vergonha, porque transar comigo é como transar com o sarcófago de Tutancâmon. Se minha inépcia sexual era um problema, ela não falou nada. Simplesmente cobriu minhas orelhas com as mãos e se empenhou na minha carcaça de baleia encalhada como se fosse um lutador querendo se vingar numa revanche que eu não queria que acabasse.

"Isso quer dizer que a gente está junto de novo?"

"Quer dizer que estou pensando no assunto."

"Tem como você pensar um pouquinho mais rápido, e quem sabe um pouquinho mais pra direita? Isso, assim."

Marpessa foi a única pessoa que me diagnosticou. Nem meu pai conseguia me entender. Era eu errar alguma coisa, tipo confundir a Mary McLeod Bethune com a Gwendolyn Brooks, e lá vinha ele: "Qual é o seu problema, negão?". Então as novecentas e quarenta e três páginas do *ADME IV* (*Afro-diagnóstico e manual estatístico de transtornos mentais*, quarta edição) voavam na minha cabeça.

Mas a Marpessa matou a charada. Quando eu tinha dezoito anos, duas semanas antes de terminar meu primeiro semestre na faculdade. A gente estava na casa de hóspedes. Ela, folheando o *ADME IV* ensanguentado. Eu, na minha posição pós-coito de costume, enrolado como um tatu adolescente assustado, me debulhando em lágrimas sem nenhuma razão aparente.

"Tá, finalmente entendi qual é o seu problema", ela disse, se aninhando em mim. "É isso aqui que você tem, transtorno de apego." Por que é que as pessoas têm que dar uma batidinha na página quando sabem que estão certas? Só ler rápido em voz alta já resolvia. Não precisava esfregar na cara com aquele dedo presunçoso apontando para a página.

Transtorno de apego: quando os relacionamentos sociais são marcadamente perturbados e inadequados na maioria dos contextos, das cenas e dos acontecimentos. Começa antes dos cinco anos e continua na vida adulta, como se percebe por 1) e/ou 2):

1. *incapacidade permanente para iniciar ou responder de modo adequado à maior parte das interações sociais (por exemplo, a criança ou adulto responde a cuidadores e a amantes negros com um misto de aproximação, prevenção e resistência ao afago. Pode apresentar estado de vigilância estupefata).* Tradução para a choldra: Crioulo tremelica ou pula quando você rela nele. Vai de oito a oitenta e não tem amigos. Quando não está encarando você como se você fosse um alienígena, está chorando como uma menininha.

2. *apegos difusos como os que se manifestam por meio de uma sociabilidade indiscriminada com perceptível inabilidade de exibir apegos seletivos adequados a negros e coisas (por*

exemplo, familiaridade excessiva com pessoas relativamente desconhecidas ou falta de seletividade na escolha daqueles a quem se apega). Tradução para a choldra: Crioulo pegando as branquelas na UC Riverside.

Foi um milagre a gente ter ficado tanto tempo junto.

Fiquei olhando para a silhueta borrada dela um tempão antes de Marpessa enfiar a cabeça para fora da cortina com estampa xadrez do chuveiro. Tinha esquecido como ela era marrom. Como ficava bonita, com o cabelo longo e molhado grudado na lateral do rosto. Às vezes os beijos mais doces são os mais curtos. A gente podia discutir a depilação total mais tarde.

"Bombom, como é que está de tempo?"

"Se você está falando de nós dois, não tenho prazo pra nada. Se está falando da segregação, acho que quero terminar até o Dia da Quebrada. Isso me dá mais seis meses."

A Marpessa me puxou pra dentro e me passou um esfoliante de pêssego que não tinha sido usado desde a última vez que ela tomara banho ali. Esfreguei nas costas dela escrevendo uma mensagem com o líquido granuloso que supostamente deixava a pele lisa. Ela sempre conseguia ler o que eu escrevia.

"Porque entre aquele crioulo do Foy e o resto do mundo, o troço vai acabar chegando em você mais cedo ou mais tarde. Não estou nem falando da segregação racial, você sabe que esses caras não ligavam pra Dickens nem quando a cidade existia."

"Você estava no carro hoje, não estava?"

"Porra, quando o Chegado e meu irmão me pegaram no trabalho e a gente voltou pra cá, assim que cruzou aquela linha que você pintou, foi tipo quando se entra numa festa em que está todo mundo dançando que nem louco e a música lá no alto, e aquela batida pega no seu peito e você meio que pensa: se eu morresse agora *não estaria nem aí*. Foi bem assim. Atravessando aquele limite."

"Foi você que jogou aquela fruta. Eu sabia."

"Acertei em cheio a cara do bocó."

A Marpessa grudou a fenda da sua extremidade traseira bem proporcionada na minha virilha. Ela tinha que voltar para as crianças, não havia muito tempo, mas, me conhecendo, a gente nem ia precisar.

Apesar do fogo de dezessete anos que a gente apagou no começo, a Marpessa insistiu que a gente fosse devagar. Como ela trabalhava nos fins de semana e fazia horas extras que nem uma louca, a gente se encontrava nas segundas e terças. Quando saía à noite era para ir ao shopping, ouvir leituras de poesia em cafés, ou, o que me incomodava mais, ver shows de stand--up de calouros no Pletora. A Marpessa detestava minhas piadas segregacionistas e insistia que eu melhorasse meu senso de humor aprendendo a contar uma piada. Quando eu reclamei, ela disse: "Olha, você não é o único crioulo do planeta que não sabe trepar, mas eu me recuso a sair com o único sem um pingo de senso de humor".

Começando nas boates, passando pelas cadeias e terminando pelo fato de que você só encontra caminhões vendendo tacos coreanos em bairros brancos, Los Angeles é uma cidade com uma segregação racial assombrosa. Mas o epicentro do apartheid social é a cena do stand-up. A desprezível contribuição da cidade de Dickens para a centenária tradição de negões engraçados é a noite do microfone aberto, patrocinada pelos Intelectuais da Dum Dum Donuts, que na segunda terça-feira do mês transforma a loja em uma boate de vinte mesas chamada de Número Cômico e Fórum da Liberdade da Inteligência e dos Maneirismos Afro-Americanos que Exibe a Pletora de Humoristas Afro-Americanos para Quem... tem mais, mas eu nunca consegui terminar de ler o letreiro temporário que eles penduram no luminoso gigante de donut sobre o estacionamento. Chamo de Pletora para abreviar, porque apesar da insistência da Marpessa sobre minha falta de senso de humor, tem uma pletora de negões que não são engraçados e que, como todo comentarista esportivo negro que quer parecer inteligente, usa a palavra "pletora" o tempo todo, mesmo quando não é o caso.

Como em:

Pergunta: De quantos meninos brancos você precisa para trocar uma lâmpada?

Resposta: Uma pletora! Porque eles roubaram a lâmpada de um negro! Lewis Latimer, o negro que inventou a lâmpada e uma pletora de outras coisas bacanas!

E, pode acreditar, piadas como essa arrancavam uma pletora de aplausos. Todo macho negro, não importa quão miscigenado seja ou em qual partido vote, acredita secretamente ser capaz de fazer uma dessas três coisas melhor do que qualquer outra pessoa no mundo: jogar basquete, cantar rap ou contar piadas. Se a Marpessa não me acha engraçado, ela nunca ouviu meu pai. No auge do stand-up, ele também me arrastou para as terças de calouros. Na história dos negros americanos, só houve dois homens completamente incapazes de contar uma piada: Martin Luther King Jr. e meu pai. Mesmo no Pletora os "comediantes" de vez em quando falavam sem querer alguma coisa engraçada. "Estou fazendo teste para o novo filme do Tom Cruise. Ele faz o papel de um juiz retardado..." O problema com as apresentações era que não havia limite de tempo, porque "tempo" é um conceito dos brancos, o que fazia todo o sentido, já que meu pai não tinha a menor noção do que era timing de comédia. Pelo menos o reverendo King teve o bom senso de nunca tentar contar uma piada. Meu pai as contava do mesmo jeito que pedia pizza, escrevia poemas ou sua tese de doutorado – em formato aceito pela Associação Americana de Psicologia. Ele subia hesitante no palco e abria com o equivalente a uma página de rosto. Dizia o nome dele e o título da piada. Sim, as piadas tinham título. "Essa piada se chama 'Diferenças raciais e religiosas em clientes de estabelecimentos que servem bebidas alcoólicas'." Depois passava para o resumo da piada. Em vez de simplesmente dizer "Um rabino, um padre e um negro entram num bar", ele dizia: "Os personagens desta piada são três homens, dois dos quais são clérigos, um deles da fé judaica, o outro um sacerdote católico. A religião do indivíduo afro-americano é indeterminada, assim como seu nível educacional. O cenário da piada é um estabelecimento comercial onde são servidas bebidas alcoólicas. Não, espera. É um avião. Eu me enganei, desculpem. Eles vão pular de paraquedas". Por fim, ele limpava a garganta, chegava perto demais do microfone e recitava o que gostava de chamar de "corpo" da piada. A comédia é uma guerra. Quando o número de um comediante funciona, dizem que ele "matou" a plateia de rir; se ele fracassa, dizem que está morto. Meu pai não morria no palco. Ele se martirizava em nome daquele outro homem negro, ignorado completamente, incapaz de contar uma piada e que, tão certo quanto a existência de vida fora da Terra, devia estar enfiado em algum lugar. Já vi autoimolações mais engraçadas que o stand-up do meu pai, mas não tinha um gongo que alguém pudesse bater ou uma bengala gigante para tirar as pessoas do palco. Ele simplesmente ignorava as vaias e seguia do final da piada para sua "conclusão". Os "resultados" eram pessoas tossindo. Um coro de desaprovação verbalizada e uma pletora de bocejos considerada significativa. Ele terminava com as referências da piada:

"Jolson, Al. 'Benê e Bastaiana prontos para partir na pista de decolagem nº 5', *Zigfield Follies*, 1918.

"Williams, Bert. 'Se os crioulos soubessem voar", Turnê do Chitlin' Circuit, 1917.

"O menestrel desconhecido. 'Os branquelos do cabaré acham que eu tô roubando minhas coisas', Salão da Semi-Maçonaria, Cleveland, Ohio, aproximadamente 1899.

"E não se esqueçam de dar gorjeta para a garçonete."

Apesar de estar exausta por passar o dia transportando as massas, Marpessa fazia questão de que a gente chegasse cedo para colocar meu nome involuntariamente no alto da folha de apresentações. Não tenho como explicar quanto eu detestava ouvir o mestre de cerimônias me apresentando. "Agora uma salva de palmas para Bombom."

Naquele palco, eu me sentia como se estivesse fora do meu próprio corpo. Encarava a plateia e me via na primeira fila com tomates podres, ovos e cabeças de alface estragadas à mão para jogar no bobo da corte contando todas as piadas antigas do Richard Pryor da coleção de discos do pai que conseguia lembrar. Mas toda terça à noite Marpessa exigia que eu subisse no palco, dizendo que ia continuar me privando de sexo até que eu a fizesse rir. Normalmente depois do meu suposto número cômico eu voltava para a mesa e via que ela estava dormindo profundamente, sem saber se era pelo cansaço do trabalho ou de tédio. Uma noite eu finalmente consegui contar uma piada original, que em homenagem ao meu pai tinha um título, embora fosse um pouco longo:

Por que toda aquela confusão do Abbott e Costello não funciona na comunidade negra

Quem vai primeiro?
Sei lá, a sua mãe.

A Marpessa riu pacas, rolando no pouco espaço entre as cadeiras dobráveis que supostamente era um corredor. Eu sabia que a seca ia acabar naquela noite.

Dizem que você não deve rir das próprias piadas, mas os melhores comediantes fazem isso, e assim que desci do palco corri para fora e subi no ônibus 125, que estava estacionado bem na porta da boate, porque a Marpessa o usava como carro, por medo de deixar seu memorial sobre rodas fora de vista. Antes de ela pensar em soltar o freio de mão, eu já estava deitado pelado no banco de trás, pronto para uma rapidinha escondida pelo vidro fumê. Marpessa pôs a mão debaixo do banco do motorista, pegou uma caixa de papelão grande, carregou pelo corredor e jogou o que estava lá dentro no meu colo. Soterrou minha ereção dolorida em cinco centímetros de boletins escolares, impressões de computador e relatórios individuais de alunos.

"Que merda é essa?", perguntei, afastando a papelada para meu pau poder respirar um pouco.

"Estou trabalhando para a Charisma. Ainda é cedo. Só se passaram seis semanas, mas ela acha que a segregação escolar está funcionando. As notas estão melhorando e os problemas de comportamento estão diminuindo, mas ela quer confirmar esses resultados com análise estatística."

"Cacete, Marpessa! Guardar tudo isso de novo na caixa vai demorar tanto quanto fazer as contas."

A Marpessa pegou meu pau e apertou.

"Bombom, você tem vergonha por eu ser motorista de ônibus?"

"Quê? De onde você tirou isso?"

"De lugar nenhum."

Eu podia ficar horas fazendo meu carinho amador na orelha dela, mas aquilo não ia apagar seu olhar melancólico nem fazer seus mamilos ficarem duros. Entediada com minhas preliminares, Marpessa enfiou um relatório individual na minha uretra e virou a cabeça do meu pau pra que eu pudesse ler como se fosse um cardápio de lanchonete. Um aluno de sexto ano chamado Michael Gallegos estava cursando disciplinas que eu não entendia e tirando notas que eu não conseguia decifrar. Mas, de acordo com os comentários da professora, estava mostrando uma melhora de desempenho visível em alguma coisa que ela chamava de percepção numérica e operações.

"Que espécie de nota é PR?"

"Significa proficiência."

Charisma tinha compreendido intuitivamente as sutilezas psicológicas do meu plano mesmo quando ele estava só começando a fazer sentido para mim. Ela entendeu o desejo que o negro sente pela presença dominadora do branco, que a Academia Wheaton representava. Porque ela sabia que, mesmo nessa época de igualdade racial, quando alguém mais branco que você, mais rico que você, mais preto que você, mais chinês que você, melhor do que você, mais seja-lá-o-que-for do que você, aparece e joga essa igualdade na sua cara, isso faz você sentir uma necessidade de impressionar, de se comportar, de botar a camisa para dentro da calça, fazer a lição de casa, ser pontual, acertar os lances livres, ensinar e provar seu valor na esperança de não ser demitido, preso ou levado num caminhão para que alguém bote uma bala na sua cabeça. Basicamente, a Academia Wheaton diz para os alunos dela o que Booker T. Washington, o grande educador e fundador do Instituto Tuskegee, disse certa vez para o povo ignorante: "Derrube seu balde onde você está." Apesar de eu nunca ter entendido por que tinha que ser um balde, por que o míope do Booker T. Washington não recomendou que a gente derrubasse nossos livros, réguas de cálculos ou laptops, eu simpatizava com a necessidade que ele e a Charisma tinham de um pan-óptico caucasiano disponível vinte e quatro horas por dia. Acredite, não é coincidência que Jesus, os juízes da NBA e da NFL e as vozes do seu GPS (mesmo os japoneses) sejam brancos.

Não existe afrodisíaco maior do que racismo somado a um relatório individual enfiado na uretra do indivíduo, e quando uma Marpessa seminua subiu em mim, tanto ela quanto meu pênis deitaram a cabeça sonolenta nas proximidades do meu umbigo, Marpessa ainda agarrada ao meu falo, tendo partido seja lá para onde for que os motoristas de ônibus vão quando sonham. Escolas de aviação, provavelmente, porque nos sonhos de Marpessa os ônibus podem voar. Eles chegam no horário e nunca quebram. Usam arco-íris como pontes e nuvens como estacionamentos, e cadeirantes deslizam e fazem curvas como se fossem caças protegendo um bombardeiro. Quando chega à altitude de cruzeiro, ela se livra de gaivotas e crioulos migrando para o sul para o resto da vida com uma buzina que toca Roxy Music, Bon Iver, Sunny Levine e "These Days", da Nico. E todos os passageiros têm uma renda decente. Booker T. Washington sempre frequenta os voos e, quando entra, diz para ela: "Quando você encontrar o Bombom, o Vendido Cósmico e seu único amor verdadeiro, abaixe a calcinha onde estiver".

18

Quando novembro chegou, umas seis semanas depois do atentado, eu progredia rápido com a Marpessa, mas o avanço era menor naqueles que tinham se tornado, agora que eu estava fazendo sexo mais ou menos regularmente, os dois objetivos mais imediatos da minha vida: segregar Dickens e conseguir um cultivo bem-sucedido de batatas no sul da Califórnia. Eu sabia que as batatas não cresciam porque o clima era quente demais. Mas, quando se tratava de ter boas ideias para segregar as turmas por raça, subitamente tive um bloqueio de racismo, e só faltavam alguns meses para o Dia da Quebrada. Talvez eu fosse como todos os outros artistas contemporâneos, só tivesse um bom livro, um disco, um ato indigno de autodesprezo em grande escala dentro de mim.

Hominy e eu estávamos no espaço que dediquei aos tubérculos. Eu de quatro, verificando a composição do adubo e a densidade do solo, enfiando batatas no chão, enquanto ele ficava dando sugestões para espalhar a discriminação pela cidade inteira e não cumpria a única tarefa que tinha, de manter a mangueira com os buracos que eu tinha feito para cima.

"Sinhô, e se a gente desse um distintivo pra todo mundo que a gente não gosta e mandasse pros campos?"

"Já fizeram isso."

"Tá, que tal isso? Separar as pessoas em três grupos: pretos, de cor e divinos. Instituir toque de recolher e um sistema de licenças..."

"Truque antigo, urubu."

"Vai funcionar em Dickens, porque todo mundo – mexicanos, samoanos e pretos – tem basicamente a pele de algum tom de marrom." Ele largou a mangueira do lado errado da vala e começou a fuçar no bolso. "E na camada mais baixa iam ficar os intocáveis. Gente completamente inútil. Torcedores dos Clippers, guardinhas de trânsito e o pessoal que trabalha mexendo com dejetos humanos e de animais, tipo você."

"Se eu sou um intocável e você é meu escravo, o que você é?"

"Como artista e intérprete de talento, sou brâmane. Quando morrer, vou atingir o nirvana. Você vai voltar exatamente como agora, chafurdando em merda de vaca."

Eu gostava da ajuda, mas enquanto o Hominy tagarelava sobre as varnas e esboçava sua versão do sistema indiano de castas para Dickens, comecei a entender de onde vinha meu bloqueio mental. Eu estava me sentindo culpado. Percebendo que eu era o *Arschloch* na Conferência de Wannsee, o parlamentar africâner em Joanesburgo em 1948, o hipster do comitê do Grammy que, num esforço para tornar o prêmio mais inclusivo, cria categorias sem sentido como Melhor Performance R&B por Duo ou Grupo com Vocais e Melhor Rock Instrumental por um Solista Que Sabe Programar Mas Não Sabe Tocar. Eu era o tolo que, quando surgiam temas como segregação em vagões de trens, bantustões e música alternativa, era covarde demais para dizer: "Vocês têm alguma ideia de como a gente está soando ridículo neste instante?".

Batatas plantadas, adubo espalhado, mangueira finalmente no sulco certo, era hora de testar meu sistema improvisado de irrigação. Abri a torneira e vi trinta metros de mangueira verde de jardim sem furos incharem enquanto a água passava pelos feijões, pelas cebolas e contornava os repolhos, até seis jatos de água esguicharem no céu, num arco que passava por cima das batatas sem cair nelas, transformando um trecho estéril de terra perto da cerca traseira em uma pequena área alagada. Ou os furos eram pequenos demais ou a pressão da água estava muito forte; em todo caso, não ia ter batata cultivada em casa este ano. A previsão do tempo para a semana seguinte indicava vinte e seis graus. Quente demais para começar a cultivar qualquer raiz.

"Sinhô, não vai desligar? Está desperdiçando água."

"Eu sei."

"Bom, então talvez da próxima vez você plante as batatas no pedaço de terra onde a água está caindo."

"Não dá. Ali é onde meu pai está enterrado."

Ninguém acredita que eu enterrei meu pai no quintal. Mas é verdade. Fiz meu advogado, Hampton Fiske, preencher uns formulários com data retroativa e plantei o corpo no canto onde ficava o lago de água parada. Nada cresce naquele trecho de terra. Não crescia antes e não cresce agora. Não tem lápide. Antes da árvore de mikan da Marpessa eu tentei plantar uma macieira que serviria de mausoléu. Meu pai gostava de maçãs. Comia o tempo todo. Quem não conhecia o velho achava que ele devia ser supersaudável, porque você nunca o via em público sem uma maçã e uma latinha de V-8. Ele adorava maçã braeburn e gala, mas a favorita era a fuji. Se alguém oferecesse uma porcaria de uma argentina ele olhava como se estivessem falando mal da mãe dele. Me arrependo de nunca ter olhado os bolsos do seu blazer quando ele morreu. Tenho certeza de que tinha uma maçã ali. Meu pai sempre levava uma pra beliscar quando as reuniões terminavam. Se fosse pra adivinhar, eu diria que era uma golden russet, que aguenta bem o inverno. Mas a gente nunca teve uma macieira. Apesar de toda a reclamação dele contra os brancos pretensiosos do Westside, acho que tinha um prazer secreto em ir de carro até o Gelson's sempre que havia uma promoção de opalescentes por nove dólares o quilo, ou até o mercado público se eles tivessem uma safra de enterprise. Fui de carro até Santa Paula para achar uma macieira. Uma planta especial. Desde a década de 1890, a Universidade Cornell tem as melhores maçãs do mundo. Antes eles eram tranquilos. Se você pedisse com jeito e pagasse o frete, eles mandavam uma caixa de jonagolds temporãs só para ajudar a converter os infiéis. Mas faz uns anos que, sei lá por quê, passaram a licenciar o uso das novas variedades para fazendeiros da região, e a não ser que você tenha uma fazenda no interior do estado de Nova York está ferrado e vai ter que se virar com uma florina importada que aparece de vez em quando. Por isso os pomares da universidade em Geneva, Nova York, agora representam para o mercado das maçãs o que Medellín, na Colômbia, representa para a cocaína. Meu contato era Oscar Zocalo, meu parceiro de laboratório da Riverside, que fazia pós-graduação na Cornell. A gente se encontrou no estacionamento de um aeroporto durante um show aéreo. Bárbaros voando em biplanos, forçando os limites de Sopwith Camels e Curtisses. O Oscar insistiu que a gente fizesse a "transação" de uma janela do carro para outra, tipo em filmes de gângsteres. A amostra era tão deliciosa que catei o suco que escorreu pelo queixo e esfreguei na gengiva. Não sei se isso é irônico ou não, mas as maçãs mais deliciosas têm gosto de pêssego. Fui para casa com uma muda de velvet scrumptious pronta para plantar, o crack do mundo das maçãs, um rendimento insano, mordida perfeita, abarrotada de vitamina C. Plantei a mais ou menos meio metro de onde enterrei meu pai. Achei que ia ser legal se ele tivesse um pouco de sombra. Dois dias depois a árvore morreu. E as maçãs tinham gosto de cigarro mentolado, fígado acebolado e rum barato de merda.

Eu estava de pé no túmulo do meu pai, na lama, debaixo do jato de água que devia irrigar as batatas. Dali via a fazenda toda de uma ponta até a outra. As fileiras de árvores frutíferas. Separadas por cor. Da mais clara para a mais escura. Limões.

Damascos. Romãs. Ameixas. Mikans. Figos. Abacaxis. Abacates. Os campos, que tinham plantações alternadas de milho e trigo, depois arroz japonês, quando eu estava a fim de pagar a conta d'água. A estufa ficava no meio. Apoiada em procissões folhosas de repolho, alfaces, legumes. As uvas nas parreiras ao longo da cerca sul, tomates na cerca norte, depois o cobertor branco de algodão. Algodão em que não toquei desde a morte do meu pai. O que foi que o Hominy disse quando comecei a falar sobre o ressurgimento de Dickens? *Você conhece a frase "Não dá para ver a floresta olhando as árvores"? Bom, não dá para ver o latifúndio olhando os crioulos.* Quem eu estava enganando? Sou um fazendeiro, e fazendeiros são segregacionistas por natureza. Separamos o joio do trigo. Não sou Rudolf Hess, P. W. Botha, a Capitol Records ou o atual presidente dos Estados Unidos. Esses putos segregam porque querem se agarrar ao poder. Sou um fazendeiro e segregamos num esforço para dar a cada árvore, a cada planta, a cada pobre mexicano, a cada pobre crioulo uma chance de acesso igual ao sol e à água; a gente quer ter certeza de que todo organismo vivo vai ter espaço para respirar.

"Hominy!"

"Sim, sinhô?"

"Que dia é hoje?"

"Domingo. Por quê, você vai na Dum Dum?"

"Vou."

"Então pergunta praquele crioulo safado onde estão meus filmes dos *Batutinhas*!"

19

Pouca gente foi para a reunião, talvez dez pessoas. Foy, com a barba crescida e num terno amassado, estava num canto se contorcendo e piscando incontrolavelmente. Ele vinha aparecendo no noticiário. Tinha tantos filhos fora do casamento que eles acabaram entrando com uma ação coletiva pedindo indenização pelos danos emocionais que ele causava sempre que se enfiava na frente da câmera e do microfone. A essa altura, só a suavidade euclidiana perfeita da superfície do seu cabelo e a sua agenda de contatos mantinham os Intelectuais da Dum Dum Donuts e o próprio Foy funcionando. É difícil perder a fé num sujeito que mesmo nos piores momentos mantém o cabelo ajeitado e liga para amigos como Jon McJones, um conservador negro que acrescentou recentemente o "Mc" ao nome de escravo. McJones lia um trecho de seu mais recente livro, *Eu não sou McCaco: A jornada do negro irlandês do gueto para o gaélico*. O autor era uma boa aquisição para Foy, e com o uísque grátis deveria ter aparecido mais gente, mas era evidente que os Intelectuais da Dum Dum Donuts estavam morrendo. Talvez a ideia de um conluio de pensadores negros burros tenha enfim perdido o propósito. "Estou em Sligo, um pequeno vilarejo artístico na costa norte da ilha Esmeralda", McJones estava lendo. A língua presa e a pronúncia fraudulentamente branca me davam vontade de esmurrar a cara dele. "O campeonato irlandês de hurling passa na telinha. Kilkenny contra Galway. Homens com tacos correndo atrás de uma pequena bola branca. Um camarada com os ombros curvados vestindo uma blusa de pescador atrás de mim bate de leve com a palma da mão no cabo da bengala. Nunca me senti tão em casa."

Sentei perto do Rei Chegado, na dele como sempre, mordiscando uma bombinha de creme e folheando uma edição toda ferrada da *Lowrider Magazine*. Quando o Foy Cheshire me viu, deu uma batidinha no Patek Philippe como se eu fosse um diácono chegando atrasado na igreja. Tinha alguma coisa errada com ele. Ficava interrompendo o McJones o tempo todo com perguntas sem sentido.

"Taco também é uma comida mexicana, certo?"

Vendo que ele não estava usando, peguei emprestado o exemplar de *O Relógio* do Chegado. No trimestre seguinte à implantação da Academia Wheaton, o nível de emprego em Dickens subiu doze por cento. O preço das casas subiu trinta e seis por cento. Até a taxa de formandos subiu vinte e cinco por cento. Finalmente os pretos estavam no azul. E apesar de o experimento social estar muito no começo e de o tamanho da amostra ser relativamente pequeno, os números não mentiam. Nos três meses anteriores, desde a criação da Academia Wheaton, os alunos da Escola Secundária Chaff vinham tendo um desempenho consideravelmente melhor. Não que alguém estivesse fazendo provas para pular de ano ou fosse aparecer em *Quem Quer Ser um Milionário?*, mas em média as notas no exame estadual de proficiência estavam se aproximando, senão do domínio, pelo menos de uma competência promissora. E pelo menos até onde eu conseguia entender as regras da Secretaria de Educação, a melhora foi grande a ponto de, no mínimo a curto prazo, parecer que a escola não corria risco de intervenção.

Depois do fim da leitura, Foy se encaminhou para a frente da sala, aplaudindo como uma criança entusiasmada em seu primeiro show de marionetes. "Queria agradecer o sr. McJones por essa leitura estimulante, mas, antes de passarmos para o tema da tarde, tenho alguns anúncios. O primeiro é que meu mais recente programa de acesso público, *De Olho nos Afros*, foi cancelado. O segundo é que, como muitos de vocês sabem, uma nova batalha começou, e o couraçado inimigo está ancorado em nossas praias na forma da Academia Wheaton, que é uma escola só para brancos. Tenho amigos influentes, e todos eles negam a existência dessa escola. Mas não se aflijam, desenvolvi uma arma secreta." Foy despejou o conteúdo de sua maleta na mesa mais próxima, um novo livro. Duas pessoas imediatamente levantaram e foram embora. Eu queria ir com eles, mas lembrei que estava ali por um motivo, e uma parte de mim estava louca de curiosidade para ver qual clássico americano Foy ia avacalhar agora. Antes de fazer o livro circular na sala, ele mostrou o exemplar timidamente para McJones, que o encarou com um olhar que dizia: "Porra, negão, tem certeza de que quer soltar essa merda no mundo?". Quando o exemplar chegou na parte de trás da sala, o Rei Chegado me passou sem nem olhar. Assim que li o título, não queria mais largar. *As aventuras de Tião Sawyer*. Me ocorreu que os escritos do Foy eram arte negra e que um dia iam valer alguma coisa. Eu estava começando a me arrepender da fogueira de livros e de não ter começado a fazer uma coleção, porque tinha passado os últimos dez anos vendo por trás do meu nariz largo de preto diversas primeiras-e-provavelmente-únicas-edições que já deviam ser impossíveis de encontrar de títulos como *O preto velho e a piscininha inflável do ursinho Pooh*, *Médias esperanças* e *Metade de março, no máximo metade de abril, eu te pago, juro*. Na capa de *Tião Sawyer*, um menino negro elegante, de mocassins e com a meia estampada aparecendo abaixo da calça pescador verde-limão com figurinhas de baleias, e armado com um balde de cal, ficava parado corajosamente em frente a um muro cheio de grafites de gangues, enquanto um bando de vagabundos maltrapilhos olhava para ele de forma ameaçadora.

Quando o Foy tirou o livro da minha mão, minha impressão era de que eu tinha derrubado a bola num lance que podia levar ao touchdown da vitória. "Este livro, não tenho vergonha de dizer, é uma AEM, uma arma de educação em massa!" Sem conseguir controlar a empolgação, Foy ergueu a voz duas oitavas e passou a um ardor hitleriano. "E, assim como me inspirou, o personagem *Tião Sawyer* vai estimular a nação a caiar esta cerca! A cobrir essas imagens assustadoras de segregação racial que a Academia Wheaton representa. Quem está nessa comigo?" Foy apontou para a porta. "Sei que os grandes heróis afro-americanos me apoiam nesta causa..." Legalmente, não tenho permissão para dizer os nomes que Foy citou, porque quando me virei para ver o que imaginei serem alucinações dele, lá estavam três dos afro-americanos vivos de maior fama mundial, na entrada da Dum Dum Donuts. O famoso astro televisivo de programas familiares _i_ _ _ _ _ b _ e os diplomatas negros _ o _ _ _ _ o _ _ _ e _ _ n _ _ _ e e _ _ _ _ _ c_. Percebendo que os Intelectuais da Dum Dum Donuts estavam morrendo, Foy resolvera redobrar seus esforços e ligara para todo mundo que conhecia pedindo favores. Um pouco surpresos por encontrarem uma plateia tão pequena, os três superastros se sentaram cautelosamente e, diga-se a favor deles, pediram cafezinho, doces e participaram da reunião, que durante boa parte do tempo consistiu em Jon McJones vomitando a baboseira de sempre do Partido Republicano de que uma criança nascida escrava nos anos 1860 tinha mais chance de viver numa casa com pai e mãe do que um bebê nascido depois da eleição do primeiro presidente afro-americano dos Estados Unidos. McJones era um negro esnobe que encobria o ódio por si mesmo com uma camada libertária; eu pelo menos tinha o bom senso de deixar o meu bem visível. Ele seguiu citando estatísticas que, mesmo se fossem verdadeiras, não tinham nenhum significado quando você leva em conta o simples fato de que escravos eram escravos. Que uma casa com pai e mãe do pré-guerra não queria dizer necessariamente que havia um vínculo de amor e não um casamento forçado. Não mencionou que alguns casamentos entre escravos eram entre irmãos ou entre mãe e filho. Ou que, durante a escravidão, não existia a opção do divórcio. Que não tinha essa de "Vou sair para comprar cigarros" e nunca mais voltar. E o que dizer das casas que tinham pai e mãe, mas não tinham filhos, porque tinham sido vendidos sabe-se lá para quem? Como um proprietário de escravo de nossa época, fiquei insultado pelo fato de que a venerável instituição da escravidão não estava sendo vista em toda a maldade e crueldade que lhe eram peculiares.

"Que monte de merda", eu disse, erguendo a mão para interromper McJones, como um garoto em sala de aula.

"Como se você preferisse ter nascido na África e não aqui." C_ _ _ n _ _w_ _ _ rebateu com uma inflexão típica das ruas que conflitava com seu currículo e com sua blusinha de gola em V.

"O quê, aqui?" Apontei para o chão. "Tipo em Dickens?"

"Bom, talvez não num inferno tipo Dickens", McJones disse, dando aos outros convidados um olhar tipo "Não se preocupem, deixem que eu resolvo isso". "Ninguém quer morar aqui, mas não tente me enganar dizendo que teria preferido nascer na África e não em qualquer outro lugar dos Estados Unidos."

Você prefere estar aqui a estar na África. O trunfo de todo nativista pobre de espírito. Se você apontar um donut pra minha cabeça, claro, eu ia preferir estar aqui a estar em qualquer lugar da África, apesar de ter ouvido que Joanesburgo não é tão ruim e que o surfe nas praias de Cabo Verde é sensacional. No entanto, não sou egoísta a ponto de acreditar que minha felicidade relativa, que inclui, mas não se limita a, acesso vinte e quatro horas a hambúrguer com chili, blu-ray e cadeiras de escritório Aeron, valha o sofrimento de gerações. Duvido seriamente que algum ancestral que tenha viajado num navio negreiro, naqueles momentos de ócio entre um estupro e um espancamento, ficasse de pé com as pernas enfiadas até o joelho nas próprias fezes racionalizando que, no final, as gerações de assassinato, dor e sofrimento excruciantes, aflição mental e doenças endêmicas valeriam a pena porque um dia seu tatatatatataraneto teria acesso a wi-fi, ainda que o sinal fosse meio lento e intermitente.

Eu não disse nada e deixei que o Rei Chegado combatesse por mim. Em vinte anos, nunca tinha ouvido ele se manifestar em uma reunião para dizer qualquer coisa mais substancial do que uma crítica à falta de açúcar no chá, mas ali estava ele, encarando um sujeito com quatro pós-graduações e que falava dez idiomas, nenhum deles negro exceto o francês.

"Escuta aqui, negão, não vou deixar você desdenhar de Dickens assim!", Chegado disse bruscamente, se levantando e apontando uma unha bem-feita para McJones. "Isso é uma cidade, não um inferno!"

Desdenhar? Talvez vinte anos de retórica da Dum Dum Donuts não tivessem sido inteiramente desperdiçados. Apesar do tom e do tamanho do Chegado, McJones não recuou. "Posso ter me expressado mal. Mas devo discordar da sua afirmação de que Dickens é uma cidade, quando é claramente uma localidade, somente uma periferia americana. Um flashback pós-negro, pós-racial, pós-soul, se você quiser, de uma época romantizada de negros ignorantes..."

"Escuta aqui, mané, deixa essa parada de pós-soul, pós-negro pra alguém que não esteja cagando e andando, porque tudo o que eu sei é que sou *pré*-preto. Nascido e criado em Dickens. Homo sapiens velha guarda crip desde a porra da sopa primordial, negão."

O pequeno solilóquio do Rei Chegado pareceu impressionar a sra. R _ _ _, porque ela descruzou os tornozelos, abriu as penas só o suficiente para mostrar um pouquinho da parte interna da coxa direita e depois me deu um tapinha no ombro.

"Aquele grandalhão joga futebol?"

"Jogou um pouco na escola."

"Мои трусики мокрые", ela disse em russo, lambendo os lábios.

Não sou linguista, mas tenho quase certeza de que aquilo queria dizer que o Chegado podia penetrar nas defesas dela quando bem quisesse. O velho guerreiro andou até o meio da loja de donuts, com as solas de borracha dos tênis guinchando a cada passo. "Isso aqui, seu careta orgulhoso filho da puta, isso aqui é Dickens." Ao som de uma batida que só ele estava ouvindo, começou a fazer o complexo sapateado da gangue conhecido como crip walk. Sem jamais dar as costas para a plateia, girou sobre a ponta do pé e o calcanhar. Joelhos juntos e mãos livres, saltou pela sala em pequenos círculos concêntricos que ruíam sobre si mesmos à medida que se expandiam. Era como se o chão estivesse quente, quente demais para que ele pudesse parar por um segundo no mesmo lugar. O Rei Chegado estava debatendo com McJones usando os recursos que melhor conhecia.

Quer uma coisa, consiga; se for sinistro, pegue...
Velis aliquam, acquīris aliquam, canīnus satis, capīs aliquam.

À medida que a escassa plateia se reunia em volta dos dois adversários, fiz aquilo que tinha ido fazer. Tirei a foto do meu pai da parede e botei embaixo do braço. Segregar a cidade com a foto dele ali ia ser como fazer sexo no quarto ao lado do dos seus pais. Você não consegue se concentrar. Não pode fazer o barulho que gostaria. Saí de fininho enquanto o Rei Chegado estava ensinando o crip walk para McJones, _ _ _ l C _ _ _ y, _ _ _ _ n P _ _ _ _ _ e para uma enlevada _ond _ _ _ _ zz_ _ _ _ e.

E eles estavam aprendendo como profissionais. Se achando a velha guarda do hip-hop. Faz sentido, porque herdado dos massai e roubado das danças rituais de guerra dos cheroquis que você vê nos antigos faroestes, o C-Walk é uma antiga dança guerreira, que tem como alvo as calças baggy do *danseur noble*. É uma dança que diz: "Atire quando quiser, Gridley". E qualquer crioulo na ribalta, mesmo um conservador embusteiro, sabe o que é estar com uma arma apontada para as costas dele.

Eu estava desamarrando meu cavalo quando Foy botou um braço paternal no meu ombro. Ele sustentava um olhar nervoso e preocupado como eu jamais tinha visto. O pescoço estava coberto de terra, e um profundo fedor de suor flutuou na minha direção.

"Vai cavalgar rumo ao pôr do sol, Vendido?"

"Vou."

"Dia longo."

"Essa besteira de que a gente estava melhor durante a escravidão é demais até pra você, né não, Foy?"

"Pelo menos ele se importa."

"Ah, vai. Ele se importa com os negros como um cara de dois metros e dez se importa com basquete. Tem que se importar, ou o que mais ia fazer bem na vida?"

Sabendo que eu nunca mais ia voltar às reuniões dos Intelectuais da Dum Dum Donuts, Foy me lançou um olhar de tristeza como o que os missionários devem ter lançado aos hereges da floresta. Um olhar que dizia: "Não importa se você é burro demais para entender o amor de Deus, Ele te ama mesmo assim. Só me entregue as mulheres, os caras que correm bem e os recursos naturais".

"Você não está preocupado com aquela escola só para brancos?"

"Nada, os meninos brancos também precisam aprender."

"Mas meninos brancos não vão comprar meus livros. Aliás, falando nisso..." Foy me deu uma cópia de *Tião Sawyer* e autografou sem que eu pedisse.

"Posso te perguntar uma coisa?"

"Claro."

"Sei que provavelmente é uma lenda urbana, mas é verdade que você ficou com os episódios realmente racistas dos *Batutinhas*? Porque, se for verdade, posso fazer uma oferta."

Devo ter tocado num ponto sensível. Foy balançou a cabeça, apontou para o livro, depois se arrastou de novo para dentro. Quando a porta de vidro abriu, ouvi o Rei Chegado, o negro mais rico do país, e dois lendários ministros plenipotenciários negros cantando a letra de "Fuck tha Police" do NWA a plenos pulmões. Antes de guardar *Tião Sawyer* no alforje, li a dedicatória, que achei vagamente ameaçadora.

Para o Vendido,
   Tal pai, tal filho...
   Foy Cheshire

Foda-se. Galopei pra casa. Forcei o passo na Guthrie Boulevard, inventando algumas manobras de adestramento urbanas ao longo do caminho enquanto ignorava o agente de trânsito e conduzia o cavalo por um circuito de cones de construção que demarcavam uma pista fechada. Na Charlton Drive, agarrei uma skatista exausta e, com uma mão na rédea, dei uma carona como se ela estivesse numa prancha conversível desde o aeródromo até Sawyer, arremessando ela de volta numa curva fechada rumo a Burnside. Não sei o que esperava ao tentar levar Dickens a uma glória que jamais existira. Mesmo que um dia viesse a ser oficialmente reconhecida, não haveria fanfarras e fogos de artifício. Ninguém jamais ia se importar em erguer uma estátua minha num parque ou em dar meu nome a uma escola. Não teria o frisson que Jean Baptiste Point du Sable e William Overton deviam ter sentido quando fincaram suas bandeiras em Chicago e Portland. Afinal, eu não ia ter fundado nem descoberto nada. Só estava sacudindo a poeira de um artefato que não tinha chegado a ser enterrado. Quando cheguei em casa e encontrei Hominy, ele tirou a sela do cavalo todo empolgado. Ansioso para me mostrar um verbete de desambiguação recém-acrescentado a uma enciclopédia on-line por algum estudioso anônimo:

Dickens é uma cidade não oficialmente reconhecida no sudoeste do distrito de Los Angeles. Antes era uma região só de negros, agora tem uma porrada de mexicanos. Anteriormente foi conhecida como a capital mundial dos assassinatos, mas hoje a coisa não é mais tão lazarenta. Em todo caso, não viaje para lá.

Sim, se Dickens algum dia voltasse a ser um lugar real, era bem provável que o sorriso largo do Hominy viesse a ser toda a minha recompensa.

20

Não conte pra ninguém, mas ressegregar Dickens nos meses seguintes até que foi divertido. Ao contrário do Hominy, eu nunca tive um emprego de verdade, e, apesar de não estar recebendo por isso, andar de carro pela cidade com ele no papel de Igor afro-americano do meu cientista social malvado era meio que empoderador, ainda que a gente estivesse zombando da ideia de não ter poder. De segunda à sexta exatamente à uma da tarde ele estava na frente de casa, ao lado da caminhonete.

"Hominy, pronto para segregar?"

"Sim, senhor."

A gente começou pequeno, e a fama de Hominy e a adoração que as pessoas tinham por ele foram de uma ajuda inestimável. Ele entrava nos lugares sapateando e irrompia num número de canto e dança insanamente complicado dos tempos do Chitlin' Circuit que teria deixado os Nicholas Brothers, Honi Coles e Buck and Bubbles roxos de inveja:

Por eu ser tão pixaim
Ter dentes brancos de marfim
Por ter sempre um sorriso no rosto
Andar na moda e ter bom gosto

Estar vivo é o que importa, é o que eu digo
E eu rio mesmo à toa, meu amigo

Só porque sou mais escuro
Não faz diferença, eu te juro
Me chamam de "Brilhante" e eu não ligo

E então, como se fosse parte da coreografia, ele colava um adesivo dizendo SOMENTE PESSOAS DE COR na vitrine do restaurante ou da butique. Ninguém tirava os adesivos, pelo menos não na nossa frente; ele tinha dado duro demais para alguém fazer aquilo.

Às vezes, se o Hominy estava no intervalo do almoço ou dormindo na caminhonete, eu entrava vestindo o jaleco do meu pai e carregando uma prancheta em sua homenagem. Entregava meu cartão para o dono e explicava que era do Departamento Federal de Injustiça Racial e estava realizando um estudo de um mês a respeito dos efeitos da "segregação racial sobre os comportamentos normativos dos racialmente segregados". Oferecia um pagamento de cinquenta dólares e três opções de adesivo para eles escolherem: SOMENTE NEGROS, ASIÁTICOS E LATINOS; SOMENTE LATINOS, ASIÁTICOS E NEGROS; ou PROIBIDA A ENTRADA DE BRANCOS. Fiquei surpreso com a quantidade de gerentes de pequenos negócios que me pagaram para expor o adesivo PROIBIDA A ENTRADA DE BRANCOS. Como na maior parte dos experimentos sociais, nunca voltei para fazer o acompanhamento, mas quando o mês acabou não foram poucas as ligações de lojistas perguntando ao dr. Bombom se podiam manter os adesivos na vitrine, porque faziam a clientela se sentir especial. "Os clientes adoram. É como fazer parte de um clube exclusivo que é público!"

Não demorou muito para convencer o gerente do Meralta, o único cinema da cidade, de que ele podia reduzir as reclamações pela metade se reservasse os assentos da plateia SOMENTE

PARA BRANCOS E PESSOAS QUE NÃO CONVERSAM e o mezanino para NEGROS, LATINOS E PESSOAS COM DEFICIÊNCIA AUDITIVA. Nem sempre a gente pedia permissão: com tinta e pincel, mudamos o horário de funcionamento da Biblioteca Pública Wanda Coleman de "Seg-Qui: Fechado, Sex-Sáb: 10h-17h30" para "Dom-Ter: Somente brancos, Qua-Sáb: Somente pessoas de cor". Quando correu a notícia do sucesso que a Charisma estava tendo na Escola Secundária Chaff, algumas organizações começaram a ligar pedindo uma segregaçãozinha customizada. Tentando reduzir a taxa de crimes juvenis na região, a seção local da Un Millar de Muchachos Mexicanos (a Los Emes) queria fazer algo além do basquete da meia-noite. "Algo um pouco mais condizente com a estatura dos mexicanos e dos nativo-americanos", um evento esportivo que não exigisse muito espaço e onde a meninada conseguisse competir em pé de igualdade. Não adiantou nada lembrar o sucesso que Eduardo Nájera, Tahnee Robinson, Earl Watson, Shoni Schimmel e Orlando Méndez-Valdez haviam tido nas cestas.

O encontro foi breve, e consistiu apenas de duas perguntas da minha parte.

Primeira: "Você tem dinheiro?".

"Acabamos de receber uma bolsa de cem mil dólares da Wish Upon a Star."

Segunda: "Achei que eles só ajudavam moribundos".

"Exatamente."

No auge da fiscalização do governo para que a Lei de Direitos Civis fosse respeitado, algumas cidades segregadas preferiram cimentar as piscinas municipais a deixar que a garotada não branca compartilhasse da alegria perversa que é mijar na água. Mas, em um ato inspirado de segregação reversa, usamos o dinheiro para contratar um salva-vidas que se fingia de sem-teto e construímos uma piscina "somente para brancos" cercada por uma corrente que os garotos adoravam pular para jogar Marco Polo e segurar a respiração coletivamente debaixo d'água sempre que passava uma viatura.

Quando a Charisma percebeu que seus alunos precisavam de algo para contrabalançar o ataque brutal de orgulho dissimulado e de marketing de nicho que acontecia durante o Mês da História Negra e o Mês da Herança Hispânica, tive a ideia ímpar de realizar a Semana Branquela. Apesar da denominação, era na verdade uma celebração de trinta minutos das maravilhas e contribuições da misteriosa raça caucasiana ao mundo do lazer. Um momento de respiro para as crianças forçadas a participar de encenações escolares de histórias sobre trabalho de imigrantes, imigração ilegal e o comércio triangular. De saco cheio de lhes empurrarem goela abaixo a mentira de que quando um deles chegava lá, isso significava que os outros também tinham chegado. Foram dois dias de trabalho para converter o lava a jato havia muito falido e sem escovas na Robertson Boulevard em um túnel de brancura. Mudamos as placas para que as crianças de Dickens pudessem fazer filas e escolher entre várias opções de lavagem racial:

Brancura regular:	Benefício da dúvida
	Expectativa de vida mais alta
	Seguro mais barato

Brancura Luxo:	Brancura regular mais
	Advertência em vez de ser levado
	para a cadeia pela polícia
	Lugares decentes em shows e
	eventos esportivos
	O mundo gira em torno de você
	e de suas preocupações

Brancura Superluxo: Brancura luxo mais
Emprego com bônus anual
Serviço militar é para otários
Admissão garantida na faculdade de
preferência graças a indicação
de parentes
Terapeuta que ouve
Barco que você nunca usa
Todo vício e mau hábito designado
como "uma fase"
Nenhuma responsabilidade por
arranhões, amassados e itens
deixados no subconsciente

Ao som da música mais branca que a gente conseguia imaginar (Madonna, The Clash e Hootie & the Blowfish), a molecada, de traje de banho e shortinho jeans, dançava e ria na água quente e na espuma. Ignorando a luz âmbar da sirene, corriam debaixo da cascata de cera de carnaúba. Demos balas e refrigerantes e deixamos que ficassem na frente dos secadores o quanto quisessem. Lembrando a eles que ter um jato de ar quente soprando no rosto é a exata sensação de ser branco e rico. Que a vida para uns poucos felizardos é como estar no banco da frente de um conversível vinte e quatro horas por dia.

Não se tratava necessariamente de deixar o melhor para o final, mas, à medida que o Dia da Quebrada ia chegando, Hominy e eu tínhamos conseguido instalar algum tipo de segregação em quase todas as regiões e prédios públicos de Dickens, exceto pelo Hospital Martin Luther King Jr., paradoxalmente localizado nos Jardins Polinésios. Os Jardins Polinésios, conhecidos como J. P., são uma região de maioria latina que segundo os boatos era hostil aos afro-americanos. Na verdade, a lenda local dizia que os ferimentos que os negros de Dickens sofriam a caminho do hospital em muitos casos eram mais graves do que os problemas que os tinham levado até lá. Somando a polícia e as gangues, navegar pelas ruas de qualquer bairro do distrito de Los Angeles, especialmente se for uma região que não te conheça bem, pode ser perigoso. Você simplesmente não sabe quando vai ser arregaçado por ser da cor errada ou por vestir a cor errada. Nunca tive problemas nos Jardins Polinésios, mas para ser honesto nunca fui lá de noite. E uma noite antes da ação que a gente planejou para o hospital, teve um tiroteio entre a Varrio Jardins Polinésios e a Barrio Jardins Polinésios, duas gangues com uma longa e sangrenta rixa relativa a grafia e pronúncia. Por isso, para ter certeza de que o Hominy e eu íamos entrar e sair inteiros, amarrei duas flâmulas roxas e douradas dos Lakers no para-choque dianteiro da caminhonete e, como garantia extra, hasteei uma bandeira gigante tamanho Iwo Jima do campeonato de 1987 no teto. Todo mundo em Los Angeles, e quero dizer todo mundo mesmo, adora os Lakers. Andando com o carro pela Centennial Avenue, mesmo atrás dos lowriders que se recusavam a passar de vinte quilômetros por hora, as bandeiras dos Lakers tremulavam majestosas ao vento da noite, dando uma pinta diplomática para a caminhonete, o que permitia que a gente andasse pelas ruas com imunidade temporária.

O diretor do Hospital Martin Luther King Jr., dr. Wilberforce Mingo, era um velho amigo do meu pai e me deu autorização para segregar o lugar quando expliquei que tinha sido eu que pintara as fronteiras, colocara a placa de saída na estrada e inventara a Academia Wheaton. Ele se recostou na cadeira e disse que por um quilo de cerejas eu podia segregar o hospital como bem entendesse. Protegidos pelas trevas do "ninguém dá a mínima", Hominy e eu pintamos CENTRO DE TRAUMA BESSIE SMITH em letras de pôster de filme de terror, grossas, escorridas, vermelhas, numa porta de vidro até então sem nome da ala de emergência do hospital. Depois parafusamos um cartaz de metal preto e branco no pilar de concreto central, dizendo: SOMENTE AMBULÂNCIAS DE PROPRIEDADE DE BRANCOS.

Não posso dizer que fiz aquilo sem hesitação. O hospital foi o único lugar de grande porte que segreguei onde havia uma chance decente de alguém de fora ver meu trabalho. Com medo de agir, pedi ao Hominy que me passasse uma das cenouras frescas que tinha colhido na noite anterior.

"Que que há, velhinho?", brinquei, roendo a cenoura.

"Sabe, sinhô, o Pernalonga é basicamente o Compadre Coelho com um empresário melhor."

"A raposa acabou pegando o Compadre Coelho algum dia? Porque tenho certeza de que os meninos brancos vão pegar a gente depois disso aqui."

O Hominy ajeitou o letreiro da Sunshine Sammy Construções na lateral da caminhonete, depois pegou as latas de tinta e dois pincéis na caçamba.

"Sinhô, se algum branco vier aqui e ler isso, vai pensar o que sempre pensa: 'Esses crioulos são doidos', e continuar tocando a vida dele."

Uns anos atrás, antes da internet, antes do hip-hop, da poesia falada, das silhuetas de Kara Walker, eu concordaria. Mas ser preto já não é como antes. A experiência vinha acompanhada de um monte de mentiras, mas pelo menos você tinha alguma privacidade. Nossas gírias e nosso estilo degradado de se vestir demoravam anos para sair das nossas fronteiras. Tínhamos até nosso conjunto de técnicas sexuais ultrassecretas. Um kama sutra negro passado adiante no playground, na varanda, por pais bebuns que deixavam de propósito uma frestinha aberta na porta para que "esses neguinhos possam aprender alguma coisa". Mas a proliferação da pornografia negra na internet deu a qualquer um com vinte e cinco dólares para gastar por mês, ou sem apreço pelos direitos de propriedade intelectual, acesso a nossas técnicas sexuais antes idiossincráticas. Agora, não só mulheres brancas, mas mulheres de todos os credos, cores e orientações sexuais precisam aguentar seus parceiros trepando com elas a um quilômetro por hora e gritando "Quem é o dono dessa bucetinha?" a cada duas metidas. E apesar de eles ainda não darem a devida atenção a Basquiat, Kathleen Battle e Patrick Ewing – e de ainda não terem descoberto *O matador de ovelhas*, Lee Morgan, o talco, Fran Ross e Johnny Otis –, hoje o bedelho da América está totalmente metido nos nossos assuntos, e eu sabia que uma hora ou outra ia acabar sendo preso.

O Hominy me empurrou para passar pelas portas automáticas. "Sinhô, ninguém liga a mínima pro gueto, até a hora que passa a ligar."

Os hospitais já não têm mais aqueles arco-íris de linhas direcionais. Na época do curativo borboleta, das suturas que não dissolviam e das enfermeiras sem sotaque, a enfermeira da recepção entregava um folheto e você seguia a linha vermelha para o raio X, a laranja para a oncologia, a roxa para a pediatria. Mas, no Rei Assassino, de vez em quando um paciente do pronto-socorro, cansado de esperar a vez num sistema que nunca parece se importar, segurando um copinho de plástico com um dedo decepado boiando em pedrinhas de gelo que há muito tempo derreteram ou estancando o sangue com uma esponja de cozinha, de vez em quando por puro tédio ele passa pela porta de vidro e pergunta para a enfermeira da triagem: "Onde é que essa linha meio escura vai dar?". A mulher dá de ombros. Sem conseguir evitar a curiosidade, o sujeito vai seguir a linha que o Hominy e eu levamos a noite inteira para pintar, e metade do dia seguinte para ter certeza de que todo mundo ia obedecer aos cartazes dizendo TINTA FRESCA. Essa linha é o mais próximo da estrada de tijolos amarelos que os pacientes vão chegar.

Apesar de ter um toque de azul de flor de milho, o pantone 426C é uma cor estranha e misteriosa. Escolhi o tom porque parece preto ou marrom, dependendo da luz, da altura da pessoa e até do humor. Se você seguir a faixa de oito centímetros de largura saindo da sala de espera, vai atravessar duas portas duplas, fazer uma série de curvas fechadas para a esquerda e para a direita em meio a um labirinto de corredores abarrotados de pacientes, e depois passar por três lances de escadas imundas nunca varridas até chegar a um vestíbulo interior sombrio iluminado por uma lâmpada vermelha bem fraquinha. Lá, a linha pintada se divide em três, cada uma levando à soleira de uma porta dupla idêntica às duas outras e sem nada escrito. A primeira leva ao beco atrás do hospital, a segunda dá no necrotério e a terceira a uma série de máquinas que vendem refrigerante e porcarias para comer. Não resolvi as desigualdades raciais e de classe no atendimento de saúde, mas disse aos pacientes que seguem aquela estrada marrom/preta que devem ser mais proativos. Que quando finalmente chamarem o nome deles, a primeira coisa que devem dizer para o médico é: "Antes de me tratar, preciso saber uma coisa: o senhor se importa comigo? Falando sério, o senhor realmente se importa?".

21

Normalmente, para comemorar o Dia da Quebrada, o Rei Chegado e sua nova trupe, a Colosseum Blvd Até Tu Brutus e Magnânimos Chegados da Região dos Crips e Tal, entravam no território de seus arquirrivais, os Venice Seaside Boys, numa caravana pela Broadway Street, o sol iluminando os vidros traseiros, com quatro carros e vinte negões querendo briga. Para a maior parte deles, tirando os que tinham sido levados pra cadeia, era a única vez no ano em que saíam do bairro. Mas, desde que inventaram as taxas de juros variáveis para compra de imóveis, os negócios pequenos acabaram sendo expulsos do bairro por bares especializados em vinhos, consultórios de medicina holística e astros irritadiços de cinema que ergueram cercas de cerejeira de cinco metros de altura em volta de bangalôs de mil metros quadrados transformados em condomínios de dois milhões de dólares. Agora, toda vez que a imensa maioria dos Venice Seaside Boys quer "dar um recado pros vacilões" e defender seu território eles têm que se deslocar de lugares distantes como Palmdale e Moreno Valley. E já não tem mais graça quando o inimigo se recusa a lutar. Não por falta de coragem nem de munição, mas por exaustão. Cansados demais depois de lutar por três horas contra o tráfego e os bloqueios na via expressa para puxar o gatilho. Por isso, agora as duas ex-rivais celebram o Dia da Quebrada encenando uma versão própria da Guerra Civil. Eles se encontram nos pontos de grandes batalhas do passado, dão tiros de festim e jogam fogos de artifício uns nos outros enquanto civis inocentes passando com cafés se protegem e correm em busca de abrigo. Eles saem aos montes dos seus hot rods e das suas latas-velhas e, como integrantes de fraternidades universitárias jogando futebol na lama, os filhos esquecidos do Westside correm atrás uns dos outros pra lá e pra cá no calçadão da Venice Beach, homenageando as antigas batalhas com a chamada "porradaria", dando socos por cima do ombro enquanto encenam e revivem as guerras de gangue que mudaram a história: a Batalha da Rua Shenandoah, a Querela do Lincoln Boulevard e o infame massacre do Los Amigos Park. Depois encontram amigos e parentes no centro recreativo, um campo de softbol desmilitarizado no meio da cidade, e reafirmam a paz comendo churrasco e tomando cerveja.

Ao contrário de todos os departamentos de polícia que creditam a políticas de "tolerância zero" qualquer redução no índice de criminalidade, não quero simplesmente presumir que minha campanha de seis meses de apartheid localizado tenha tudo a ver com a relativa calma que Dickens viveu na primavera, mas naquele ano o Dia da Quebrada foi diferente. Marpessa, Hominy, Stevie e eu estávamos ficando sem fruta rapidinho no nosso quiosque à beira do campo. O pessoal estava comprando baseado acima do preço de tabela. Normalmente cada gangue, cada comunidade, usa o parque no dia designado para representar sua "quebrada". Por exemplo, Os Atiradores Assassinos de Elite da Rua Six-Trey reservam o parque para 3 de junho, porque junho é o sexto mês do ano, e "trey" quer dizer "três". Los Osos Negros Doce y Ocho têm prioridade não no 8 de dezembro, como seria de esperar, mas em 12 de agosto, porque ao contrário do que diz a crença popular, a Califórnia é fria pra cacete no inverno. Eu estava no centro recreativo naquele ameno 15 de março porque, para o pessoal da Colosseum Blvd Até Tu Brutus Crips, o Dia da Quebrada cai no mesmo dia dos Idos de Março. Em qual outra data podia ser?

No final dos anos 1980, antes de a palavra "quebrada" ser apropriada para se referir a qualquer local desde os enclaves de luxo em Calabasas Hills, Shaker Heights e no Upper East Side até o zoológico de toda universidade estadual, quando alguém em Los Angeles falava da quebrada, como na frase "Se eu fosse você eu ficava de olho naquele sujeito. Ele é lá da quebrada!" ou "Eu sei que não fui visitar a *abuela* Silvia no leito de morte, mas o que você queria que eu fizesse? Ela mora na quebrada!", a palavra era usada para designar um lugar e exclusivamente esse lugar – Dickens. E ali, no campo de beisebol do centro recreativo, congregadas sob a bandeira do Dia da Quebrada, estavam gangues e parentes de todas as cores e classes. Dickens, um lugar que já tinha sido unido mas que, desde os motins, passara por uma balcanização e se dividira em incontáveis quebradas menores, fazia o caminho contrário da Iugoslávia. O Rei Chegado e Panache, os antigos Tito e Slobodan Milošević da cidade, celebravam a reunificação andando pelo palco improvisado com óculos de sol da Oakley, permanente à la Doris Day batendo nos ombros largos enquanto improvisavam diabolicamente um rap em cima da batida.

Eu não via o Panache fazia anos. Não sabia se ele sabia que eu e a Marpessa estávamos dormindo juntos. Nunca tinha pedido permissão. Ainda assim, vendo o cara manejar a Lulu Belle, a calibre 12 de repetição que era o equivalente dele da guitarra do B. B. King, e fazendo os truques de palco que eram sua marca registrada, numa versão criminosa do bastão de fanfarra em que ele a jogava para cima, pegava, recarregava e atirava numa calota no ar como se fosse um disco de tiro ao alvo, talvez eu devesse ter pedido. O Rei Chegado gritou no microfone: "Eu sabia que pelo menos um crioulo ia ter trazido comida chinesa pra essa porra!".

Dois caras, que a polícia e qualquer um com um QI igual a cinquenta num teste de inteligência das ruas chamaria de "hispânicos suspeitos", ficaram na primeira base, um pouco longe das festividades, de braços cruzados. Embora a aparência deles fosse mais ou menos igual a de todo mundo no parque, pelos olhares de desdém que lançavam aos outros era difícil saber se eram de Dickens. Como nazistas num comício da Ku Klux Klan, pareciam confortáveis ideologicamente, mas não em termos de cultura corporativa. Começou a correr o boato de que eram dos Jardins Polinésios. Mesmo assim, o cheiro irresistível da carne defumada na madeira de nogueira e a nuvem de fumaça foram atraindo os dois cada vez mais. Quando os homens chegaram na base principal, o Stevie, que estava fatiando um abacaxi, perguntou: "Você conhece aqueles crioulos?", sem tirar os olhos dos dois enquanto eles andavam rumo ao abrigo dos jogadores. Eles usavam calças de sarja largas que caíam sobre tênis Nike Cortez tão novos que se tivessem tirado um pé e colocado no ouvido como se fosse uma concha daria para ouvir o barulho de um oceano de suor de trabalhadores em condições análogas à escravidão. O Stevie trocou olhares de presidiário com o carinha de chapéu de pescador, camisa de futebol americano e *Furacão* tatuado na mandíbula. Na quebrada, os caras não usam camisas de time porque são torcedores. A cor, o distintivo e o número na camisa sempre têm alguma relação com uma gangue.

Quando você acabou de sair da cadeia tudo parece ser racial. Não quer dizer que não haja mexicanos nas hostes predominantemente negras dos crips ou dos bloods, ou que não haja negões nas gangues dominadas por latinos. Afinal, tudo na rua é proximidade e parentesco. Sua aliança é com os vizinhos e com a quebrada, tanto faz a raça. Alguma coisa acontece com a política de identidade na cadeia. Talvez seja como nos filmes onde é branco contra preto contra mexicano contra branco, sem "se", "e" ou "porém", e eu realmente ouvi falar de uns trogloditas durões que não se importam com cor e que na cadeia dançam com negões e com cucarachos que fizeram a casa deles cair. *Foda-se La Raza. Chinga black power. A mãe desse crioulo me dava comida quando eu tava com fome, então que se dane essa bobagem.*

O mané com a camiseta gelo polar e *Fantoche* tatuado verticalmente na garganta acenou primeiro pra mim.

"*¿Qué te pasa, pelón?*"

Nós carecas não participamos dessa animosidade racial toda. Com o tempo, aceitamos que, independente de raça, todo bebê recém-nascido tem cara de mexicano, e todo careca tem cara de preto, mais ou menos. Ofereci um tapa no meu baseado. As orelhas dele ficaram supervermelhas e os olhos ficaram vidrados tipo laca japonesa.

"Que porra é essa, meu irmão?", Fantoche perguntou, tossindo.

"Eu chamo de Túnel do Carpo. Vai, tenta fechar o punho."

O Fantoche tentou, mas nada feito. O Furacão ficou olhando como se o cara fosse doido, depois tirou o baseado da mão dele, puto. Eu não precisava de um folheto para me contar que, apesar das aparências, Fantoche e Furacão não estavam do mesmo lado. Depois de uma tragada longa, o Furacão retorceu os dedos tentando fazer todo tipo de sinal de gangue, mas não conseguia fechar a mão de jeito nenhum. Ele tirou o revólver niquelado do cinto. Mal conseguia segurar a arma, muito menos apertar o gatilho. O Stevie riu, enquanto distribuía abacaxi para todo mundo. Os camaradas pegaram umas fatias, e a inesperada onda de doçura com um toquezinho de hortelã no final fez os caras tremerem e rirem que nem crianças. Depois, sob olhares desconfiados do resto da criminalidade, os dois cucarachos foram andando até o meio do campo, calmamente comendo abacaxi e fumando juntos o restinho da maconha.

"Você sabe que aquele MP no pescoço do campeão ali não quer dizer 'muito prazer'?"

"Eu sei o que quer dizer."

"Quer dizer 'matador de pretos'. Mas os dois crioulos são de lugares diferentes. O Barrio J. P. e o Varrio J. P. não gostam que fiquem confraternizando por aí."

O Hominy e eu rimos juntos. Talvez as placas que a gente tinha colocado nos Jardins Polinésios voltando da missão no hospital estivessem funcionando. Pregamos as duas em postes telefônicos de lados opostos da Baker Street, onde os trilhos enferrujados do trem dividiam a vila em Varrio e Barrio J. P. Colocamos as duas de um jeito que, se alguém que estava de um lado da rua quisesse saber o que estava escrito no cartaz do outro lado, tinha que atravessar o trilho para ler. Entrar no território inimigo só para descobrir que o cartaz do norte dizia exatamente o mesmo que o cartaz do sul: LADO CERTO DOS TRILHOS.

A Marpessa me puxou para fora da banquinha e me levou para a área do rebatedor. O Rei Chegado e uma delegação de bandidões mais velhos e de aspirantes estavam de pé roendo costelinhas e abacaxis. O Panache estava mastigando uma fatia de abacaxi até o osso e contando histórias sobre a vida de músico na estrada quando a Marpessa o interrompeu.

"Só queria contar que estou trepando com o Bombom."

O Panache enfiou o que tinha sobrado do abacaxi, com casca e tudo, na boca, mastigando e sugando até tirar a última gotinha de suco. Quando terminou, andou na minha direção, encostou o cano da Lulu Belle no meu peito e disse: "Caralho, se eu pudesse comer um abacaxi desse todo dia de manhã eu também trepava com esse crioulo".

Um tiro ecoou. No meio do campo, o Furacão, aparentemente ainda sentindo os efeitos do Túnel do Carpo, estava descalço, deitado de costas, rindo pra cacete e atirando nas nuvens com os dedos do pé. Parecia divertido, e a maioria dos homens e algumas mulheres foram até onde ele estava, tragando seus baseados, sacando as armas, e saltitando na terra, um pé calçado e o outro não, torcendo pra conseguir dar pelo menos uns tirinhos antes de a polícia chegar.

22

A câmera adora um negão. Na gíria de Hollywood, você diz que a câmera gosta de alguém quando a pessoa tem presença, quando é quase fotogênica demais. O Hominy diz que é por isso que hoje quase não se fazem mais filmes com duplas de brancos e negros. Até os maiores astros são ofuscados. Tony Curtis. Nick Nolte. Ethan Hawke faz um filme com algum afro-americano e a coisa se transforma em um teste para descobrir quem de fato é o Homem Invisível. E alguma vez alguém já fez um filme de dupla com uma mulher negra e outra pessoa? Os únicos que tinham magnetismo cinematográfico para aguentar o tranco eram Gene Wilder e Spanky McFarland. Qualquer outro – Tommy Lee Jones, Mark Wahlberg, Tim Robbins – só está se agarrando à crina de um cavalo em fuga.

Vendo o Hominy no Festival de Los Angeles de Cinema Proibido e Animações Descaradamente Racistas, na tela grande do Nuart, num duelo de bordões com o Spanky, não foi difícil entender por que na época todo mundo no ramo achava que ele ia ser a próxima grande caricatura negra. O brilho nos olhos e nas bochechas angelicais era magnético. O cabelo era tão retorcido e seco que parecia poder entrar em combustão espontânea. Não dava para tirar os olhos dele. Com um macacão estropiado e tênis pretos de cano alto dez números maiores, ele era a versão definitiva do pré-adolescente hétero. Ninguém aguentaria tudo o que o Hominy aguentava. Eu ficava impressionado pela forma como ele aturava os ataques incontidos e implacáveis com melancias e as piadas do tipo meu-pai-está-na-cadeia. Dando as boas-vindas a todos os insultos com um cordial e rascante "Yowza!". Era difícil dizer se demonstrava covardia ou elegância sob fogo cerrado, tal era o ponto a que tinha aperfeiçoado aquele olhar esbugalhado com a boca escancarada que até hoje é visto como a grande habilidade cômica dos atores negros. Mas o artista negro atual só precisa fazer isso uma ou duas vezes por filme. O pobre Hominy tinha que repetir a reação típica do crioulo de cinema três vezes por rolo, e sempre em close-up extremo.

Quando as luzes acenderam, o organizador do evento anunciou que o último Batutinha vivo estava presente e convidou o Hominy a subir no palco. Depois de ser aplaudido de pé, ele enxugou os olhos e respondeu a algumas perguntas. Quando estava falando sobre o Alfalfa e a turma, Hominy era incrivelmente lúcido. Explicava o cronograma de filmagens. Como funcionava a relação com os tutores. Quem se dava com quem. Quem era mais engraçado fora da tela. Quem era o mais malvado. Ele lamentava que ninguém percebia a variedade de emoções que Buckwheat podia expressar e se empolgava ao contar como a fala e a dicção do seu mentor tinham melhorado na época da MGM. Fiquei de dedos cruzados torcendo para que ninguém perguntasse sobre a Darla, para não ter que ouvir o Hominy discorrer sobre uma cavalgada de costas debaixo das arquibancadas durante um intervalo das filmagens de "Romeu do futebol".

"A gente tem tempo para mais uma pergunta."

Do fundo, na mesma fileira em que eu estava, mas do outro lado do corredor, um grupo de alunas com a cara pintada de preto levantou. Vestidas com calçolas vitorianas com as letras gregas N I Γ bordadas na altura do peito, os cabelos arrumados em tranças grossas e descuidadas com prendedores de madeira, as mulheres da Nu Iota Gama pareciam bonecas num leilão de antiguidades. Em uníssono elas tentaram fazer uma pergunta.

"A gente quer saber..."

Mas um coro de vaias e uma saraivada de arremessos de copinhos de plástico e de saquinhos de pipoca obrigaram as três a parar. Hominy pediu silêncio. A sala ficou quieta, e enquanto todos devolviam a ele sua farisaica atenção, percebi que a mulher que estava mais perto de mim era afro-americana, o que dava para ver pelo tamanho minúsculo da orelha dela. Era uma coisa rara de ver em um domingo à tarde, uma verdadeira crioula, preta como o funk dos anos 1970, preta como C+ na química orgânica, preta como eu, com a cara pintada.

"Qual é o problema?", Hominy perguntou para a plateia.

Um branquelo alto, barbado e com um chapéu fedora umas duas fileiras à minha frente ficou de pé e apontou para as bonecas crescidas da irmandade. "Elas estão com a cara pintada de preto de um jeito não irônico", ele disse desafiadoramente. "Isso não é legal."

Hominy protegeu os olhos com a mão e perguntou: "Cara pintada de preto? Como assim?".

No começo, a plateia riu. Mas, quando Hominy não deu um sorriso sequer, o sujeito o encarou de novo com um olhar idiota e esbugalhado de desorientação que não se via desde os tempos de grandes bufões como Stepin Fetchit e George W. Bush, o primeiro presidente-caricatura-de-crioulo.

O branquelo respeitosamente chamou a atenção do Hominy para alguns filmes que a gente tinha acabado de ver. "Mulateando", que mostra o Spanky jogando tinta na cara e fingindo ser o Hominy para fazer o amigo escurinho passar na prova de soletração e poder ir com a turma no passeio da escola no parque de diversões. "O finório da bossa", em que Alfalfa se pinta para fazer um teste para uma banda só de negros que está escolhendo o solista no banjo. "Tição assustador" em que o Froggy vira o jogo contra um fantasma ficando só de cueca e se cobrindo com a fuligem da lareira da cabeça aos pés, gritando "Buga! Buga! Buuuuu!". Hominy sacudiu a cabeça, colocou os polegares nos suspensórios e pôs o peso do corpo nos calcanhares. Depois acendeu e fumou um charuto invisível, que ficou passando de um lado pro outro da boca. "Ah, na época a gente chamava isso de atuar."

De novo a plateia estava comendo na mão dele. Todo mundo achou que o Hominy estava sendo engraçado, mas ele estava falando sério. Para o Hominy, pintar a cara de preto não é racismo. É só bom senso. A pele preta tem uma aparência melhor. Parece mais saudável. É mais bonita. É poderosa. É por isso que fisiculturistas e bailarinos que disputam concursos internacionais de danças latinas escurecem a pele. É por isso que berlinenses, nova-iorquinos e executivos, nazistas, policiais, mergulhadores, Panteras Negras, bandidos e titereiros de Kabuki vestem preto. Porque, se for verdade que a imitação é a mais alta forma de homenagem, o fato de os brancos se pintarem de preto no papel de "menestréis" é um elogio, um reconhecimento relutante de que, a não ser que você por acaso seja preto, ser "preto" é o mais perto que vai chegar de ser realmente livre. É só perguntar pro Al Jolson e pra todos os comediantes asiáticos que ganham a vida agindo como "pretos". É só perguntar praquelas meninas da irmandade, que estavam sentando de novo, deixando a única integrante negra se defender sozinha.

"Sr. Hominy, é verdade que o Foy Cheshire é dono dos direitos dos episódios mais racistas dos *Batutinhas*?"

Cacete, não me faz o crioulo começar com essa bobagem do Foy Cheshire.

Olhei para a menina preta pintada de preto, tentando imaginar se também estava atuando, se ela se sentia livre. Se tinha consciência de que a cor natural da pele dela era na verdade mais preta do que a "cara preta" dela. O que significava que estava pintada de um-tom-um-pouco-mais-claro-do-que-preto. O Hominy apontou pra mim na plateia, e quando disse que eu era o "senhor" dele, algumas pessoas se viraram para ver qual era a aparência de um verdadeiro dono de escravos de hoje. Fiquei tentado a falar que o Hominy queria dizer que eu era seu "agente", não seu "senhor", mas percebi que em Hollywood as duas palavras eram equivalentes. "Acho que é verdade. E acredito que meu senhor vai conseguir esses filmes de volta, para que um dia o mundo possa ver meus melhores trabalhos, os mais humilhantes e servis." Por sorte, as luzes começaram a apagar. Iam começar os desenhos racistas.

Gosto da Betty Boop. Ela tem um corpo bacana. É independente, curte jazz e, aparentemente, ópio, porque em um curta psicodélico chamado "Altos e baixos", a Lua faz um leilão da Terra da época da Depressão para os outros planetas. Saturno, um planeta judeu velho e de óculos com dentes totalmente estragados e um sotaque iídiche pesado, ganha o leilão e esfrega as mãos ganancioso. "Eu conseguir. Eu conseguir a mundo inteira. *Mein Gott*", ele comemora, antes de acabar com a gravidade. Era 1932 e o judeu metafórico de Max Fleischer está transformando uma situação global já caótica em algo ainda pior. Não que a Betty se importe, porque num mundo em que gatos e vacas voam, em que a chuva cai para cima, a prioridade número um é impedir que sua saia levante e exponha sua calcinha modeladora. E quem me garante que a srta. Boop não pertence à tribo? Pelos sessenta minutos seguintes uma meia dúzia de nativo-americanos bêbados com as penas caídas não consegue nem pegar o coelho da Warner Bros., que dirá aprender uma nova cultura. Um rato mexicano tenta ser mais sabido que um gato gringo, para poder atravessar a fronteira e roubar o *queso*. Uma sequência aparentemente infinita de personagens afro-americanos, que inclui gatos, corvos, sapos, empregadas, jogadores de dados, coletores de algodão e canibais, faz papel de bobo no *Looney Tunes* cantando com a voz grave ao som de "Swanee River" e de "Jungle Nights in Harlem", do Duke

Ellington. Às vezes uma explosão de espingarda ou de dinamite transforma um personagem nominalmente branco como o Gaguinho num menestrel com o rosto cor de pólvora. Concedendo a ele o status de crioulo honorário, o que lhe permite cantar músicas felizes como "Camptown Races" impunemente durante os créditos finais. O programa termina com o Popeye e o Pernalonga se revezando para ganhar sozinhos a Segunda Guerra Mundial, enganando soldados japoneses dentuços quatro-olhos que balbuciam coisas incompreensíveis e que usam marretas gigantes e subterfúgios de gueixas. Por fim, depois de o Super-Homem, ajudado por gongos e pela vibração da plateia, pulverizar e submeter completamente a Marinha Imperial, as luzes voltam a se acender. Depois de duas horas sentado no escuro rindo de um racismo despudorado, a culpa volta junto com a luz. Todo mundo pode ver seu rosto, e é como se sua mãe tivesse pegado você se masturbando.

Três filas adiante um cara negro, um branco e um asiático estão se preparando para ir embora, pegando os casacos e tentando espanar o ódio. O preto, constrangido por ter sido aviltado e ridicularizado em clássicos da animação como "Preto de carvão e os sete anões" e ainda escondido atrás da capa de Super-Homem, ataca de brincadeirinha o amigo asiático. Grita: "Pega o Patrick! Ele é o inimigo!", enquanto o Patrick levanta a mão em autodefesa, protestando: "Eu não sou o inimigo. Sou chinês", ainda com os "japas", "macacos" e "olhos puxados" do Pernalonga ressoando nos ouvidos. O branco, ileso e sem se preocupar com a discussão, ri e coloca um cigarro na boca. Pito a quem é de pito. É uma coisa maluca como rapidinho uma noite de curtas dos *Batutinhas* e animações em tecnicolor, algumas de quase um século atrás, pode fazer ressurgirem o ódio da antipatia racial e a vergonha. Eu não conseguia imaginar nada mais racista do que o "entretenimento" que tinha acabado de testemunhar, e era por isso que o boato de que o Foy era dono de uma parte do catálogo dos *Batutinhas* era falso. O que podia ser mais racista do que aquilo que a gente tinha acabado de ver?

Encontrei o Hominy no saguão autografando antiguidades, muitas sem nenhuma relação com os *Batutinhas*. Pôsteres de filmes antigos, itens de colecionador do Tio Remo e artigos raros do Jackie Robinson, tudo o que fosse anterior a 1960 estava valendo. Às vezes esqueço como o Hominy é engraçado. Antigamente, para evitar a sequência de armadilhas colocadas no caminho pelos brancos, os negros precisavam estar sempre alertas. Você tinha que ter à mão uma tirada improvisada ou uma platitude para desarmar e humilhar um provocador branco. Talvez, se seu senso de humor fizesse o cara lembrar que debaixo daquela carapinha tinha algo semelhante a um humano, você pudesse evitar que te batessem; talvez conseguisse uma pequena e merecida vingança. Cacete, um dia de vida de preto na década de 1940 era o equivalente a trezentos anos de aula de improvisação com os Groundlings ou na Second City. Você só precisa ver quinze minutos de tevê no sábado à noite para notar que não sobraram muitos pretos engraçados e que o racismo despudorado já não é mais o mesmo.

O Hominy posou para uma foto com as mulheres de cara pintada da Nu Iota Gama. "A cortina combina com o crespinho?", Hominy perguntou sério, antes de abrir um sorrisão. A única que entendeu a piada foi a negra de verdade, e por mais que tentasse ela não conseguia parar de rir. Cheguei perto dela, que já veio com as respostas antes que eu pudesse fazer as perguntas.

"Estudo medicina. E por quê? Porque essas branquelas de merda é que têm os contatos, só por isso. Sem falar na velha rede das garotas, essa porra não é brincadeira. Se não dá para ganhar delas, entre pro grupo. É o que minha mãe diz, porque o racismo está em todo lugar."

"Ele não pode estar em todo lugar", insisti.

A futura dra. Cara Preta pensou um instante, enrolando uma trança fora de controle no dedo. "Sabe qual é o único lugar em que não tem racismo?" Ela olhou em volta para ter certeza de que as colegas de irmandade não iam ouvir e sussurrou: "Lembra daquelas fotos do presidente preto andando de braço dado com a família no gramado da Casa Branca? Naquelas fotos, naquele exato instante, e só naquele instante, não existe racismo".

Mas tinha racismo mais do que suficiente para todo mundo no saguão do cinema. Um branquelo de ombros caídos virou a aba do boné de beisebol para cima da orelha direita, passou o braço em volta do Hominy, deu um beijo na bochecha dele e trocou de pele. Só faltou os dois se chamarem de Tambo e Bones.

"Só quero dizer que esses rappers todos que ficam tagarelando que são 'os últimos crioulos de verdade' não são merda nenhuma perto de você, porque você, meu, você é mais do que o último Batutinha, você é o último crioulo de verdade. Tô dizendo crioulo pra valer."

"Ora, obrigado, homem branco."

"E sabe por que não tem mais crioulos por aí?"

"Não, senhor, não sei."

"Porque os brancos são os novos crioulos. Só que a gente é muito arrogante pra perceber isso."

"Os 'novos crioulos', é?"

"Isso aí, tanto você quanto eu, crioulos até os ossos. Privados de direitos e prontos para reagir contra a porra do sistema."

"Tirando que você vai pegar só metade do tempo de cadeia."

A dra. Cara Preta estava esperando a gente no estacionamento do Nuart, ainda com a fantasia e o rosto pintado, mas com óculos escuros de marca e toda empolgada remexendo na bolsa. Tentei empurrar o Hominy rapidinho para a caminhonete antes que visse a moça, mas ela entrou no nosso caminho.

"Sr. Jenkins, quero mostrar uma coisa." Ela tirou uma pasta gigante e abriu na caçamba da caminhonete. "Isso aqui são cópias que fiz dos registros de todos os filmes dos *Batutinhas* nos Estúdios Hal Roach e na MGM."

"Caceta."

Antes que Hominy pudesse ver, peguei a pasta e dei uma olhada nas anotações divididas em colunas. Estava tudo lá. Os títulos, datas de filmagem, elenco e equipe, custos totais de produção, lucros e prejuízos de todos os duzentos e vinte e sete filmes. Espera aí, duzentos e vinte e sete?

"Eu achei que só existiam duzentos e vinte e um filmes."

A Cara Preta sorriu e passou para a penúltima página. Seis entradas consecutivas de filmes rodados no final de 1944 estavam rasuradas. O que significava que duas horas de piadas de pré-adolescentes que eu jamais tinha visto podiam existir em algum lugar. Eu me sentia como se estivesse vendo um relatório secreto do FBI sobre o assassinato do Kennedy. Abri a pasta e segurei a folha contra a luz do sol, tentando enxergar o que havia por baixo da tinta preta e em algum lugar do passado.

"Quem você acha que fez isso?", perguntei pra ela.

A Cara Preta tirou outro xerox da bolsa. Tinha a lista de todo mundo que verificara o relatório desde 1963. Havia quatro pessoas nela: Mason Reese, Leonard Martin, Foy Cheshire e Butterfly Davis, que presumi ser o nome verdadeiro dela. Antes que eu pudesse erguer os olhos do papel, o Hominy e a Butterfly já estavam sentados no carro. Ele estava com um braço em volta dela, apertando a buzina.

"Aquele crioulo está com meus filmes! Atrás dele!"

O caminho do oeste de Los Angeles para a casa do Foy em Hollywood Hills demorou mais do que devia. Quando meu pai me obrigava a ir nas confabulações de negros sabidos dele com o Foy, ninguém conhecia os atalhos norte-sul saindo das docas para as colinas. Na época a Crescent Heights e a Rossmore eram ruas de pouco tráfego em que você andava tranquilamente; agora, são avenidas importantes de duas pistas em que você anda grudado no para-choque do carro da frente. Cara, eu ficava nadando na piscina do Foy enquanto eles falavam sobre política e raça. Nunca ele demonstrou rancor pelo fato de Foy ter pagado aquela casa com o dinheiro que ganhara com *Os Sobrinhos do Gato Negão*, cujos storyboards originais ainda estavam pendurados na parede do meu quarto. "Vai se secar, garoto!", meu pai dizia. "Você molhando o piso de cerejeira brasileira do cara!"

Durante a maior parte do caminho, a Butterfly e o Hominy ficaram vendo fotos dela e das colegas de irmandade celebrando as alegrias do multiculturalismo. Denegrindo a cidade de Los Angeles etnia por etnia, bairro por bairro. Violando todas as regras de trânsito e todos os tabus sociais, ela se sentou no colo dele, os dois sem cinto de segurança. "Essa sou eu no churrasco do Compton… Sou a terceira 'mina do gueto' a partir da direita." Dei uma olhada rápida na foto. As mulheres e os namorados com a cara pintada e perucas afro, segurando litrões e bolas de basquete. Bocas cheias de dentes de ouro e coxas de galinha. O que eu achava insultante não era tanto a zombaria racista, mas a falta de imaginação. Onde estavam os menestréis? Os jazzistas? As amas de leite? Os valentões? Os zeladores? Os quarterbacks ligeiros? Os caras que dão a previsão do tempo no fim de semana? As recepcionistas que cumprimentam você em todo estúdio de cinema e em toda agência de caça-talentos da cidade? *O sr. Whiterspoon vai descer em um minuto. Quer uma água?* Esse é o problema dessa geração; eles não conhecem história.

"Esse foi o Bingo *sin* Gringos que a gente fez no Cinco de Mayo…" Ao contrário da foto do churrasco no Compton, daquela vez não era difícil achar a Butterfly: ela estava sentada do lado de uma mulher asiática, usando sombreiros gigantes, ponchos, *bandoleras* e bigodes à la Pancho Villa como as outras garotas da irmandade, bebendo tequila e marcando os cartões.

Beocho… ¡Bingo! A Butterfly ia folheando o álbum. Os títulos de cada página já davam a dica de como os convidados deviam se vestir: Das Bunker, a festa da eugenia na piscina. A festa do pijama do shabu-shabu! A trilha das cervas, caminhando e viajando com peiote.

Bem ao lado da Mulholland Drive, lá em cima e com vista para o vale de San Fernando, a casa do Foy era maior do que eu me lembrava. Era uma construção Tudor enorme com uma entrada de garagem circular, que mais parecia uma escola de etiqueta do que uma casa, não obstante o cartaz no portão de entrada anunciando que a propriedade ia ser leiloada. Descemos do carro. O ar da montanha era limpo e revigorante. Respirei fundo e segurei o fôlego, enquanto o Hominy e a Butterfly foram em direção ao portão.

"Dá pra sentir o cheiro dos meus filmes daqui."

"Hominy, o lugar está vazio."

"Eles estão aqui. Eu sei."

"Você vai escavar o jardim como em 'Riquezas inesperadas'?", perguntei, evocando o curta dos *Batutinhas* que foi o canto do cisne de Spanky.

Hominy sacudiu a cerca. E então lembrei o código como você lembra o telefone do seu melhor amigo de infância. Digitei 1-8-6-5 no teclado de segurança. O portão fez um ruído, a correia esticou e lentamente começou a abrir o portão. Mil oitocentos e sessenta e cinco, os negros são óbvios pra cacete.

"Sinhô, você vem?"

"Não, vocês dois vão em frente."

Da Mulholland dava para ter uma visão panorâmica.

Rumo ao norte, marquei o tempo e apertei o passo entre uma Maserati em alta velocidade e dois adolescentes em uma BMW conversível edição comemorativa. Uma trilha de terra descia a montanha e cruzava o chaparral por mais ou menos um quilômetro e meio, e depois levava a uma rua pequena e ao Crystalwater Canyon Park, uma pequena área de recreação mantida em estado imaculado, com mesas para piqueniques, árvores que davam sombra e uma quadra de basquete. Ignorando a seiva que escorria pelo tronco, sentei debaixo de um abeto. Os jogadores se aqueciam para uma partidinha depois do trabalho, antes do pôr do sol. Um negro sozinho, na casa dos trinta anos, de pele clara e sem camisa, andava no centro da quadra. Era um daqueles jogadores de habilidade mediana que frequentavam as quadras dos brancos em bairros ricos tipo Brentwood e Laguna em busca de um jogo decente, uma oportunidade para se destacar e, quem sabe, uma proposta de emprego.

"Se tiver algum crioulo aqui, favor dar o fora da quadra", o negão gritou para delírio dos branquelos.

O professor de filosofia em ano sabático colocou a bola em jogo. Um advogado especializado em danos morais arremessou do canto da quadra. Mostrando uma habilidade surpreendente, um farmacêutico gordo driblou um pediatra, mas errou a bandeja. O operador da bolsa fez um arremesso que não deu nem aro e a bola saiu da quadra, rolando até o estacionamento. Mesmo em Los Angeles, onde carros de luxo, assim como carrinhos de compras num supermercado, estão em toda parte, o 300SL 1956 do Foy era inconfundível. Não deviam ter sobrado mais de cem no planeta. Perto do para-choque dianteiro, Foy estava sentado em uma cadeirinha dobrável, só de cueca, camiseta e sandália, falando no telefone e digitando no laptop quase tão velho quanto o carro. Suas roupas estavam secando. A camiseta e a calça estavam penduradas em cabides, dependurados nas portas verticais do carro, voando e pairando como asas de um dragão prateado. Eu tinha que perguntar. Levantei e passei pelo jogo de basquete. Dois caras que disputavam uma bola perdida caíram perto de mim, discutindo sobre quem tinha a posse da bola antes mesmo de levantar.

"De quem é a bola?", um jogador com tênis caindo aos pedaços me perguntou, os braços abertos num pedido silencioso de misericórdia. Reconheci o sujeito. Era o detetive principal bigodudo de um seriado policial que tinha sido cancelado havia muito tempo, mas que continuava sendo reprisado – um sucesso na Ucrânia. "A bola é do carinha de peito peludo." O astro cinematográfico discordou. Mas era a decisão certa.

O Foy olhou pra mim da cadeira, mas não parou de falar nem de digitar. A maçaroca ininteligível de palavras que ele disparava apressado no telefone não fazia muito sentido, alguma coisa sobre trens de alta velocidade e a volta dos assistentes de vagões. Os pneus Pirelli com faixa branca da Mercedes estavam carecas. Uma espuma amarela vazava dos bancos de couro cheios de rachaduras e bolhas como se fosse pus. Foy provavelmente estava sem teto, mas se recusava a vender o relógio, ou um carro que, mesmo no estado deplorável em que estava, valeria centenas de milhares de dólares num leilão. Eu tinha que perguntar.

"O que você está escrevendo?"

Foy tirou o telefone do ouvido.

"Um livro de ensaios chamado *Eu falar branco um dia.*"

"Foy, quando foi que você teve sua última ideia original?"

Sem parecer nem um pouco ofendido, ele pensou um instante, depois disse: "Provavelmente antes do seu pai morrer", e voltou ao telefone.

Voltei à antiga casa do Foy e encontrei o Hominy e a Butterfly nadando pelados na piscina, um pouco surpreso por nenhum vizinho abelhudo ter se importado de chamar a polícia. Os pretos velhos são todos iguais, pelo visto. A noite caiu, e a luz que ficava debaixo d'água acendeu automática e silenciosamente. O azul claro e suave de uma piscina iluminada à noite é minha cor favorita. Hominy, fingindo que não sabia nadar, estava na parte funda, agarrado aos amplos equipamentos de flutuação da Butterfly como se não houvesse amanhã. Ele não encontrou o que estava procurando, os filmes, mas o que tinha conseguido parecia ser o suficiente pelo momento. Tirei a roupa e entrei na piscina. Não era de espantar que o Foy tivesse falido, a temperatura era de no mínimo uns trinta graus.

Flutuando de costas, vi a estrela polar brilhando em meio ao vapor que subia da água, indicando a direção de uma liberdade de que eu nem sabia se precisava. Pensei no meu pai, que tinha pagado com suas ideias a propriedade que agora era de um banco. Virei e flutuei como um homem morto, tentando deixar meu corpo na posição em que ele estava quando o encontrei morto na rua. Quais tinham sido as últimas palavras dele antes dos tiros? *Vocês não sabem quem é meu filho!* Todo aquele trabalho, Dickens, a segregação, a Marpessa, a fazenda, e eu ainda nem sabia quem era.

Você precisa se fazer duas perguntas: Quem sou eu? E como posso me tornar o que sou?

Eu estava perdido como sempre estivera, pensando seriamente em acabar com a fazenda, arrancar tudo o que estava plantado, vender os animais e montar uma puta piscina de ondas. Porque devia ser massa pra caramba surfar no próprio quintal.

23

Umas duas semanas depois da busca pelo Tesouro Cinematográfico Perdido de Laurel Canyon, o segredo vazou. A revista (Nem Tão) *Nova República*, que não trazia uma criança na capa desde o bebê Lindbergh, deu o furo. Acima da manchete "O novo Jim Crow: Será que a educação pública cortou as asas das crianças brancas?", um menino branco de doze anos posava de pequeno símbolo do racismo reverso. O novo Jim Crow estava na escadaria da Escola Secundária Chaff com uma pesada corrente de ouro no pescoço. Tufos desgrenhados de cabelo loiro sujo saíam de debaixo de uma touca de meia-calça e dos fones de ouvido para bloquear ruídos. Ele segurava um livro didático em dialeto negro numa mão e uma bola de basquete na outra. Um aparelho ortodôntico de ouro brilhava por entre os lábios curvados numa careta de ódio, e a camiseta XXXG que ele usava tinha estampado *Energia = um MC²*.

Muito tempo atrás, meu pai me ensinou que quando você vê uma pergunta na capa de uma revista, a resposta é sempre "não", porque os caras da redação sabem que, do mesmo modo que alertas gráficos em cigarros e closes de genitálias vazando pus tendem não a desencorajar, e sim a incentivar o fumo e o sexo sem proteção, perguntas que têm "sim" como resposta podem espantar o leitor. E isso leva ao jornalismo sensacionalista do tipo "O. J. Simpson e racismo: O veredito vai dividir os Estados Unidos?". Não. "A tevê foi longe demais?" Não. "O antissemitismo está de volta?" Não, porque nunca foi embora.

"Será que a educação pública cortou as asas das crianças brancas?" Não, porque uma semana depois de a revista chegar às bancas, cinco garotas brancas, com mochilas cheias de livros, apitos antiestupro e sprays de pimenta, desceram de um ônibus escolar alugado e tentaram reintegrar a Escola Secundária Chaff, o que levou a vice-diretora Charisma Molina a ficar na porta, impedindo a entrada em sua instituição semissegregada.

Mesmo que Charisma não tivesse contado que ia receber tanta atenção porque a Chaff ia virar a quarta melhor escola pública do distrito em um ano, devia ter se tocado que, embora nenhuma revista vá dar uma linha falando da educação de baixa qualidade oferecida a duzentas e cinquenta crianças pobres e negras, o fato de se negar acesso a educação decente a uma única criança branca ia causar um rebosteio na imprensa. Mas o que ninguém podia ter previsto era uma coalizão de pais putos ouvindo conselhos do Foy Cheshire e tirando os filhos de escolas públicas de baixo desempenho e de escolas particulares caras demais. E pedindo a volta dos ônibus dessegregados que seus pais haviam combatido tão ferozmente.

Falido e constrangido demais para oferecer uma escolta armada, o estado da Califórnia ficou de braços cruzados enquanto as cordeiras sacrificiais da reintegração, Suzy Holland, Hannah Nater, Robby Haley, Jeagan Goodrich e Melonie Vandeweghe, saíram do ônibus protegidas não pela Guarda Nacional, e sim pela mágica da tevê ao vivo e pela voz alta do Foy Cheshire. Tinham se passado umas duas semanas desde que eu o encontrara morando no carro e, segundo os rumores, ninguém tinha aparecido na última reunião dos Dum Dums, apesar de estar prevista uma fala do famoso organizador comunitário _ _ r _ _ _ O _ _ _ _.

Ombros curvados e braços erguidos para proteger o rosto, as Cinco de Dickens, como o quinteto passaria a ser chamado, se prepararam para a chuva de pedras e garrafas enquanto corriam em meio à multidão e rumo à história. Mas ao contrário do que aconteceu em Little Rock, no Arkansas, em 3 de setembro de 1957, a cidade de Dickens não cuspiu nos rostos delas nem gritou xingamentos raciais; em vez disso, a população implorou por autógrafos e perguntou se elas já tinham com quem ir ao baile de formatura. No entanto, quando as aspirantes a alunas chegaram ao topo da escada, depararam com a vice-diretora Charisma no seu melhor momento governador Faubus, se recusando a sair do lugar, com os braços abertos no batente da porta. Hannah, a mais alta do grupo, tentou contornar Charisma, mas ela ficou firme.

"Nenhum caucasiano pode entrar."

Hominy e eu estávamos do outro lado do ringue. De pé atrás de Charisma e, como todo mundo exceto as equipes de limpeza e de fornecimento de alimentos na Escola Secundária Little Rock Central ou na Universidade do Mississippi em 1962, do lado errado da história. Hominy tinha ido à escola aquele dia para dar uma aula sobre Jim Crow. A Charisma tinha me chamado para ler a carta comercial que acompanhava o mais recente texto multicultural reimaginado por Foy Cheshire, *Ratos e ienes*, uma adaptação só com chineses do clássico de Steinbeck para a época dos cules trabalhando nas estradas de ferro. O livro era uma cópia integral do original sem os artigos e com os *r*s trocados por *l*s. *Acledito que todo mundo na dloga deste mundo está amedlontado, com medo do outlo.* Nunca entendi por que depois de meio século de Filho Número Um do Charlie Chan, do cara do Smashing Pumpkins, de produtores musicais fodidões, skatistas e esposas asiáticas dóceis casadas com proprietários brancos em comerciais de lojas de ferramentas, gente como o Foy Cheshire ainda acha que a moeda chinesa é o iene e que asiáticos não conseguem pronunciar as porras dos *r*s, mas havia algo de enervante na mensagem rabiscada às pressas:

Prezada marionete da agenda liberal,

Sei que você não vai incluir no currículo essa obra árdua de sagacidade irreprimível, mas o problema é seu. Este livro vai me colocar definitivamente na tradição de escritores autodidatas como Virginia Woolf, Kawabata, Mishima, Maiakóvski e DFW. Vejo você na segunda para o primeiro dia de aula. A sala pode ser no seu prédio, mas você vai estar estudando meu mundo. Traga caneta, papel e aquele encantador de crioulos vendido.

Atenciosamente,

Foy "Sabia que o Gandhi batia na mulher?" Cheshire

Quando a Charisma me perguntou por que ele citou especificamente aqueles escritores, eu disse que não sabia, mas me esqueci de mencionar que a lista só tinha romancistas que haviam se matado. Era difícil saber se a declaração era algum tipo de ideação suicida, mas pelo menos dava para ter esperança. Não tem muitas coisas que os negros continuam sem ter feito até hoje, e por mais que o Foy fosse um ótimo candidato ao posto de "primeiro escritor preto a se matar", eu tinha que estar preparado. Se ele realmente era um "autodidata", sem dúvida tinha o professor mais merda do mundo.

O Foy deu um passo à frente dos outros para assumir as negociações, magicamente tirando de algum lugar uma pilha de resultados de DNA, sacudindo os papéis não na cara da Charisma, e sim perto da câmera de tevê mais próxima. "Tenho aqui nas minhas mãos uma série de resultados que mostra que cada uma dessas meninas tem raízes maternas que as ligam a ancestrais milenares no Grande Vale do Rift, no Quênia."

"Crioulo, de que lado você está?"

Do lado de dentro das paredes profanas da escola eu não conseguia ver quem tinha feito a pergunta, mas ela fazia sentido e, a julgar pelo silêncio, o Foy não tinha uma resposta. Não que eu soubesse de que lado eu estava. Só sabia que a Bíblia, os rappers conscientes e o Foy Cheshire não estavam do meu lado. A Charisma, no entanto, sabia o que queria, e empurrou o Foy e as crianças escada abaixo como se fossem pinos de boliche. Olhei em volta e vi os rostos ao meu lado: Hominy, os professores, Sheila Clark, todos um pouco assustados mas muito decididos. Cacete, talvez eu estivesse do lado certo da história, afinal de contas.

"Minha sugestão é: se vocês querem tanto estudar em Dickens, esperem a escola do outro lado da rua abrir."

As candidatas brancas se ergueram e viraram para ver seus ancestrais, os orgulhosos pioneiros da mítica Academia Wheaton. Com suas instalações intocadas, professores eficientes, um vasto campus arborizado, ela tinha algo inegavelmente atraente, e as meninas começaram a gravitar cheias de desejo em direção a seu paraíso escolar como anjos atraídos pela música de um alaúde e por uma cantina com comida decente, até o Foy parar na frente delas. "Não se deixem enganar por esta imagem esculpida", ele gritou. "Aquela escola é a raiz de todo o mal. É um tapa na cara de qualquer pessoa que um dia tenha lutado por igualdade e justiça. É uma piada racista que zomba de quem trabalha duro nesta e em todas as outras comunidades ao colocar a cenoura na ponta de uma vara e a esticar diante de cavalos velhos e cansados demais para correr. Além do mais, ela não existe."

"Mas parece tão real."

"Esses são os melhores sonhos, os que a gente acha que são reais."

Decepcionado, mas sem se dar por vencido, o grupo sentou no gramadinho ao lado do mastro da bandeira. Era um impasse mexicano multicultural, com o negão do Foy e os meninos branquelos no meio, a Charisma de um lado e o espectro utópico da Academia Wheaton do outro.

Dizem que durante os jogos de mentirinha que faziam aos fins de semana, o pai do jovem Tiger Woods, na tentativa barata de fazer o filho se atrapalhar, sacudia as moedinhas no bolso enquanto ele se preparava para uma tacada de dois metros que o faria ganhar o jogo. O resultado foi um picareta que dificilmente se distrai. Já eu me distraio fácil. Acabo sempre me perdendo no meio das conversas, porque meu pai gostava de um jogo que ele batizou de Depois do Ocorrido, em que, depois de me interromper no que quer que fosse, mostrava uma foto histórica e perguntava: "O que ocorreu depois disso?". A gente estava num jogo dos Bruins, e no meio de um pedido de tempo importante ele pôs a foto da pegada do Neil Armstrong no solo lunar na minha cara. O que ocorreu depois disso? Eu encolhi os ombros. "Sei lá. Ele fez aqueles comerciais da Chrysler na tevê."

"Errado. Ele virou um alcoólatra."

"Pai, acho que esse foi o Buzz Aldrin..."

"Na verdade, tem muito historiador que acha que ele estava chumbado quando pisou na lua. 'Um pequeno passo para um homem, um salto gigante para a humanidade.' O que quer dizer essa porra?"

No meio da minha primeira participação como rebatedor num jogo do campeonato infantil de beisebol, Mark Torres, um arremessador magricelo que jogava uma bola mais dura que pinto de adolescente e que, como esse adolescente na primeira trepada, era sobrenaturalmente rápida, atirou uma bola tão veloz na minha direção, marcando o segundo strike, que nem eu nem o árbitro vimos e só presumi que tinha passado na altura e na direção certas pelo vento que atingiu minha cara. Meu pai saiu apressado do banco. Não pra me dar algum conselho sobre como rebater, mas para me passar a famosa foto dos soldados americanos e russos se encontrando no rio Elba, apertando as mãos e celebrando o fim da Segunda Guerra Mundial na Europa. O que ocorreu depois disso?

"Os Estados Unidos e a União Soviética entraram numa Guerra Fria que durou mais ou menos cinquenta anos e que forçou os dois países a gastar trilhões de dólares em autodefesa em um esquema tipo pirâmide que o Dwight D. Eisenhower apelidou de Complexo Industrial Militar."

"Crédito parcial. Stálin mandou fuzilar todos os soldados russos nessa foto por confraternizarem com o inimigo."

Dependendo do quanto você é nerd, isso se passa no *Guerra nas Estrelas* dois ou no cinco. Mas, seja em qual for, sei que no meio do duelo apoteótico de sabres de luz entre Darth Vader e Luke Skywalker, logo depois que o Lorde Vader decepa a mão do Luke, meu pai pegou a lanterna do funcionário do cinema e colocou uma foto em preto e branco no meu peito. O que ocorreu depois disso? No vago círculo de luz, uma jovem negra com uma blusa branca primorosamente passada a ferro e uma saia com estampa de toalha de mesa apertava uma pasta escolar contra os seios que, assim como sua psique, ainda estavam se desenvolvendo. Ela usava óculos escuros grandes, mas dava para ver que não estava olhando nem para mim nem para as mulheres brancas que vinham atrás a atormentando.

"É uma das Nove de Little Rock. Enviaram tropas federais. Ela frequentou a escola. E todos foram felizes para sempre."

"O que ocorreu depois foi que no ano seguinte o governador, em vez de continuar a integrar o sistema educacional, como a lei exigia, fechou todas as escolas secundárias da cidade. Se os crioulos queriam aprender, então ninguém ia aprender. E, falando em aprender, perceba que eles não ensinam essa parte na escola." Nunca falei nada sobre "eles" serem professores como meu pai. Só me lembro de ficar tentando entender por que Luke Skywalker estava despencando num abismo iluminado pelas estrelas sem nenhuma razão aparente.

Às vezes eu queria que o Darth Vader fosse meu pai. Eu ia ter me dado melhor na vida. Não ia ter a mão direita, mas definitivamente não ia carregar o fardo de ser negro e ter que decidir o tempo todo quando devia e quando não devia me importar com aquilo. Ah, e eu sou canhoto.

Então todo mundo estava ali, mais teimosos que mancha de grama na roupa, esperando alguém intervir. O governo. Deus. Sabão em pó que preserva as cores. A Força. Sei lá.

Exasperada, Charisma me olhou. "Quando é que essa merda acaba?"

"Não acaba", murmurei, e fui andando rumo à alegre perfeição que é uma manhã de primavera na Califórnia. O Foy tinha preparado sua tropa para cantar "We Shall Overcome". Eles estavam unidos de braços dados, balançando e cantando lentamente. A maioria das pessoas acha que "We Shall Overcome" está em domínio público. Que em função da generosidade da luta pelos direitos dos negros, qualquer um pode cantar suas poderosas estrofes sempre que se sentir alvo de injustiça ou traição, e deveria ser assim. Mas, se você ficar do lado de fora da Agência de Direitos Autorais dos Estados Unidos cantando "We Shall Overcome" para protestar contra gente que lucra afanando músicas dos outros, vai dever dez centavos para o espólio de Pete Seeger a cada repetição. E apesar do Foy, cantando com todas as suas forças, ter achado por bem mudar a pungente parte da letra que fala em "algum dia" por um sonoro "AGORA MESMO!", joguei uma moedinha na calçada só como precaução.

Ele ergueu as mãos bem acima da cabeça, fazendo a blusa levantar junto e mostrando o cabo de um revólver preso no seu cinto de couro italiano. Aquilo explicava a mudança na letra, a impaciência, a carta e o olhar desesperado. E como é que eu não tinha percebido antes a ausência de angularidade na peruca sempre tão bem penteada.

"Charisma, chame a polícia."

Ninguém, a não ser hippies de faculdade, cantores de música religiosa negra, fãs dos Cubs e outros tipos de idealistas, sabe as estrofes dois a seis de "We Shall Overcome", e quando o rebanho do Foy começou a tropeçar na estrofe seguinte, ele sacou a calibre 45 e ficou balançando como se fosse um cartaz com trechos da letra. Exortando seu coral a superar as partes mais difíceis, apesar de todos estarem de costas para ele, e passando rápido pelo Hominy e por mim rumo à entrada da escola, que continuava fechada já que a Charisma tinha trancado as portas.

Não é fácil dispersar Dickens no meio de um barraco. O mesmo vale para a mídia local, acostumada a assassinatos de gangues e a um suprimento aparentemente infinito de psicopatas homicidas. Por isso, quando Foy disparou dois tiros na traseira de sua Mercedes mal estacionada na Rosecrans, a multidão abriu um corredor largo o suficiente apenas para servir como rota de fuga para as meninas brancas chegarem em relativa segurança ao ônibus escolar, onde ficaram abaixadinhas cada uma no seu banco. Dessegregar nunca é fácil, em nenhuma direção, e depois de Foy mandar mais dois balaços em direção aos direitos civis delas, o movimento ia ficar ainda mais lento, porque o Ônibus da Liberdade estava com dois pneus furados.

Foy disparou de novo contra o símbolo da Mercedes-Benz. O porta-malas abriu daquele modo lento e majestoso que só os porta-malas das Mercedes têm, e ele pegou uma lata velha de cal guardada ali atrás. Mas, antes que eu ou qualquer outra pessoa pudesse chegar nele, o Foy virou, afastando todo mundo com o trabuco e a cantoria desafinada. Ele fez mais uma mudança na letra. Dessa vez, personalizou a música mudando o refrão de "Nós vamos vencer" para "Eu vou vencer". Como é que os jurados falam para os caras que se apresentam naqueles programas de calouros na tevê? Você realmente a tornou sua.

O barulho de uma lata de tinta abrindo é sempre agradável. Compreensivelmente satisfeito consigo mesmo e com sua chave de carro improvisada, Foy, ainda cantando a plenos pulmões, ficou de pé e, dando as costas para a rua, mirou direto no meu peito. "Vi isso um milhão de vezes", meu pai dizia. "Crioulos profissionais que ficam malucos porque a farsa acabou." A negritude que os consumia evapora de repente como o pó das janelas levado pela chuva. Só o que resta é a transparência da condição humana, e todo mundo consegue ver o que tem dentro de você. Finalmente descobriram a mentira no seu currículo. O motivo de o sujeito demorar tanto para entregar seus relatórios finalmente vem à tona, e a lentidão não se deve a uma dolorosa atenção aos detalhes, e sim à dislexia. As suspeitas confirmadas de que a garrafinha de enxaguante bucal que está sempre em cima da mesa de trabalho do sujeito negro ali no canto, perto do banheiro, não contém um líquido "preparado para eliminar o mau hálito e oferecer vinte e quatro horas de proteção contra germes que causam doenças na gengiva", e sim Schnapps de menta. Uma bebida feita para eliminar pesadelos e oferecer uma falsa sensação de segurança de que seu sorriso Listerine está arrasando. "Vi isso um milhão de vezes", ele dizia. "Pelo menos os crioulos da Costa Leste têm Vineyard e o Sag Harbor. O que é que a gente tem? Las Vegas e a merda do El Pollo Loco." Pessoalmente, adoro o El Pollo Loco, e não é como se estivesse totalmente convencido de que o Foy representava um perigo para mim e para os outros, mas se eu saísse daquela vivo a primeira coisa que ia fazer era visitar a loja na esquina da Vermont com a 58. Pedir um combo triplo – frango com milho grelhado e purê, e um daqueles ponches deliciosos de frutas vermelhas com gosto de festa de aniversário de oito anos.

As sirenes estavam a meia cidade de distância. Apesar de o distrito receber uma bolada de dinheiro dos impostos de casas sobrevalorizadas, Dickens nunca recebeu uma cota justa de serviços públicos. E agora, com os problemas de orçamento e as fraudes, o tempo de resposta era medido em eras, com os mesmos operadores de centrais telefônicas que atendiam as ligações no Holocausto, em Ruanda, no massacre de Wounded Knee e em Pompeia ainda a postos. O Foy tirou a arma do meu peito e apontou para o próprio ouvido, depois com a mão livre derramou a lata de cal não mexida e semiendurecida na própria cabeça. Em pelotas viscosas, ela escorreu pelo lado esquerdo do rosto dele e pela metade do corpo, até que um olho, uma narina, uma manga, uma perna de calça e um relógio Patek Philippe ficassem completamente brancos. O Foy não era nenhuma árvore do conhecimento, no máximo era um arbusto da opinião, mas, em todo caso, era evidente que, fosse aquilo uma jogada de marketing ou não, ele estava morrendo por dentro. Olhei para suas raízes. Um sapato marrom salpicado de tinta da cascata leitosa que vertia pelo cavanhaque e caía pelo queixo. Daquela vez não havia dúvida de que ele tinha pirado, porque, se tem uma coisa que um preto bem-sucedido como o Foy adora acima de Deus, da pátria e de suas mães com pernas e braços em formato de mortadela, são seus sapatos.

Andei até ele. Com os braços para o alto e as mãos abertas. Foy apertou o cano da arma ainda mais contra seu penteado afro disforme, mantendo a si mesmo como refém. Não sei se tentava ser morto pelos policiais ou se só queria tirar o dele da reta, nem me importava muito, só estava feliz por ele ter parado com a cantoria.

"Foy", eu disse, num tom que lembrou surpreendentemente meu pai, "você tem que se perguntar duas coisas: Quem sou eu? E como posso me tornar o que sou?"

Esperei a previsível diatribe do "Eu faço tanta coisa por vocês, seus crioulos, e é esse o agradecimento que recebo", sobre como ninguém comprava os livros dele. Sobre como, apesar de ser produtor, diretor, editor, fornecedor de alimentos e astro de um programa de entrevistas na tevê que fora distribuído para dois continentes e de ter levado uma versão divertida, homogeneizada e romantizada do pensamento intelectual negro a dezenas de milhares de lares em mais de seis países, nada mudara no modo como o mundo via a gente. Sobre como ele era diretamente responsável por conseguir que um negro tivesse sido eleito presidente e nada mudara. Como na semana anterior um crioulo ganhou setenta e cinco mil dólares no *Teen Jeopardy* e nada mudara. Como na verdade as coisas tinham piorado. E como dava para ver que estavam piorando ainda mais. Porque a "pobreza" desaparecera do vernáculo e das nossas consciências. Porque agora tem moleque branco trabalhando no lava a jato. Porque as mulheres nos filmes pornô estavam mais bonitas do que nunca e porque agora eram os gays bonitões que precisavam fazer sexo hétero só porque dava dinheiro. Porque atores famosos faziam comerciais exaltando as virtudes das companhias telefônicas e do Exército americano. Sabe como é que dá pra ter certeza de que está tudo fodido? Alguém acha que a gente continua nos anos 1950 e acredita que faz sentido reinserir a segregação no espírito do povo americano. Esse alguém é você, não é, Vendido? Colando adesivos? Erguendo escolas falsas como se o gueto fosse uma Paris de mentirinha da Primeira Guerra Mundial, com suas estações de metrô, arcos do Triunfo e torres Eiffel construídas para enganar os bombardeiros. Como os alemães que, por sua vez, na guerra seguinte, construíram lojas, teatros e parques falsos no Theresienstadt para levar a Cruz Vermelha a acreditar que nenhuma atrocidade estava sendo cometida, quando a guerra inteira era uma série de atrocidades do caralho – uma bala depois da outra, uma detenção ilegal depois da outra, uma esterilização depois da outra, uma bomba atômica depois da outra. A mim vocês não enganam. Não sou a Luftwaffe nem a Cruz Vermelha. Não cresci nesse inferno... Tal pai, tal filho...

Quando é o seu próprio sangue que está escorrendo entre os dedos, a única palavra que pode descrever como ele jorra é "copiosamente". Mas, me contorcendo na sarjeta, segurando as tripas, comecei a sentir como se estivesse perto de um ponto-final. Não cheguei a ouvir o tiro, mas pela primeira vez na vida tinha alguma coisa em comum com meu pai – nós dois tínhamos sido baleados por covardes. E aquilo me dava certo prazer. Eu tinha a impressão de que finalmente havia pagado minha dívida com ele e com suas noções do que era ser preto e do que era ser criança. Meu pai nunca acreditara em colocar um ponto-final em nada. Ele dizia que era um conceito psicológico falso. Algo inventado por terapeutas para suavizar a culpa dos brancos ocidentais. Em todos os anos de estudo e trabalho, nunca ouvira um paciente negro falar sobre a necessidade de "colocar um ponto-final" em algo. Eles precisavam se vingar. Precisavam se distanciar. Precisavam de perdão e talvez de um bom advogado, mas nunca de um ponto-final. Ele dizia que as pessoas confundiam suicídio, assassinato, cirurgia bariátrica, casamento inter-racial e gorjetas generosas com "colocar um ponto-final", quando na verdade só estavam apagando algo.

O problema com a ideia do "ponto-final" é que, quando você sente esse gostinho uma vez na vida, quer fazer isso com absolutamente todos os aspectos da sua existência. Especialmente quando está sangrando até morrer e seu escravo, em plena rebelião, grita: "Me devolve meus filmes dos *Batutinhas*, seu safado!", e soca o sujeito que atirou em você de maneira tão furiosa que a polícia do distrito de Los Angeles precisa mobilizar metade do seu contingente para tirar o crioulo dali, enquanto você tenta estancar a sangria com um exemplar encharcado da revista *Vibe* que alguém largou no meio-fio, sem querer deixar nada pra lá. Kanye West anunciou: "Eu sou o rap!". Jay-Z acha que é o Picasso. E a vida é transitória pra cacete.

"A ambulância já está chegando."

A poeira finalmente assentou. O Hominy, que não conseguia parar de chorar, tinha tirado a camiseta, enrolado para virar um travesseiro e ajeitado minha cabeça no seu colo. Uma representante do xerife se agachou do meu lado, tocando gentilmente a ferida com a parte de trás da lanterna. "Você foi corajoso pra caralho, encantador de crioulos. Posso trazer alguma coisa pra você?"

"Um ponto-final."

"Não acho que você vá precisar de pontos. Não pegou na barriga; foi mais no culote. Parece superficial, na verdade."

Só alguém que nunca foi baleado descreve um ferimento à bala como superficial. Mas eu não ia deixar aquela pequena falta de empatia impedir minha tentativa de conseguir um ponto-final de verdade.

"É ilegal gritar 'Fogo!' em um teatro lotado, certo?"

"É."

"Bom, eu sussurrei racismo num mundo pós-racial."

Contei a ela como estava me empenhando para fazer Dickens ressurgir e como achei que construir a escola ia dar um senso de identidade para a cidade. A mulher me deu um tapinha simpático no ombro e falou com o supervisor pelo rádio. Enquanto os socorristas me remendavam, nós três barganhávamos sobre a gravidade do crime. As autoridades relutavam em me denunciar por qualquer coisa mais grave do que vandalismo contra propriedade pública e eu tentava convencê-los de que mesmo que o índice de criminalidade tivesse diminuído na região depois da instalação da Academia Wheaton, o que eu tinha cometido continuava sendo uma violação da Primeira Emenda, do Código de Direitos Civis e, a não ser que tivesse havido um armistício na Guerra contra a Pobreza, de pelo menos quatro artigos da Convenção de Genebra.

Os socorristas chegaram. Depois de me estabilizarem com gaze e de umas poucas palavras gentis, passaram para a avaliação protocolar.

"Parente mais próximo?"

Enquanto eu estava ali, não exatamente agonizando, mas perto daquilo, pensei na Marpessa. Que, caso a posição do sol alto no belo céu azul servisse de indicação, estava no extremo oposto da mesma rua fazendo seu intervalo de almoço. Com o ônibus estacionado de frente para o mar. Os pés descalços no painel, a cara enfiada em Camus, ouvindo "This Must Be the Place", dos Talking Heads.

"Tenho uma namorada, mas ela é casada."

"E esse cara aqui?", a mulher perguntou, apontando uma caneta esferográfica para o Hominy, parado de pé do meu lado, sem camisa, prestando depoimento para a representante do xerife, que escrevia num bloquinho e sacudia a cabeça incrédula. "Ele é seu parente?"

"Parente?" Ouvindo o que o paramédico disse e meio ofendido, ele limpou os sovacos enrugados com a camiseta e veio ver como eu estava. "Ora, sou até mais próximo que um parente."

"Ele diz que é o escravo da vítima", a representante do xerife disse, lendo suas anotações. "Vem trabalhando para ele nos últimos quatrocentos anos, disse o maluco."

A socorrista fez que sim com a cabeça, passando as luvas de borracha cheias de talco pela pele flácida das costas do Hominy.

"De onde vêm esses vergões?"

"Chibatada. De que outro jeito um crioulo inútil e desajeitado como eu ia ter essas marcas nas costas?"

Depois de me algemar na maca, os funcionários do departamento do xerife finalmente sabiam que tinham uma acusação contra mim, apesar de a gente ainda não conseguir concordar qual era o crime enquanto me carregavam para a ambulância em meio à multidão.

"Tráfico humano?"

"Nada, ele nunca foi comprado nem vendido. Que tal servidão involuntária?"

"Talvez, mas não dá nem para dizer que você forçava o cara a trabalhar."

"Não dá nem pra dizer que ele trabalhava."

"Você realmente bateu nele com a chibata?"

"Não diretamente. Contratei umas pessoas... É uma longa história."

Uma das socorristas teve que amarrar o sapato. Enquanto fazia isso, eles me colocaram no banco de madeira de um ponto de ônibus. Olhei para o encosto e a foto de um rosto conhecido me reconfortou com um sorriso tranquilizador e uma gravata vermelha.

"Você tem um bom advogado?", a policial perguntou.

"É só ligar pra esse crioulo aqui." Bati no anúncio. Ele dizia:

Hampton Fiske – *Advogado*
Lembre, há quatro passos para a absolvição:
1. Não diga nada! 2. Não fuja! 3. Não resista à prisão!
4. Não diga nada!
0800-LIBERDADE
Se Habla Español

Hampton chegou atrasado no dia do júri que ia definir meu indiciamento, mas seu trabalho valia cada centavo. Eu disse a ele que não podia ficar preso. Precisava cuidar da colheita e uma das éguas ia parir dali a dois dias. Sabendo disso, ele entrou na sala de audiência espanando as folhas do terno com a mão e catando pequenos galhos da permanente, enquanto carregava uma bacia com frutas e dizia: "Como fazendeiro, meu cliente é um membro indispensável de uma comunidade minoritária que, segundo documentos confiáveis, está desnutrida e mal alimentada. Ele nunca saiu do estado da Califórnia e é dono de uma caminhonete de vinte anos que funciona a álcool, uma merda de combustível quase impossível de se encontrar nesta cidade, portanto não existe risco de fuga...".

A procuradora-geral da Califórnia, que saiu de Sacramento só para tratar do meu caso, ficou rapidinho de pé sobre os sapatos Prada. "Objeção! O réu, verdadeiro gênio do mal, conseguiu discriminar por meio de suas ações abomináveis todas as raças possíveis ao mesmo tempo, sem nem falar no fato de ser proprietário de um escravo. O estado da Califórnia acredita haver indícios mais que suficientes para provar que ele violou de modo abjeto as Leis de Direitos Civis de 1866, 1871, 1957, 1964 e 1968, e a Lei de Direitos Iguais de 1963, as Emendas Constitucionais números 13 e 14, e pelo menos seis dos malditos Dez Mandamentos. Se eu pudesse, acusaria o réu de crimes contra a humanidade!"

"Este é um exemplo da humanidade do meu cliente", Hampton respondeu calmamente, colocando com gentileza a bacia com as frutas sobre a bancada do juiz e depois fazendo uma mesura exagerada enquanto se afastava. "Recém-colhidas da fazenda dele, meritíssimo."

O juiz Nguyen esfregou os olhos cansados. Pegou uma nectarina da cesta e ficou girando a fruta nos dedos enquanto falava. "Não posso deixar de notar a ironia do fato de estarmos aqui neste tribunal – uma procuradora-geral do estado descendente de negros e asiáticos, um réu negro, um advogado de defesa negro, uma meirinha hispânica e eu, um juiz de primeira instância de origem vietnamita – estabelecendo os parâmetros para o que na essência é uma disputa judicial sobre a aplicabilidade, a eficácia e a própria existência da supremacia branca conforme expressa por nosso sistema legal. E, embora ninguém nesta sala possa negar a premissa básica dos 'direitos civis', poderíamos ficar discutindo pela eternidade e mais um dia sobre o que significa 'todos serem iguais perante a lei', como definem os próprios artigos da Constituição que este réu é acusado de violar. Ao tentar restabelecer sua comunidade por meio da reimplantação de preceitos, no caso a segregação e a escravidão, que, dada a sua história cultural, vieram a definir sua comunidade apesar da suposta inconstitucionalidade e da inexistência desses conceitos, ele apontou uma falha fundamental no modo como nós americanos dizemos entender a igualdade. 'Eu não ligo se você é negro, branco, marrom, amarelo, vermelho, verde ou roxo.' Todos dizemos isso. Supostamente é uma prova de que não somos preconceituosos, mas se você pintasse alguém de roxo ou de verde todo mundo ficaria furioso. E é isso que ele está fazendo. Ele está pintando todo mundo, pintando sua comunidade, de roxo e de verde, e vendo quem continua acreditando na igualdade. Não sei se o que ele fez é legal ou não, mas o único direito civil que posso garantir a este réu é o direito ao devido processo legal, o direito a um julgamento rápido. Vamos nos reunir de novo amanhã às nove da manhã. Mas podem se preparar, turma, porque, não importa qual seja o veredito, inocente ou culpado, isso vai parar na Suprema Corte, então espero que vocês não tenham nada agendado para os próximos cinco anos. Estabeleço a fiança..." O juiz Nguyen deu uma bela mordida na nectarina, depois beijou seu crucifixo. "Estabeleço a fiança em um melão e duas quincãs."

Negritude não mitigada

24

Eu esperava que o ar-condicionado da Suprema Corte fosse uma porcaria, como em todos os filmes bons de tribunal: *Doze homens e uma sentença* e *O sol é para todos*. Os julgamentos nos filmes sempre acontecem em lugares úmidos no auge do verão, porque os livros de psicologia dizem que a criminalidade aumenta junto com a temperatura. As pessoas se irritam mais fácil. Testemunhas suam e advogados começam a gritar uns com os outros. Os jurados se abanam, depois abrem janelas em busca de uma fuga e de uma lufada de ar fresco. Washington, D.C., é bem abafada nesta época do ano, mas dentro do tribunal o clima é fresco, quase frio. Mesmo assim eu preciso abrir uma janela, para deixar sair toda a fumaça e cinco anos de frustrações com o sistema judicial.

"Você não suportaria erva de verdade!", gritei para o Fred Manne, o extraordinário artista que fazia os desenhos do julgamento e que também era cinéfilo. É o intervalo do jantar daquele que se tornou o julgamento mais longo da história do tribunal. Estamos sentados em uma antecâmara sem nome matando o tempo e dividindo um baseado, arruinando com o clímax de *Uma questão de honra*, que nem é um grande filme, mas o desdém que o Jack Nicholson mostra pelos atores e pelo roteiro e sua atuação no monólogo final salvam.

"Você deu a ordem para o Código Vermelho?"

"Pode ser. Estou tão doidão agora…"

"Você deu a ordem para o Código Vermelho?"

"Pode apostar que dei! E daria de novo, porque essa erva é boa pra cacete." Fred está saindo do personagem. "Como é o nome disso?"

"Isso" é o baseado que está na mão dele.

"Não tem nome ainda, mas 'código vermelho' soa bem pacas."

Fred desenhou todos os casos importantes: casamento gay, a revogação do Ato de Direito ao Voto e a extinção da ação afirmativa no ensino superior e, por extensão, em todos os outros lugares. Ele diz que em seus trinta anos como artista do tribunal, é a primeira vez que viu a sessão ser interrompida para o jantar. E a primeira vez que viu os ministros erguerem a voz e se encararem. Fred me mostra um desenho que fez da sessão de hoje. No esboço um ministro conservador católico mostra o dedo do meio para um ministro católico liberal do Bronx enquanto sub-repticiamente coça a bochecha.

"O que quer dizer *coño*?"

"O quê?"

"Foi o que ele sussurrou bem baixinho, e logo depois disse: '*Chupa mi verga, cabrón*'."

Minha caricatura colorida a lápis é horrorosa. Estou no canto inferior esquerdo do desenho. Não sei o que dizer sobre a decisão da Corte de liberar empresas para financiar campanhas políticas ou a questão da queima das bandeiras dos Estados Unidos, mas a melhor decisão que o tribunal já tomou foi a de proibir o uso de câmeras durante o julgamento, porque, aparentemente, sou feio pra caralho. Meu nariz de batata e as orelhas gigantes se destacam com a careca ao estilo monte Fuji, como se fossem anemômetros de carne. Encaro a jovem ministra judia com um sorriso amarelo, como se pudesse ver através da toga dela. O Fred diz que o motivo de não permitirem câmeras no julgamento não tem nada a ver com decoro e dignidade. É para preservar a nação de ver o que fica abaixo da Plymouth Rock. Porque a Suprema Corte é o lugar em que a nação tira o pinto e os peitos pra fora e decide quem vai tomar no rabo e quem vai poder mamar um pouquinho. O que acontece ali é pornografia constitucional, e o que foi que o ministro Potter disse uma vez sobre obscenidade? *Eu reconheço quando vejo.*

"Fred, será que você não podia pelo menos dar uma limada nos meus incisivos? Fiquei parecendo o conde Blacula."

"*Blacula*. Um filme subestimado."

Fred tira o crachá da correntinha em volta do pescoço e usa o jacaré de metal para segurar a ponta e dar uma puta de uma última tragada. Enquanto ele está com os olhos e as passagens nasais bem fechados, peço para me emprestar um lápis. Fred faz que sim com a cabeça, e aproveito a oportunidade para tirar todos os lápis marrons da elegante caixinha dele. Nem a pau que vou entrar para a história como o litigante mais feio da história da Suprema Corte.

Durante as aulas de ciências sociais, também conhecidas no currículo do meu pai como "modos e costumes do incansável povo branco", meu pai sempre me alertava para não ouvir rap ou blues com caucasianos desconhecidos. À medida que fiquei mais velho, fui aconselhado a não jogar Banco Imobiliário, não tomar mais do que duas cervejas nem fumar maconha com eles. Porque essas atividades podem criar uma falsa sensação de familiaridade. E nada, incluindo gatos selvagens e balsas africanas, é mais perigoso do que um branco que acha que está em terreno seguro. Quando o Fred volta depois de soltar uma nuvem de fumaça na noite da capital, está com um brilho de viu-como-eu-sou-seu-irmão nos olhos. "Deixa eu te contar uma coisa, velho. Já vi de tudo por aqui. Preconceito racial, casamento inter-racial, discurso de ódio e discriminação, e sabe qual é a diferença entre o meu povo e o seu? Por mais que todo mundo queira um lugar na 'mesa', quando vocês conseguem entrar nunca têm um plano de fuga. A gente? A gente está pronto para sair imediatamente, assim que for preciso.

Nunca entro num restaurante, numa pista de boliche ou numa orgia sem me perguntar: 'Se eles escolherem este momento para vir me pegar, como é que vou dar o fora daqui?'. Levou uma geração, mas a gente aprendeu a porra da lição. Disseram pro seu povo: 'A aula acabou. Não tem mais nada pra vocês aprenderem'. E vocês, tontos, acreditaram. Pensa só, se uma tropa de nazistas entra pela porta agora, o que é que você faz? Qual é a sua estratégia de fuga?"

Alguém bate na porta. É uma funcionária do tribunal engolindo o último pedaço de um enroladinho de atum. Ela fica tentando entender por que estou com uma perna balançando para fora da janela. O Fred simplesmente sacode a cabeça. Olho pra baixo. Mesmo que eu sobrevivesse a uma queda de três andares, ia ficar preso em um pátio brega de mármore. Com muros de dez metros de exagerada arquitetura colonial. Cercado por cabeças de leões, bambus, orquídeas vermelhas e uma fonte cheia de limo. A caminho da saída, o Fred aponta para uma pequena porta lateral tamanho hobbit que fica atrás de um vaso, e que presumivelmente leva à Terra Prometida.

Entro de novo na sala e encontro um menino branco insanamente pálido na minha cadeira. É como se ele tivesse esperado até o quarto final da partida para descer de um assento lá no segundo balcão, desviar dos fiscais e sentar numa cadeira ao lado da quadra que ficou vaga depois que um fã saiu mais cedo para não enfrentar o congestionamento. Fico me lembrando da velha piada sobre brancos que voltam do intervalo, encontram "crioulos nas suas cadeiras" e decidem no palitinho quem vai pedir para eles saírem dali.

"Você está no meu lugar, cara."

"Ei, só queria dizer que acho que minha constitucionalidade também está em julgamento. E parece que não tem muita gente torcendo pra você." Ele balançou no ar seus pompons invisíveis de líder de torcida. *Joga bola! Joga bola! Vai! Vai! Vai!*

"Valeu pelo apoio. Preciso muito disso. Mas chega só um pouquinho pra lá."

Os ministros entram na sala de novo. Ninguém fala nada sobre meu novo parceiro de equipe. Foi um longo dia. Estão com olheiras. Suas togas amarrotadas perderam o brilho. Na verdade, a roupa do ministro negro parece manchada de molho barbecue. As únicas duas pessoas na sala que parecem descansadas são o jeffersoniano presidente do tribunal e o bonitão do Hampton Fiske, ambos sem um fio de cabelo fora do lugar e sem mostrar qualquer sinal de fadiga. Mas o Hampton ganha do presidente do tribunal porque trocou de roupa. Ele agora está resplandecente em um controverso macacão boca de sino verde-limão apertado no saco. Tira o chapéu de feltro, a capa e a bengala com cabo de marfim e ajeita a barriga, depois fica de lado enquanto o presidente faz um anúncio.

"Sei que foi um dia difícil. Sei que nesta cultura é especialmente difícil falar sobre 'raça', porque sentimos a necessidade de prestar..."

O garoto branco perto de mim tosse e solta um "mentira" à la *Clube dos cafajestes*. Eu pergunto baixinho o nome do filho da mãe fantasmagórico, porque faz todo o sentido você saber quem está lutando do seu lado na trincheira.

"Adam Y__."

"Meu chapa."

Estou doidão de maconha, mas não doido o suficiente para não saber que é "difícil" falar sobre raça porque é difícil falar sobre raça. Também é difícil falar sobre a prevalência do abuso infantil neste país, mas você nunca vê ninguém reclamando disso. Simplesmente não se fala no assunto. E quando foi a última vez que você ouviu uma discussão moderada sobre as alegrias do incesto consensual? Às vezes as coisas são simplesmente difíceis de abordar, mas eu realmente acho que o país faz um trabalho bem decente na abordagem da questão racial.

Quando alguém diz: "Por que a gente não pode falar sobre raça mais honestamente?", o que realmente está querendo dizer é: "Por que vocês, seus crioulos, não podem ser mais razoáveis?" ou "Vá se foder, branquelo. Se eu dissesse o que realmente quero, ia ser demitido mais rápido do que você ia me demitir se fosse mais fácil falar sobre raça". E quando falamos de raça queremos dizer "crioulos", porque ninguém, seja qual for sua crença, parece ter qualquer dificuldade em falar a merda que for sobre nativos americanos, latinos, asiáticos e a mais nova raça dos Estados Unidos, a celebridade.

Os negros nem falam sobre raça. Hoje nada pode ser atribuído à cor. Tudo são "circunstâncias mitigadoras". As únicas pessoas que discutem "raça" com algum discernimento e coragem são caras brancos de meia-idade que falam alto e romantizam os Kennedy e a Motown, meninos brancos letrados de mente aberta como o tipinho fã de tie-dye sentado a meu lado com uma camiseta dizendo *Libertem o Tibet e o Boba Fett*, uns poucos jornalistas freelancers em Detroit e os *hikikomori* americanos, que ficam sentados no porão martelando em seus teclados respostas comedidas e bem pensadas para a torrente infinita de comentários racistas na internet. Sendo assim, graças sejam dadas à MSNBC, ao Rick Rubin, ao Cara Negro da *Atlantic*, à Universidade Brown, e à bela ministra da Suprema Corte do Upper West Side, que, se aproximando tranquilamente de seu microfone, finalmente perguntou a primeira coisa que fez sentido: "Acho que está estabelecido que o dilema legal aqui é se uma violação da Lei de Direitos Civis, que traz como consequência exatamente os mesmos resultados que esses estatutos supramencionados desejavam promover e que no entanto não conseguem produzir, é ou não uma transgressão dos próprios direitos civis. O que precisamos ter em mente é que o 'separados mas iguais' foi derrubado não com base em argumentos morais, e sim com base no fato de que a Corte decidiu que separados não podem nunca ser iguais. E, no mínimo, este caso sugere que questionemos não se separados eram de fato iguais, mas o que pensamos sobre 'separados e não exatamente iguais, mas em situação infinitamente melhor do que em qualquer momento anterior'. 'Eu contra os Estados Unidos da América' exige um exame mais fundamental sobre o que queremos dizer com 'separados', 'iguais' e 'negros'. Então, vamos à vaca fria: o que queremos dizer com 'negros'?"

O que o Hampton Fiske tem de melhor, além do fato de se recusar a deixar a moda dos anos 1970 morrer, é que sempre está preparado. Ele ajeita um par de lapelas que ficam sobre seu peito como se fossem abas de uma barraca gigante e limpa a garganta; um gesto proposital que Hampton sabe que vai deixar algumas pessoas nervosas. Ele quer sua plateia agitada, porque no mínimo significa que vão estar mais atentos.

"O que é ser negro, meritíssima? Essa é uma excelente pergunta. É exatamente a questão que o imortal escritor francês Jean Genet se fez depois que um ator pediu a ele que escrevesse uma peça para um elenco só de negros, quando ele se perguntou não apenas 'O que exatamente é um negro?', mas acrescentou uma dúvida ainda mais essencial: 'Primeiro de tudo, qual é a cor dele?'"

A equipe do escritório de Hampton puxa cordinhas e cortinas caem sobre as janelas, enquanto ele anda em direção ao interruptor e deixa a sala num breu total. "Além de Genet, muitos rappers e pensadores negros falaram sobre isso. O Young Black Teenagers, um antigo quinteto de rap composto por jovens brancos posers, afirmava que 'Ser negro é um estado de espírito'. O pai do meu cliente, o estimado psicólogo afro-americano F. D. Eu (que esse gênio filho da puta descanse em paz), levantou a hipótese de que a identidade negra se forma em etapas. Segundo a teoria dele da negritude quintessencial, a etapa um é o negro neófito. Aqui o negro existe em estado de pré-consciência. Assim como muitas crianças teriam medo da escuridão total em que nos encontramos imersos agora, o negro neófito tem medo da própria negritude. Uma negritude que parece inescapável, infinita e inaceitável." Hampton estala os dedos, e uma foto gigante de um anúncio da Nike com Michael Jordan aparece projetada em todas as quatro paredes do tribunal, mas em seguida é substituída por fotos sucessivas de Colin Powell divulgando sua receita de bolo amarelo de urânio na Assembleia Geral das Nações Unidas pouco antes do piquenique de invasão do Iraque e da Condoleezza Rice deixando escapar uma mentira pela falha dos dentes da frente. Esses são afro-americanos que servem para ilustrar o que ele estava falando. Exemplos de como o ódio por si mesmo pode levar uma pessoa a valorizar a aceitação dos outros em detrimento do respeito próprio e da moralidade. Imagens de Cuba Gooding, da Coral do *Na Real* e do Morgan Freeman passam rapidamente. Ao fazer referência a ícones pop esquecidos há tanto tempo, Hampton está entregando a idade, mas ele continua a falar: "Ele ou ela desejam ser qualquer coisa, menos negros. Sofrem de baixa autoestima e de pele extremamente ressecada". Um retrato do ministro negro fumando um charuto e se preparando para uma tacada surge nas paredes. Levando todo mundo a dar uma boa risada, inclusive o próprio ministro negro. "Negros da etapa um assistem a reprises de *Friends* sem se dar conta de que toda vez que um branco numa comédia de tevê sai com uma negra é sempre o cara mais feio da turma que ganha um chamego das nossas irmãs. São os Turtles, os Skreeches, os David Schwimmers e os George Constanzas do grupo..."

O presidente do tribunal humildemente ergue a mão.

"Perdão, sr. Fiske, tenho uma pergunta..."

"Nem fodendo, amigão. Agora eu embalei!"

Eu também. Saco minha maquininha de enrolar baseado e, do jeito que dá naquele breu, encho a bandejinha com o bagulho úmido. Podem me prender por desacato, *le mépris* por esse troço todo. Não preciso que ninguém me diga qual é a etapa dois da negritude. É o "Negro com *N* maiúsculo". Conheço essa joça toda. Me enfiaram isso na cabeça desde que cheguei à idade de jogar Uma Dessas Coisas Não Devia Estar Aqui e de ser obrigado pelo meu pai a apontar o cara branco na foto dos Lakers. Mark Landsberger, onde você está quando eu preciso de você? "A característica distintiva da negritude na etapa dois é a consciência maior da raça. Aqui ela continua dominando a pessoa, mas de maneira mais positiva. A negritude passa a ser um componente essencial do quadro de experiências e conceitos da pessoa. Ela é idealizada, os brancos são vistos com maus olhos. As emoções variam da amargura, raiva e autodestruição a ondas de euforia pró-negros e ideias de supremacia negra..." Entro embaixo da mesa para evitar que alguém perceba o cheiro, mas o baseado não está queimando direito. Dou uma tragada e não vem nada. Do meu esconderijo recém-descoberto, procuro manter a brasa acesa enquanto vejo de relance em ângulos esquisitos fotos de Foy Cheshire, Jesse Jackson, Sojourner Truth, Moms Mabley, Kim Kardashian e meu pai. Nunca consigo me livrar dele. Meu pai tinha razão, não existe isso de ponto-final. Talvez a maconha esteja pegajosa demais para queimar direito. Talvez eu tenha enrolado fininho demais. Talvez não tenha nenhuma erva lá dentro e eu esteja doidão tentando fumar meu próprio dedo há cinco minutos. "A etapa três da negritude é o transcendentalismo racial. Uma consciência coletiva que combate a opressão e busca a serenidade." Foda-se, vou cair fora. Sou um fantasma. Decido fugir bem de fininho para não constranger o Hampton, que vem trabalhando como um verdadeiro paladino da justiça neste caso inacabável. "Exemplos de negros na etapa três são gente como Rosa Parks, Harriet Tubman, Touro Sentado, César Chávez, Ichiro Suzuki." No escuro, cubro o rosto, e minha silhueta aparece em frente a uma imagem do Bruce Lee prestes a encher alguém de porrada em *Operação Dragão*. Graças ao Fred, o desenhista do tribunal, tenho um plano de fuga e consigo achar o caminho até a saída no escuro. "Negros da etapa três são a mulher à sua esquerda, o cara à sua direita. Pessoas que acreditam na beleza pela beleza."

Washington, D.C., como a maior parte das cidades, fica mais bonita à noite. Mas, sentado nos degraus da Suprema Corte, usando uma lata de refrigerante como cachimbo, olhando para a Casa Branca iluminada como uma vitrine de loja de departamentos, fico tentando entender o que a capital do nosso país tem de tão diferente.

A latinha de alumínio da Pepsi não é a melhor para fumar, mas serve. Sopro a fumaça no ar. Devia ter uma etapa quatro na identidade negra – a negritude não mitigada. Não tenho bem certeza do que seja, mas independentemente disso, ninguém quer saber dela. Na superfície, a negritude não mitigada é uma aparente falta de vontade de vencer. É Donald Goines, Chester Himes, Abbey Lincoln, Marcus Garvey, Alfre Woodard e o ator negro sério. É fumar Tiparillos, comer miúdos de porco e passar uma noite na cadeia. É driblar trocando a bola de mão na última hora e usar chinelos fora de casa. É "enquanto que" e "coisas dessa natureza". São nossas belas mãos e nossos pés fodidos. Negritude não mitigada é simplesmente não dar a mínima. Clarence Cooper, Charlie Parker, Richard Pryor, Maya Deren, Sun Ra, Mizoguchi, Frida Kahlo, Godard em preto e branco, Céline, Gong Li, David Hammons, Björk e Wu-Tang Clan em qualquer uma de suas variações. Negritude não mitigada são ensaios que passam por ficção. É a percepção de que não existem absolutos, exceto quando existem. É a aceitação de que a contradição não é um pecado nem um crime, e sim uma fragilidade humana como as pontas duplas e o libertarismo. Negritude não mitigada é perceber que, por mais que tudo isso seja uma merda sem sentido, às vezes é o niilismo que faz a vida valer a pena.

Sentado aqui nos degraus da Suprema Corte fumando maconha, sob o lema de "justiça igualitária sob a lei", olhando as estrelas, finalmente entendi o que há de errado com Washington, D.C. É que todas as construções são mais ou menos da mesma altura e a cidade não tem absolutamente nada que ultrapasse a linha do horizonte, exceto o Monumento a Washington tocando o céu da noite como se fosse um dedo médio gigante erguido para o mundo.

25

O engraçado é que, dependendo da decisão da Suprema Corte, minha Festa de Boas-Vindas podia muito bem ser uma festa de Partindo para a Prisão, por isso a faixa estendida na porta da cozinha diz CONSTITUCIONAL OU INSTITUCIONAL – A SER DECIDIDO. A Marpessa não convidou muita gente, só amigos e os Lopez, que moram na casa ao lado. Todo mundo ficou no meu escritório, vendo os filmes perdidos dos *Batutinhas*, aglomerados em volta do Hominy, o verdadeiro astro do momento.

Foy foi inocentado das acusações de tentativa de homicídio alegando insanidade temporária, mas acabei ganhando minha ação civil contra ele. Não que isso não fosse óbvio, mas como acontece com a maioria das celebridades dos Estados Unidos, os boatos sobre a fortuna do Foy Cheshire eram apenas isso – boatos. Depois de vender o carro para pagar os honorários do advogado, o único bem de valor que ele tinha era a única coisa que eu queria – os filmes dos *Batutinhas*. Com um suprimento de melancias, gim e limonada, além de um projetor de dezesseis milímetros, nós nos aprontamos para uma agradável noite assistindo a racismo "sim-senhor-patrão" à moda antiga, granulado e em preto e branco, como não se via desde os tempos de *O nascimento de uma nação* e do que quer que esteja passando na ESPN neste instante. Depois de duas horas a gente continuava sem entender por que o Foy tinha se dado todo aquele trabalho. Apesar do fascínio do Hominy com a própria imagem na tela, o tesouro consistia basicamente de cenas dos *Batutinhas* nunca lançadas pela MGM. Lá por meados dos anos 1940 a série estava morta e sem ideias havia muito tempo, mas esses curtas são especialmente ruins. A última formação da turma segue intacta: Froggy, Mickey, Buckwheat, a pouco conhecida Janet e, claro, Hominy em vários papéis menores. Os curtas do pós-guerra são tão sérios. Em "Nazista tranquilão" a turma descobre que um criminoso de guerra alemão está se disfarçando de pediatra. O racismo de Herr Doktor Jones acaba entregando quem ele é quando Hominy chega com febre para fazer um check-up e é saudado com um mal-humorado "Eu verr que nós não pegarr tudo vocês no guera. Toma esses comprimidos de arsênica e já vai verr o que poderr fazerr por vozê, cerrto?". Em "Borboleta antissocial", Hominy assume o papel principal, o que era uma raridade. Ele dorme na floresta por tanto tempo que uma borboleta monarca consegue tecer um casulo no seu cabelo bagunçado. Ele entra em pânico e tira o chapéu de palha para mostrar sua descoberta à srta. Crabtree. Toda empolgada, ela decreta que ele tem uma "crisálida", e a turma, achando que é algum tipo de DST, tenta levar o menino para uma quarentena numa "casa de intolerância". Mas tinha algumas joias ocultas. Em uma tentativa de fazer reviver a franquia estagnada, o estúdio produziu algumas reencenações de peças de teatro interpretadas totalmente a sério pela turma. Uma pena que o mundo não tenha visto o Buckwheat no papel de Brutus Jones ou Froggy como o sombrio Smithers em "O imperador Jones". Darla reaparece em uma interpretação brilhante como a teimosa "Antígona". Alfalfa é igualmente cativante fazendo o sitiado Leo em "Paraíso perdido", de Clifford Odet. Mas, na maior parte do tempo, não há nada nos arquivos do Foy que sugira por que ele fez todo esse esforço para impedir que os filmes viessem a público. O racismo é exuberante como sempre, mas nada mais violento do que uma sessão normal da Assembleia Legislativa do Arizona.

"Quanto tempo de filme ainda tem no rolo, Hominy?"

"Uns quinze minutos, sinhô."

As palavras "Crioulo num monte de madeira – tomada um" aparecem na tela acima de uma pilha de lenha num celeiro. Dois ou três segundos se passam. E – bam! – uma cabecinha encarapinhada aparece com um largo e chamativo sorriso. "É o crioulo!", ele diz antes de piscar os adoráveis olhos de bebê de foca.

"Hominy, é você?"

"Quem dera, o garoto nasceu pra isso!"

De repente dá para ouvir o diretor gritando fora da imagem. "Lenha não falta, mas precisamos de mais crioulo. Vamos lá, Foy, faz direito dessa vez. Sei que você tem só cinco anos, mas faz uma crioulagem da boa agora." A segunda tomada é igualmente espetacular, mas o que vem a seguir é um curta de baixo orçamento chamado "Magnatas do Pretóleo!" com Buckwheat no papel principal, Hominy e um membro até então desconhecido dos Batutinhas, um fedelho creditado como Li'l Foy Cheshire, codinome Crioulo. Um clássico instantâneo e, até onde eu saiba, o último episódio dos *Batutinhas*.

"Eu me lembro desse! Deus do Céu! Eu me lembro desse!"

"Hominy, para de pular pela sala. Você está na frente."

Em "Magnatas do pretóleo!", depois de um encontro clandestino num beco com um magrelo num carro com motorista, usando um chapelão de caubói, nossos meninos são vistos empurrando um carrinho de mão cheio de dinheiro pelas pacíficas ruas de Greensville. O trio de crioulos ricos, agora usando cartolas e fraques o tempo todo, paga para uma turma cada vez mais desconfiada infinitos ingressos de cinema e doces. Eles chegam a comprar para o indigente Mickey uma proteção de receptor de beisebol que ele vinha namorando na vitrine de uma loja de material esportivo. Sem acreditar na explicação que o Buckwheat dá para a fortuna recém-encontrada – "Achei um trevo de quatro folhas e ganhei na loteria irlandesa" –, a turma elabora várias teorias. Os garotos estão trabalhando para a máfia. Estão apostando em cavalos. Hattie McDaniel morreu e deixou todo o dinheiro para eles. Uma hora a turma ameaça o Buckwheat de expulsão caso ele não conte de onde vem a grana. "A gente achou petróleo!" Ainda duvidando e sem encontrar o poço, a turma segue o Hominy até um galpão escondido, onde descobrem que os crioulinhos nefastos colocaram agulhas nas veias de toda a garotada da Pretolândia e pagam cinco centavos por meio litro de latas de óleo com as gotas negras que vão pingando uma a uma. No final, o Foy, usando fraldas, vira para a câmera e diz com uma careta "Crioulo!" antes de a cena misericordiosamente ir escurecendo ao som da música tema dos *Batutinhas*.

Finalmente o Rei Chegado rompe o silêncio. "Agora eu entendo por que aquele mané do Foy pirou o cabeção. Eu também ia endoidar se tivesse uma porra dessas na consciência. E eu ganho a vida atirando à toa nos filhos da puta."

Uma lágrima escorre pela bochecha de Stevie, um bandido implacável como o livre mercado e indiferente como um vulcano com asperger. Ele ergue uma latinha de cerveja para o Hominy e faz um brinde. "Não tenho certeza do que isso quer dizer, mas: 'Para o Hominy. Você é um sujeito melhor do que eu'. Juro que o Oscar devia dar um prêmio pelo conjunto da obra do ator negro, porque o que vocês aguentaram não pode ter sido fácil."

"Ainda é assim", diz o Panache, que eu nem sabia que estava aqui e que devia estar voltando de um longo dia de filmagens do *Tira Hip-Hop*. "Sei pelo que o Hominy passou. Já teve diretor que me disse: 'A gente precisa de um troço mais preto nessa cena. Dá pra você fazer mais preto?'. Daí você diz: 'Vá se foder, seu puto racista!'. E o cara diz: 'Bem isso, não perde essa intensidade!'"

Nestor Lopez levanta de supetão, balançando um instante quando a vodca e a maconha sobem rápido para a cabeça. "Pelo menos vocês têm uma história em Hollywood. E a gente tem o quê? O Ligeirinho, uma mulher com bananas na cabeça, 'Nós não precisamos de distintivos' e filmes de presídio!"

"Mas tem uns filmes de presídio bem bons, queridão!"

"Pelo menos tinha uns Batutinhas negros. Onde estão o maldito Chorizo ou o Burrito?"

O Nestor tinha razão quanto à inexistência de um Chorizo, mas não falei nada sobre o Sing Joy e o Edward Soo Hoo, dois Batutinhas asiáticos que, embora passassem longe do estrelato, foram mais longe do que muito pirralho ranhento que o estúdio tinha colocado na frente da câmera. Saio para o celeiro para verificar as ovelhas suecas que acabei de comprar. As pequenas roslags estão em volta do caquizeiro; é a primeira noite delas no gueto, e estão com medo de serem assaltadas pelas cabras e pelos porcos. Uma delas é de um branco meio encardido, a outra de um cinza meio manchado. Estão tremendo. Abraço as duas e beijo seu focinho.

Eu não tinha percebido que o Hominy estava de pé atrás de mim. Me imitando, ele dá um beijo na minha boca com as beiçolas rachadas.

"Puta que pariu, Hominy..."

"Pra mim chega."

"Chega do quê?"

"Parei com isso de ser escravo. Amanhã de manhã a gente fala sobre minha indenização."

As ovelhas continuam tremendo de medo. "*Vara modig*", sussurro nas orelhas tremelicantes delas. Não sei o que isso quer dizer, mas era o que o folheto mandava falar pelo menos três vezes por dia na primeira semana. Eu não devia ter comprado as duas, mas elas correm risco de extinção, e um professor que me deu aula de criação de animais me viu no jornal e achou que eu ia cuidar bem delas. Também estou com medo. E se eu for pra cadeia? Quem vai tomar conta delas? Se não me condenarem por violar a Primeira, a Décima Terceira e a Décima Quarta emendas, já estão falando em me levar ao Tribunal Penal Internacional me acusando de apartheid. Nunca processaram um único sul-africano por apartheid e agora vão me prender? Um inofensivo afro-americano do centro-sul dos Estados Unidos? *Amandla awethu!*

"Entre quando acabar", a Marpessa diz do quarto.

A voz dela tem um tom de urgência. Sei que quer dizer que é pra entrar já; posso dar a mamadeira das ovelhas depois. Está passando *Eyewitness News*. Minha namorada há cinco anos está deitada de barriga para baixo na cama, o belo rosto sobre as mãos, vendo a previsão do tempo na tevê em cima da cômoda. A Charisma está sentada ao lado dela. Encostada na cabeceira da cama, pés com meias cruzados, descansando sobre a bunda da Marpessa. Vejo que sobrou bem pouco espaço no colchão para eu subir e entrar no ménage à trois dos meus sonhos.

"Marpessa, e se eu for preso?"

"Cala a boca e veja a tevê."

"O Hampton falou uma coisa que faz sentido lá no tribunal, que se a 'servidão' do Hominy equivale a trabalho escravo é melhor o mundo corporativo dos Estados Unidos se preparar pra enfrentar uma baita ação coletiva de gerações de trabalhadores pedindo indenizações."

"Quer fechar a matraca? Você vai perder."

"Mas e se eu for preso?"

"Aí eu vou ter que achar outro crioulo pra fazer sexo tedioso comigo."

O resto da festa está todo aglomerado na porta do quarto. Olhando para dentro. A Marpessa olha pra trás, me agarra pela bochecha e empurra minha cabeça na direção da tela. "Olha."

A moça do tempo, Chantal Mattingly, está mexendo as mãos sobre a bacia do rio Los Angeles. Está quente. *Há uma massa*

de umidade vindo do sul. O alerta de calor excessivo continua va-
lendo para o vale de Santa Clarita e para os vales interiores do con-
dado de Ventura. Para as outras áreas espere temperaturas compatí-
veis com a estação com os termômetros caindo só lá pela meia-noite.
O céu vai estar limpo ou parcialmente nublado em quase toda a re-
gião, com temperaturas entre amenas e moderadas [seja lá o que
isso quer dizer] *ao longo do litoral desde Santa Barbara até o con-*
dado Orange e muito mais quente no interior. Agora a previsão lo-
cal. Não espere nenhuma mudança abrupta daqui até o fim da noite.
Sempre gosto de mapas de clima. Os efeitos 3-D da topografia
do litoral rodando e se transformando à medida que a previsão caminha rumo ao sul e ao interior. As gradações nas cores
das serras e das planícies nunca deixam de me impressionar.
As temperaturas atuais...

Palmdale 31°C-39°C... Oxnard 21°C-25°C... Santa Clarita
41°C-42°C... Thousand Oaks 29°C-25°C... Santa Monica
18°C-26°C... Van Nuys 27°C-40C... Glendale 26°C-35°C...
Dickens 23°C-31°C... Long Beach 23°C-27°C...

"Peraí, tá escrito Dickens?"

A Marpessa dá uma gargalhada alucinada. Abro caminho passando entre meus amigos e os filhos dela, cujos nomes me recuso a dizer. Corro para dentro. O termômetro de sapo pendurado na varanda da parte de trás da casa marca exatamente 31°C.
Não consigo parar de chorar. Dickens está de volta ao mapa.

26

Uma noite, no aniversário da morte do meu pai, a Marpessa e eu fomos de carro até a Dum Dum Donuts para a noite de comédia. Sentamos nos lugares de sempre, longe do palco, perto dos banheiros e do extintor de incêndio, banhados pela luz vermelha do letreiro de SAÍDA. Localizei e apontei as outras saídas para ela, só para garantir.

"Para garantir o quê? Que caso alguém, por um milagre, conte uma piada realmente boa a gente possa sair correndo, desenterrar o Richard Pryor e o Dave Chappelle e ter certeza de que os cadáveres deles continuam no túmulo e que não é a Páscoa negra? Esses merdinhas desses microcomediantes negros de hoje me deixam doente. Tem um motivo pra não sair daqui um Jonathan Winters negro, ou um John Candy, um W. C. Fields, John Belushi, Jackie Gleason, uma Roseanne Barr, porque um preto realmente engraçado e grande ia assustar pra cacete este país."

"Também não tem muito comediante branco gordo hoje. E o Dave Chappelle não morreu."

"Quanto ao Dave, você acredita no que quiser. Ele morreu. Tiveram que matar o crioulo."

Teve alguém que realmente me fez rir uma vez. Uma noite meu pai e eu estávamos juntos quando um pretinho atarracado, o novo mestre de cerimônia, subiu no palco. Ele era preto tipo conta-de-luz-atrasada e tinha uma cara meio de sapo maluco. Os olhos saltavam de um jeito biruta da cabeça, como se quisessem escapar da doideira que tinha lá dentro. E, olha só, ele era meio gordinho. A gente estava nos lugares de sempre. Normalmente, exceto quando meu pai estava no palco, eu lia meu livro e deixava as piadas sexuais e os trechos sobre negros e brancos entrar por um ouvido e sair pelo outro como qualquer outro ruído de fundo. Mas o homem-sapo começou contando uma piada que me fez chorar de rir. "Sua mãe tá na pior há tanto tempo", ele berrou, segurando feliz o microfone prateado como se não precisasse dele e só estivesse com aquilo na mão porque alguém o tinha entregado nos bastidores. "Sua mãe tá na pior há tanto tempo que tem cama cativa no Exército da Salvação." Pro cara me fazer largar o *Ardil-22*, tinha que ser engraçado. Depois daquilo, era eu que arrastava meu pai pro stand-up. Para conseguir nossos lugares de sempre a gente precisava chegar cada vez mais cedo, porque todo preto em Los Angeles estava ouvindo dizer que tinha um cara engraçado pra cacete apresentando a noite de comédia. A loja de donuts ficava cheia de crioulos gargalhando depois das oito da noite.

Aquele bobo-da-corte-de-julgamento-de-multas-de-trânsito fazia mais do que simplesmente contar piadas; ele arrancava nosso subconsciente e batia na gente com ele até deixar tonto. Mas não era que nos deixasse irreconhecíveis; pelo contrário. Uma noite, um casal branco entrou na boate duas horas depois de a apresentação começar, sentou na frente, bem no meio, e passou a se divertir com a bobajada. Às vezes eles riam alto. Às vezes riam com ar de entendidos, como se tivessem sido pretos a vida toda. Não sei o que chamou a atenção dele, com a cabeça perfeitamente esférica empapada em suor por causa do holofote. Talvez a gargalhada dos dois fosse um pouquinho mais aguda. Tipo "hihihi" em vez de "hahaha". Talvez estivessem perto demais do palco. Talvez, se os brancos não sentissem necessidade de sentar na frente o tempo todo, aquilo nunca tivesse acontecido. "Do que é que os branquelos estão rindo?", ele gritou. Mais risadas da plateia... Do casal branco mais que dos outros. Batiam na mesa, felizes por terem sido notados. Por ser aceitos. "Não estou de brincadeira! De que merda esses brancos contrabandeados aqui pra dentro estão rindo? Vaza já daqui!"

Riso nervoso não tem nada de engraçado. O jeito forçado como ele cruza uma sala com suas ondulações de jazz ruim de restaurante. Os negros e a mesa de latinas que tinham planejado passar a noite fora sabiam quando parar de rir. O casal não sabia. Todos os outros estavam bebericando as latas de cerveja e de refri em silêncio, decididos a ficar de fora do barraco. Eles estavam rindo sozinhos, porque certamente aquilo era parte do show, não era?

"Eu tô com cara de quem tá de brincadeira? Este troço aqui não é pra vocês. Entenderam? Fora, os dois! Este lance é nosso!"

As risadas pararam. Só olhares pidões e não correspondidos em busca de ajuda, depois o barulho suave de duas cadeiras sendo arrastadas, com o menor ruído possível, para longe da mesa. O sopro do ar gelado de dezembro e os sons da rua. O gerente do turno da noite fechando a porta atrás deles, deixando poucos indícios de que aqueles brancos tinham estado ali aquela noite exceto pela consumação mínima de duas bebidas e três donuts que não chegaram a pedir.

"Agora onde é que eu estava antes de ser tão rudemente interrompido? Ah, sim, sua mãe, aquela careca..."

Quando penso naquela noite, no comediante negro perseguindo o casal branco noite adentro, com o rabo e a falsa compreensão entre as pernas, não penso em certo e errado. Não, quando penso naquela noite, penso no meu próprio silêncio. Ele pode ser tanto protesto quanto consentimento, mas na maior parte das vezes é medo. Acho que é por isso que sou tão quieto e tão bom em sussurrar coisas, seja para encantar negros ou não. É que eu sempre tive medo. Medo do que poderia dizer. Das promessas e das ameaças que poderia fazer e que teria que cumprir. Era disso que gostava no cara, apesar de não concordar com ele quando disse: "Fora, os dois! Este lance é nosso!". Eu respeitava o fato de ele não dar a mínima. Mas queria não ter tido tanto medo, queria ter protestado. Não para punir o cara pelo que ele fez nem para ficar do lado dos brancos ofendidos. Afinal, eles podiam ter se defendido sozinhos, podiam ter apelado para as autoridades e para o Deus deles, e punido todo mundo que estava li, mas eu queria ter encarado aquele sujeito e feito uma pergunta: "O que exatamente é o *nosso lance*?".

Ponto-final

Lembro que um dia depois da posse do negão, o Foy Cheshire, orgulhoso que só, ficou dirigindo sua Mercedes pela cidade, buzinando e balançando uma bandeira americana. Ele não era o único comemorando; a alegria do bairro não era a mesma de quando o O. J. Simpson foi absolvido ou os Lakers ganharam o campeonato em 2002, mas passou perto. O Foy passou pela minha casa e por acaso eu estava no jardim debulhando milho. "Por que você está agitando a bandeira?", perguntei para ele. "Por que agora? Nunca vi você fazendo isso antes." Ele disse que tinha a impressão de que o país, os Estados Unidos da América, tinham finalmente pagado sua dívida. "E os nativo-americanos? E os chineses, os japoneses, os mexicanos, os pobres, as florestas, a água, o ar, a porra do condor da Califórnia? Quando é que eles vão receber?", perguntei.

O Foy só balançou a cabeça. Disse algo no sentido de que meu pai ia ter vergonha de mim e que eu nunca ia entender. E ele tem razão. Não vou mesmo.

Agradecimentos

Agradeço a Sarah Chalfant, Jin Auh e Colin Dickerman.

E um agradecimento especial a Kemi Ilesanmi e à Creative Capital. Este livro não teria se tornado realidade sem sua fé e seu apoio.

Um grande abraço para Lou Asekoff, Sheila Maldonado e Lydia Offord.

Um olá para a minha família: Ma, Anna, Sharon e Ainka. Todo o meu amor.

Tenho muito respeito e simpatia por William E. Cross Jr., que foi uma inspiração e cujo trabalho inovador no desenvolvimento da identidade negra, particularmente em "The Negro--to-Black Conversion Experience", em *Black World* número 20, de julho de 1971, li na pós-graduação e permaneceu comigo desde então.

© Paul Beatty, 2017

Todos os direitos desta edição reservados à Todavia.

Grafia atualizada segundo o Acordo Ortográfico da Língua
Portuguesa de 1990, que entrou em vigor no Brasil em 2009.

capa
Pedro Inoue
projeto gráfico do miolo
Daniel Trench
preparação
Lígia Azevedo
revisão
Huendel Viana
Renata Lopes Del Nero
produção gráfica
Aline Valli

2ª reimpressão, 2025

Dados Internacionais de Catalogação na Publicação (CIP)

Beatty, Paul (1962-)
O vendido / Paul Beatty ; tradução Rogerio W.
Galindo. — 1. ed. — São Paulo : Todavia, 2017.

Título original: The sellout
ISBN 978-85-93828-02-7

1. Literatura norte-americana. 2. Romance. 3. Ficção
contemporânea. I. Galindo, Rogerio W. II. Título.

CDD 813

Índice para catálogo sistemático:
1. Literatura norte-americana : Romance 813

Bruna Heller — Bibliotecária — CRB 10/2348

todavia
Rua Fidalga, 826
05432.000 São Paulo SP
T. 55 11 3094 0500
www.todavialivros.com.br

fonte
Register*
papel
Avena 80 g/m²
impressão
Forma Certa